Das Glück in weißen Nächten

Die Autorin

Verena Rabe wurde 1965 in Hamburg geboren. Nach dem Geschichtsstudium verbrachte sie einige Monate in London und arbeitete dann als Journalistin in Norddeutschland. Mitte der 90er-Jahre begann sie zu schreiben, bisher wurden vier Romane veröffentlicht. Sie lebt mit ihrem Mann und zwei Kindern in Hamburg.
Seit Jahren engagiert sie sich im *Writers' Room*, einem Verein, der Autoren Arbeitsplätze in einer Atelierwohnung bietet – und der einmalig in Europa ist.

Verena Rabe

# Das Glück in weißen Nächten

Roman

Weltbild

Besuchen Sie uns im Internet
*www.weltbild.de*

Genehmigte Lizenzausgabe für Verlagsgruppe Weltbild GmbH,
Steinerne Furt, 86167 Augsburg

Umschlaggestaltung: Johannes Frick, Neusäß
Umschlagmotiv: plainpicture, Hamburg (© Johner)
Gesamtherstellung: CPI Moravia Books s.r.o., Pohorelice
Printed in the EU
ISBN 978-3-95569-597-2

2017 2016 2015 2014
Die letzte Jahreszahl gibt die aktuelle Lizenzausgabe an.

# 1

Was sollte sie tun? Auf die Lofoten fliegen, um beim Jazzkonzert ihres Vater dabei zu sein? Es war schon Ewigkeiten her, dass er sie zu so etwas eingeladen hatte. Und er wollte ihr auch noch den Flug spendieren – nach Nordnorwegen. Dort war es jetzt im März doch sicher kalt.

Moa wusste nicht genau, wie lange ihr Vater schon auf den Lofoten lebte und ob er dort glücklich war, aber so etwas musste sie auch nicht über jemanden wissen, dem sie nicht allzu nahe stand. Warum hatte Nils sie erst so spät eingeladen? Das Konzert fand in fünf Tagen statt. Glaubte ihr Vater wirklich, dass Moas Chef ihr ausgerechnet jetzt freigeben würde, wo im *Walnuts* so viel los war?

Dein Familiensinn kommt über 20 Jahre zu spät, wollte sie ihm erst sagen, aber dann hatte seine Stimme so geklungen, als ob er sie wirklich bei seinem Auftritt dabeihaben wollte, dass sie es nicht übers Herz gebracht hatte, sofort abzusagen.

Sie musste diese Gedanken beiseiteschieben und sich darauf konzentrieren die Nachtische zuzubereiten. Moa steckte ihre dicken braunen Haare unter ein Tuch, das sie wie ein Pirat band, und sah zu Bernd hinüber. Heute trug er sein schwarzes Kopftuch mit dem

Schriftzug *Küchenchef*, das sie ihm vor drei Jahren zum Geburtstag geschenkt hatte. Er legte gerade eine CD in einen etwas ramponierten CD-Player. Hoffentlich ist es nicht Bruce Springsteen, dachte sie. Seine Musik war ihr zu hektisch, sie arbeitete lieber bei Jazz oder Soul. Aber Bernd ließ es sich nur selten nehmen, die Auswahl für die Hintergrundmusik zu treffen.

»Dann mal ran«, sagte sie zu sich selbst, als Bruce loslegte. Zuerst musste sie eine Mousse au Chocolat zubereiten. Sie beherrschte das Rezept im Schlaf, aber das Schokoladeschmelzen erforderte heute dennoch ihre ganze Aufmerksamkeit. Sie darf nicht zu heiß werden und klumpen, dachte Moa, so viel Einfluss hat mein Vater nicht auf mich. Sie ließ die Masse etwas abkühlen, bevor sie Eier, Zucker und die restlichen Zutaten vorsichtig untermischte. Es gelang perfekt.

Danach machte sie Apfelkuchen, ein Kinderspiel für sie, Andy hatte die Apfelscheiben und Zitronenschnitze schon vorbereitet. Die Creme brulée mit Lavendel garte im Wasserbad. Sie musste vor dem Servieren nur noch gratiniert werden.

Moa ging in den schlichten Gastraum und sah Bernds Frau Vera zu, die Kerzen auf den Tischen verteilte und die heutigen Gerichte auf Schiefertafeln schrieb.

»Es wird voll«, sagte Vera im Vorbeigehen. »Bernd hat sein Wildragout auf der Karte. Das hat sich herumgesprochen.«

Bernd hütete das Rezept wie einen Schatz. Aber das störte Moa nicht. Jeder Koch hat seine Geheimnisse, sie verriet ihre Kniffe bei den Vorspeisen und Nachtischen auch höchst ungern. Ihre Leberpastete und auch das Auberginenmus waren in Eimsbüttel legendär und nur für ihre Crème Caramel kamen schon manchmal Leute aus der Umgebung von Hamburg, obwohl das *Walnuts* in keinem Restaurantführer mit Sternen oder Kochmützen ausgezeichnet war. Es blieb auch noch nach sechs Jahren ein Geheimtipp, aber das Konzept ging auf. Und Moa genoss es, eigenständig zu arbeiten und nicht in einer Hierarchie eingespannt zu sein, wie das im *Elysée* der Fall gewesen war.

Sie nahm sich eine Cola light und setzte sich an einen Tisch. Es würde noch etwas dauern, bis die ersten Gäste kämen und die wahre Hektik in der Küche begänne. Sie versuchte sich zu entspannen, aber sofort kreisten ihre Gedanken wieder um den Anruf ihres Vaters.

»Wenn du Ja sagst, wird Frida den Flug buchen. Du könntest übermorgen fliegen, wärst abends in Bodø auf dem Festland, würdest dort im *Thon Hotel* am Hafen übernachten und am nächsten Morgen auf die Lofoten fliegen«, hatte Nils vorgeschlagen. Sie wusste nicht, was sie mit dieser ungewohnten väterlichen Fürsorge anfangen sollte. War sie dafür nicht schon etwas zu alt? Allerdings konnte sie sich nicht daran erinnern, dass ihr Vater jemals fürsorglich gewesen wäre, also war dies eine besondere Situation.

Nach dem Telefongespräch hatte sie im Internet über die Lofoten recherchiert. Die Inseln liegen 200 Kilometer nördlich des Polarkreises und Moa fror schon bei dem Gedanken, jetzt dorthin zu fahren. Vor einigen Monaten hatte Nils ihr eine Ansichtskarte mit einem bleichen Vollmond über einem düsteren Granitfelsen geschickt und auf die Rückseite geschrieben: »Es ist traumhaft hier, ich würde dir gern alles zeigen. Herzlichst, Nils.« Moa konnte sich nicht erinnern, dass ihr Vater jemals anders unterschrieben hatte als so. Sie hatte sich nicht die Mühe gemacht, eine Postkarte zu kaufen, sondern eine nichtssagende Mail als Antwort geschickt.

Vor einem Jahr hatte sie Nils zum letzten Mal gesehen. Da war er im *Walnuts* aufgetaucht und hatte sich gewünscht, dass nur sie für ihn kochte. Soviel sie wusste, konnte er zwar selbst nicht kochen, aber er verstand etwas vom Essen und hatte ihr Können überschwänglich gelobt. Er war damals allein gekommen und sie hatten nach ihrer Arbeit noch gemeinsam zwei Flaschen Rotwein geleert. Es war sogar richtig nett geworden, nachdem die Anspannung zwischen ihnen nach der ersten Flasche verflogen war ...

Sollte sie vielleicht doch auf die Lofoten fliegen? Ich frage morgen Gitta, dachte Moa auf dem Heimweg in ihre Zweizimmerwohnung, die ganz in der Nähe vom

*Walnuts* lag. Ihre Mutter hatte zwar nach der Scheidung vor 20 Jahren den Kontakt zu ihrem Exmann weitgehend eingestellt, aber sie würde bestimmt eine Meinung haben und diese auch äußern. Es war schließlich ihre Lieblingsdisziplin, Menschen mit emotionalen Problemen zu unterstützen. Seit sie ihre Praxis als Familientherapeutin verkauft hatte, sah sie ihre Aufgabe darin, Moa zu beraten, egal ob sie es wollte oder nicht.

»Ist doch nett von Nils«, sagte ihre Mutter, als sie sich am nächsten Morgen zum Frühstück im Grindelviertel trafen. »Die Lofoten würden mich auch interessieren.«

Moa versuchte die Eifersucht in ihrer Stimme zu überhören. »Soll ich hinfahren, Gitta?«, fragte sie.

»Warum nicht, ein wenig Luftveränderung wird dir guttun.«

»Und wenn mir Bernd nicht freigibt?«

»Frag ihn erst mal, bevor du dir darüber Gedanken machst. Willst du Nils und Frida denn sehen?« Ihre Mutter sah sie mit diesem wachen Therapeutenblick an, den Moa nicht mochte.

»Wenn ich das wüsste, würde ich dich nicht fragen«, antwortete sie gereizt. Sie bereute es, das Thema angeschnitten zu haben, denn es konnte die schlimmen Zeiten wieder heraufbeschwören, die sie beide durchleiden mussten, nachdem Nils sie verlassen hatte. Obwohl es schon lange her war, erinnerte sich Moa gut daran, wie hart alles gewesen war. Sie wollte sich nicht mehr damit beschäftigen. »Ich muss los«, sagte sie nach einem Blick auf die Uhr und ignorierte den vorwurfsvollen Blick ihrer Mutter.

Zu Hause ließ sie die Unruhe nicht los und deshalb begann sie aufzuräumen, aber nach einer halben Stunde war sie auch damit fertig. Irgendwie schaffte sie es immer regelmäßig zu waschen und zu staubsaugen. Sie mochte keine Unordnung, denn sie wollte nicht, dass sich ihr inneres Chaos, in das sie sich manchmal verstrickte, in einem äußeren Chaos widerspiegelte. Sie polierte die matt glänzenden Stahlflächen in der Küche. Auch wenn sie selten dazu kam, zu Hause zu kochen, musste es doch so aussehen, dass sie dort jederzeit ein Vier-Gänge-Menü zaubern konnte.

Normalerweise beruhigte sie es aufzuräumen, aber heute funktionierte es nicht. Vielleicht weiß Anne Rat, dachte Moa. Sie war schließlich ihre älteste Freundin. Auch wenn diese, seit sie Kinder hatte, selten Zeit für ein ruhiges Gespräch fand, würde sie versuchen, auf sie einzugehen. Sie wählte Annes Handynummer, denn sie hatte keine Lust, mit Annes wortkargem Mann oder ihren beiden am Telefon genauso wortkargen Kindern zu sprechen, aber es war niemand zu erreichen.

Moa inspizierte den Kühlschrank und die Vorratsschränke und fand alle Zutaten für eine Schokoladentarte. Backen würde ihr helfen, nicht mehr über ihren

Vater nachzudenken. Und Tom würde sie heute Abend lieben. Selbst ganz dünne Frauen, die jede Kalorie zweimal zählten, konnten dieser Tarte nicht widerstehen. Moa machte es Spaß, sie mit unglaublich vielen Kalorien zu füttern, die sie auch noch genossen. Sie selbst hatte Kurven, wie sie zu ihrer Freude seit Neuestem in der Dove-Reklame gefeiert wurden.

Die vertrauten Handgriffe ließen sie ruhiger werden, und als sie die zähe Schokoladenmasse langsam in eine mit Backpapier ausgelegte Kuchenform fließen ließ, ging es ihr fast schon gut. Dass sie immer schnell ein Ergebnis sehen konnte, liebte sie an ihrem Beruf. Deshalb hatte sie sich auch nach dem Abitur entschieden, eine Lehre als Köchin zu machen und nicht zu studieren. Ihre Mutter und ihr Vater waren schockiert gewesen und hatten somit seit Jahren wieder etwas gemein gehabt. Sie hatten sogar deswegen mehrmals telefoniert. Aber diese Gespräche hatten regelmäßig damit geendet, dass Gitta sich darüber beklagte, was für ein Egoist ihr Exmann sei und dass Moa nur deshalb nicht studieren wolle.

Aber das war nicht der Grund. Moa war nichts eingefallen, was sie machen wollte. Deshalb hatte sie ein Praktikum im *Elysée* begonnen und als sie danach eine Lehrstelle angeboten bekam, sofort Ja gesagt. In den ersten Wochen war sie aber oft kurz davor gewesen hinzuschmeißen. Der Ton in der Küche war ruppig, die Arbeitszeiten stressig und der Verdienst nicht hoch.

Sie musste wochenlang Gemüse putzen, Kartoffeln schälen, Sahne schlagen und die anderen Zuarbeiten für die richtigen Köche erledigen. Das war normal innerhalb ihrer Ausbildung, aber sie mochte es nicht besonders. Als sie dann zum ersten Mal eine Krabbensuppe allein zubereiten durfte und sich vorstellte, dass sie in einem der Festräume gleich serviert werden würde, empfand sie ein Glücksgefühl, das sie aus der Schule nicht kannte, außer vielleicht aus dem Kunstunterricht. Aber die Rolle des Künstlers war durch ihren Vater, den Jazzsaxofonisten, schon besetzt. Und in die Fußstapfen ihres Vaters wollte sie auf keinen Fall treten ...

Der Kuchen roch so verführerisch, dass Moa sich zwei große Stücke auf einen Teller tat, Kaffee kochte und alles vor den Fernseher mitnahm. Auch wenn sie immer noch nicht wusste, ob sie auf die Lofoten fliegen sollte, konnte sie ihre Gedanken mit einer überhöhten Zuckerration wenigstens beruhigen. Sie zappte durch die Programme. Um diese Zeit gab es nur sinnentleerte Talkshows oder Serien, die sie sowieso nicht verstand, weil sie zu wenige Folgen gesehen hatte. Aber dem Unglück anderer Leute zuzusehen, die ihre Probleme so bereitwillig einem Moderator zu Füßen legten, war weniger quälend, als sich mit den eigenen Problemen zu beschäftigen.

Sie sah einer Frau mittleren Alters mit fettigen, schmutzigen Haarsträhnen zu, die ihr auf die Schultern herabhingen. Abgesehen von den 110 Kilos, die sie mindestens wog, schien sie einen großen Schmerz mit sich herumzutragen. Dabei stammelte sie irgendetwas ins Mikrofon, das Moa erst verstand, als die Moderatorin es mit ihren Worten wiederholte: »Du wolltest deinen Vater lange nicht mehr sehen, Chantale, weil er dich als Kind verlassen hat? Ist das richtig?«, fragte sie.

»Ja«, schluchzte Chantale. »Und dann wurde er plötzlich krank, weiß du, und wollte mich sehen. Ich hab zu ihm gesagt, Alter, nur über meine Leiche, hab ich ihm gesagt, da kannst du lange drauf warten.« Ihr Heulen wurde lauter.

»Und was passierte dann?«

»Er ist am nächsten Tag gestorben. Und jetzt hab ich Schuldgefühle, weil ich nicht zu ihm gegangen bin. Meine Schwester sagt, der is wegen dir gestorben. Krass, oder? Sie is für misch gestorben, ich will die nich mehr sehen.«

»Tja, deine Schwester ist hier. Jacqueline, bitte komm zu uns«, sagte die Moderatorin mit scheinheilig betroffenem Lächeln. Moa sah gebannt auf den Schirm, denn es entstand ein Tumult, als Jacqueline – jünger, dünner, platinblond gefärbt – ins Studio kam. Chantale schubste Jacqueline, die ihre Schwester daraufhin an den Haaren zog. Sie rangelten, dazu stießen sie Verwünschungen aus, die Moa selbst bei der größten Hektik in der Küche noch nie gehört hatte, und das sollte schon was heißen.

Die Moderatorin warf sich dazwischen und schaffte es, nachdem sie selbst angegriffen worden war, die beiden Frauen auseinanderzubringen. Ein Assistent packte Chantale dann am Arm und führte sie unter großem Protest ihrerseits hinaus, während Jacqueline ihre platinblonde Mähne ordnete, den Zustand ihrer Kunstfingernägel überprüfte und sich dann setzte, um der Moderatorin und dem Publikum in aller Ausführlichkeit zu erklären, warum ihre Schwester ihren Vater umgebracht hatte …

Moa schaltete ab und holte sich noch ein Stück Kuchen. Ihr würde bestimmt danach schlecht werden, aber sie brauchte dringend noch mehr Zucker, um das, was sie gerade gesehen hatte, zu verdauen.

Wenn Gitta jetzt hier wäre, würde sie von einem Zeichen sprechen, dachte sie. Aber das war kein »Hinweis«, das war nur eine schwachsinnige Talkshow mit einem schwachsinnigen Thema. Kein Grund, Parallelen zur eigenen Situation zu ziehen. Nils war gesund, er wollte sie einfach mal wieder sehen.

Um ihre blöden Gedanken zu bekämpfen, musste Moa etwas tun, das wesentlich drastischer war, als sich mit Schokoladenkuchen zu überessen. Sie könnte schwimmen gehen. Bei diesem Schneetreiben wären bestimmt nicht viele Leute im Schwimmbad. Sie nahm ihre peruanische Tasche mit den Schwimmsachen, die immer griffbereit neben der Tür hing, falls sie die Lust überfiel, sich körperlich zu betätigen, zog ihre graue Filzjacke mit den großen pinkfarbenen Blumen an und fand ihren Hausschlüssel auf dem Kühlschrank.

Nach den ersten 15 Bahnen hörte sie auf zu denken und atmete ruhig. Sie genoss es, wie leicht ihr Körper durchs Wasser glitt, und auch nach 40 Bahnen war sie noch nicht aus der Puste.

Nachher würde Tom kommen. Sie wusste nicht, ob sie sich darauf freuen sollte. Sie traf sich jetzt schon anderthalb Jahre jeden Montagabend mit ihm. Und es lief immer gleich ab. Er besuchte sie in Eimsbüttel, weil er ihre Wohnung gemütlicher fand als sein modernes, kühles City-Apartment in der Nähe der Bank, bei der er arbeitete. Sobald er bei ihr ankam, zog er sein Sakko aus, öffnete die ersten beiden Knöpfe seines Hemdes und nahm sich einen Drink, während sie das Abendessen vorbereitete. Fast so wie in einer Ehe, dachte Moa, aber sie glaubte nicht, dass Toms Frau sich als Nachtisch so raffinierte Sachen ausdachte wie sie.

»Ein wenig langweilig«, murmelte Moa, als sie in der Sauna lag. Vielleicht wäre es doch schön, ein paar Tage auf die Lofoten zu fliegen, um Abwechslung zu bekommen, und auch um Tom zu ärgern. »Ich könnte ja eine Woche daraus machen und erst am Dienstag zurückkehren. Dann muss er mal auf mich verzichten und würde merken, wie öde es für ihn ist, allein in Hamburg zu sein.«

Moa war froh, dass sie oft am Wochenende arbeiten musste. So fiel es weniger auf, dass sie sich manchmal allein fühlte. Gut, dass sie Mark hatte, als Friseur musste er auch meistens am Samstag arbeiten. Sie konnte mit ihrem besten Freund noch spät in der Schanze oder in Ottensen essen gehen, Leute beobachten und plaudern. Danach machte Mark sich dann meistens zu einer langen Clubnacht auf. Er hatte ebenso wie sie in den vergangenen Jahren ein Händchen für turbulente, aber kurze Liebesbeziehungen. Bei ihm begannen sie oft vielversprechend, er hörte dann schon die Hochzeitsglocken läuten, denn eigentlich war er ein konservativer Mann, der nichts lieber wollte, als endlich seinen Lebenspartner zu finden. Aber mit dem jeweiligen Traumprinzen ging es nach einigen Monaten wieder auseinander, weil Mark die Angewohnheit hatte, schon nach einer Woche mit zwei Koffern bei seinem Liebsten vor der Tür zu stehen und zu behaupten, er müsse mal Abstand von seiner WG bekommen und es sei doch viel praktischer, wenn sie zusammenwohnten.

Wenn die Arbeit am Samstag besonders hart gewesen war, begleitete Moa ihn ins Hamam hinter der Reeperbahn. Sie ließ sich dort einseifen und weichklopfen und nach einer Stunde fühlte sie sich wieder entspannt. Dann vergaß sie, dass sie die Geliebte eines verheirateten Mannes war, die sich die Zeit vertrieb, während er die Wochenenden mit Frau und Kindern in München verbrachte.

Seit zwei Jahren arbeitete Tom in Hamburg. Am Anfang war er oft ins *Walnuts* gekommen und hatte sie schließlich überredet, mit ihm auszugehen. Sie waren gleich im Bett gelandet und Moa hatte gedacht, das ist perfekt: Ich habe einen Liebhaber, der keine Ansprüche stellt und nicht von mir verlangen wird, dass ich mich an ihn binde. Nach ihrer Trennung von David hatte sie damals nicht mehr das Bedürfnis, sich auf jemanden richtig einzulassen. Sie wollte nur eine Affäre, die sie nicht einengte oder verletzen konnte.

Aber seit einigen Monaten machte es ihr keinen Spaß mehr, sich die meiste Zeit als Single zu fühlen, ohne wirklich Single zu sein. »Trenn dich endlich von ihm«, redete Mark schon lange auf sie ein. »Willst du wirklich darauf warten, bis er wieder einen Job in München gefunden hat und dich verlässt? Leute in seiner Position wechseln ihre Arbeit oft. Glaubst du etwa, er wird sich von seiner Frau trennen? Niemals.« Das waren Marks Lieblingssätze zu diesem Thema. Ihr war klar, dass Tom seine Familie nicht verlassen würde, aber das störte sie nicht, denn sie wollte nicht heiraten oder Kinder bekommen. Dafür kannte sie zu viele gescheiterte Ehen. Aber sie wollte auch nicht für immer eine Geliebte bleiben.

»Du wirst auch nicht jünger, Moa«, meinte Anne nüchtern. »Und demnächst sind die meisten Geschiedenen erneut vom Markt und du bleibst mit den schlimmsten Scheidungskrüppeln übrig. Oder mit den ewigen Junggesellen, die zwanghaft auf ihre Freiheit pochen und dabei nicht merken, dass sie unattraktiver werden.«

Sie wusste, dass ihre Freundin recht hatte, dass die Sache mit Tom nirgendwohin führte, auch dass sie nicht diejenige sein wollte, die erneut verlassen wurde. Das hatte sie sich geschworen, als David ging und sie deshalb ein Jahr lang gelitten hatte. Eigentlich wollte sie schon lange mit Tom Schluss machen, sie liebte ihn nicht. Aber irgendwie schaffte sie es nicht. Vielleicht wurde sie mit 34 langsam träge? Sie hatte einfach keine Lust auf eine längere Phase der Enthaltsamkeit, die ihr dann wohl bevorstehen würde.

»Lofoten? Was willst du denn dort?«, fragte Tom und schüttelte sich. Alles, was nördlich von Hamburg war, gehörte für ihn schon fast zum Nordpol.

»Mein Vater gibt dort ein Konzert«, antwortete sie knapp. Sie wusste, dass Tom nicht weiterfragen würde. Sie sprachen wenig über Dinge, die etwas mit ihrem Alltagsleben zu tun hatten.

»Du fährst am Freitag?«

»Nein, morgen. Und ich komme auch erst in einer Woche wieder«, antwortete Moa spontan und genoss es, ihn durch diese Antwort verletzen zu können.

»Und ich?«, fragte Tom beleidigt, als hätte ihm jemand sein Spielzeug weggenommen.

»Weiß ich nicht. Du kannst ja länger arbeiten.«

»Oder ich kann meine Frau fragen, ob sie mich besucht. Sie hat mir gestern erst gesagt, dass sie das gerne tun würde.«

Moa ließ den Nachtisch im Kühlschrank, schickte Tom weg und rief Nils und Frida an, um ihren Besuch auf den Lofoten anzukündigen. Vielleicht etwas riskant, ohne zu wissen, ob Bernd mir freigibt, schoss es ihr durch den Kopf, aber das war ihr jetzt egal. Sie brauchte dringend Abstand von ihrem miserablen Liebesleben.

## 2

Matthias sah auf die Uhr. Es war kurz vor zehn und von Christiane war keine Spur zu sehen. Wie kann sie zu ihrer eigenen Scheidung auf die letzte Minute kommen?, fragte er sich erstaunt. Er ging vor dem Berliner Amtsgericht Tempelhof auf und ab. Vielleicht sollte ich lieber drinnen auf sie warten, auf einer Bank sitzen und Zeitung lesen, dachte er. Das würde sicher entspannter aussehen, aber er brachte es nicht fertig. Obwohl er sich damit abgefunden hatte, dass Christiane ihn nicht mehr wollte, wühlte der Schmerz darüber, dass sie ihn wegen eines anderen Mannes verlassen und ihre Familie zerstört hatte, jetzt wieder in seinen Eingeweiden. Er kontrollierte seinen Atem und versuchte sich zu beruhigen. Es brachte nichts, an all das wieder zu denken. Wenn er sich darauf einließe, würde es lange dauern, bis er aus der Erinnerungsfalle wieder herauskäme.

Er hatte doch von Anfang an keine Chance gehabt, seine Ehe zu retten. Christiane hatte Olaf kennengelernt, als er selbst auf Forschungsreise war. All seine Versuche, sie zurückzugewinnen, waren erniedrigend und zwecklos gewesen. Er hatte es ignoriert, dass sie nur stumm dalag, wenn er mit ihr schlief, hatte gedacht, dass sie ihn wegen der Kinder niemals verlassen würde, und beschlossen, sich damit zufriedenzugeben.

Nach einem schrecklichen Jahr war alles plötzlich vorbei gewesen. Ein Anruf von Olaf hatte genügt. Dieser hatte sich von seiner Freundin getrennt – und die Ehe von Matthias und Christiane war zusammengebrochen wie ein Bauklotzturm ihres Sohnes.

Erst hatte Matthias sich darüber gefreut, dass Christiane nach ewig langer Zeit wieder mit ihm essen gehen wollte. Sie trafen sich damals in einer Pizzeria um die Ecke. Christiane wartete schon auf ihn. Als sie lächelte und ihn zur Begrüßung auf den Mund küsste, dachte Matthias, jetzt wird alles wieder gut, wir haben es geschafft. Sie unterhielten sich fast so entspannt wie früher. Beim Espresso teilte sie ihm dann jedoch mit, dass sie sich von ihm trennen würde. Sie hatte sich schon alles überlegt. Sie war bereit, auf den Unterhalt für sich zu verzichten und wollte auch sonst fair sein, denn sie wollte wegen der Kinder keine schwierige Scheidung. Sie schlug ihm vor, sich möglichst schnell eine neue Wohnung zu suchen, damit das sogenannte Trennungsjahr beginnen konnte. »Ich will dich nicht länger blockieren. Ich bin mir sicher, dass du bald eine findest, mit der du glücklich wirst und die besser zu dir passt als ich. Du bist ein toller Mensch«, hatte sie damals gesagt und seine Hand gedrückt. Das war wohl das Schlimmste gewesen …

Aber jetzt liebte er sie nicht mehr. Und bald würde er auch auf dem Papier wieder Single sein. Matthias konnte sich nicht darüber freuen. Er war 40 und sollte sich wieder auf den Markt werfen? Wie machte man das eigentlich? Er nahm an, dass Christiane nach der Scheidung bald wieder heiraten würde. Sie hat es gut getroffen, ihr Architekt verdient bestimmt besser als ich, dachte er bitter.

Hatte er nicht schon damals bei ihrer Hochzeit vor dem Standesamt auf sie gewartet? Sie hatte die Zeit vergessen, als sie sich bei ihren Eltern zurechtmachte. Das war ein Zeichen gewesen, aber er hatte es damals nicht erkannt.

Ein roter Fiat 500 parkte in einer kleinen Lücke direkt vor einem Verbotsschild. Christiane sprang aus dem Wagen und schloss die Fahrertür schwungvoll mit einer Hand, während sie mit der anderen ihr Handy zuklappte. Olaf hat ihr bestimmt noch Glück gewünscht. Nachher werden sie in einem schicken Restaurant feiern gehen, dachte er. Mit seinem übertriebenen Interesse an Styling, Design und schönen Dingen passte Olaf viel besser zu Christiane als er.

Sie trug die Perlenkette ihrer Großmutter samt den dazu passenden Ohrringen und sah viel konservativer aus, als er sie kannte. Wie lange wird es dauern, bis ich nicht mehr weiß, woher ihre Schmuckstücke stammen?, fragte sich Matthias. Sie hatte Olafs goldenen Ring mit den zwei Brillanten für heute nicht abgenommen und trug ihn auf dem Finger, von dem sie ihren Ehering abgestreift hatte. Christianes krisselige

Haare, die bei feuchtem Wetter zu allen Seiten abstanden, waren durch ein blaues Haarband gebändigt. Sie hatte Ringe unter den Augen, war sonst aber sorgfältig geschminkt, auch etwas, das sie früher nicht häufig getan hatte.

»Es tut mir so leid, dass ich jetzt erst komme«, sagte sie und drückte ihm die Andeutung eines Kusses auf die Wange. Matthias nahm sich vor, ihr nach der Scheidung nur noch die Hand zu geben. »Philipp hatte heute Morgen Bauchschmerzen und konnte nicht in die Schule. Olaf hat seine Termine dann umgelegt, aber das hat natürlich etwas gedauert«, sagte sie. Hatte sie jemals so gestrahlt, wenn sie den Namen Matthias erwähnte?

»Lass uns jetzt reingehen«, brummte er.

Der Richter und die Anwälte waren schon da. Sie setzten sich auf ihre Plätze, die Tür wurde geschlossen und die Verhandlung Mohn gegen Mohn begann. Matthias hatte Mühe, sich auf das zu konzentrieren, was der Richter vorlas: Vereinbarungen, die sie ohne viel Streit miteinander getroffen hatten. Julia und Philipp sollten bei Christiane bleiben, das war von Anfang an klar gewesen, denn er wollte nicht ausschließen, dass er irgendwann seine Dozententätigkeit in Berlin aufgeben und wieder als Meeresbiologe auf Forschungsreise gehen würde. Da würde er sich während seiner monatelangen Abwesenheit nicht um die Kinder kümmern können.

Nach einer halben Stunde war alles vorbei.

»Geschafft«, sagte Christiane erleichtert, warf dann aber einen schuldbewussten Seitenblick zu Matthias. Dieser Blick kränkte ihn mehr als ihre Erleichterung über das Ende ihrer Ehe.

»Lass uns noch einen Kaffee trinken gehen«, schlug sie vor. Er dachte, mit einem Kaffee in Bergen, wo wir uns kennenlernten, hat es angefangen, mit einem Kaffee hört es jetzt wieder auf. Sie sprachen über die Kinder, wohl das Einzige, worüber sie sich in den nächsten Jahren unterhalten würden, aber Matthias war froh, dass das jedenfalls ohne Probleme lief. Er konnte die Kinder so oft sehen, wie er wollte, wenn er es rechtzeitig mit Christiane absprach. Mittlerweile hatte er sich daran gewöhnt, dass er ein Besuchspapa war. Aber am Anfang war es ihm schwergefallen. So manches Mal hatte er mit den Kindern bei *McDonald's* gesessen und verzweifelt nach Gesprächsthemen gesucht. Er war noch nie besonders redselig gewesen, aber erst als Gelegenheitspapa war ihm das zum Problem geworden.

Nach einer halben Stunde hatten Matthias und Christiane den Kaffee ausgetrunken und er konnte sich verabschieden. »Wir telefonieren wegen der Kinder am Wochenende«, sagte sie noch, bevor sie sich umdrehte und zu ihrem Wagen ging. An der Scheibe klebte wie erwartet ein Strafzettel, aber so etwas braucht mich ja nicht mehr aufzuregen, dachte Matthias, das ist jetzt Olafs Part.

Er fuhr in seine kleine Wohnung in Dahlem. Es waren Semesterferien, erst in einigen Wochen musste er wieder Vorlesungen halten. Er hatte freie Zeit im Überfluss. Vor dem Scheidungstermin hatte er sich nicht überlegen können, was er damit anfangen wollte.

Jetzt waren sie also geschieden, und demnächst würde Christiane wahrscheinlich Haas heißen wie ihr Architekt.

Matthias schaltete seinen Computer an und öffnete die Datei mit den Fotos seiner Forschungsreisen. Sobald er die Bilder der verschiedenen Meere und Forschungsschiffe und seiner Kollegen sah, konnte er aufatmen. Er dachte mit Wehmut daran, wie er früher jeden Tag von Kiel aus über die Ostsee hatte schauen können. Die war zwar kein Weltmeer, aber immer noch besser als die Havel, der Wannsee oder die Spree. Er hasste Berlin und hatte damals nur die Stelle im Fachbereich Biologie an der Dahlemer Universität angenommen, weil auf dem beschränkten Markt der Meeresbiologen gerade nichts zu haben und sein Vertrag mit der Kieler Universität ausgelaufen war.

Das Telefon klingelte. »Hallo Matthias, wie geht es dir?«, meldete sich Maria und ihm fiel ein, dass er in einer Stunde mit seiner Kollegin am Potsdamer Platz im *Alex* verabredet war. »Um deine Scheidung zu begießen«, hatte sie gesagt. Sie war vor zwei Jahren selbst geschieden worden und somit waren sie beide Leidensgenossen, die sich ab und zu zum Tröstesex getroffen hatten, bis Maria bei parship.de ihren Traummann fand, mit dem sie jetzt eine aufregende Fernbeziehung führte.

Maria musste er nicht mühsam unterhalten. Er saß missmutig neben ihr und trank schweigend sein Bier. Ab und zu streichelte sie verständnisvoll seine Hand, was ihm gut gefiel. Vielleicht lässt sie sich ja auf Tröstesex ein, obwohl sie einen Freund hat, dachte er. Als die Tür aufging und Olaf mit Christiane im Arm und Philipp und Julia im Schlepptau hereinkam, wäre er am liebsten aufgestanden und hätte Olaf eine reingehauen. Stattdessen versteckte sich Matthias hinter der Speisekarte. Er wollte auf keinen Fall, dass sie ihn entdeckten. Aber die Gefahr war nicht allzu groß, weil sie nur Augen füreinander hatten und auf die andere Seite des Restaurants zusteuerten. Philipp setzte sich mit Olaf auf die Bank und lehnte den Kopf an seine Schulter. Julia lachte lauthals, als Olaf ihr etwas erzählte. Über meine Witze hat sie nie gelacht, dachte Matthias beleidigt.

Ihm war schlecht, aber Maria bemerkte glücklicherweise nichts, weil gerade ihr Handy klingelte und ihr Liebster anrief. »Er ist in einer halben Stunde in Berlin, hat solche Sehnsucht, ich muss los«, sagte sie entzückt und ließ Matthias am Tisch zurück.

Er beobachtete seine Exfrau, ihren neuen Mann, ihre Kinder und wagte es nicht aufzustehen. So hatte er Christiane noch nie gesehen. Sie strahlte und lächelte eigentlich ständig. Ab und zu beugte sich Olaf zu ihr hinüber und küsste sie. Gleich fallen sie übereinander her, dachte Matthias verächtlich. Glücklicherweise blieben sie nicht lange. Sie waren wohl auf dem Weg ins Kino. Olaf bezahlte für alle, als ob er das schon immer getan hatte. Matthias quälte die Vorstellung, dass Olaf für Philipps und Julias Vater gehalten werden konnte.

Er nahm sich auf dem Weg in seine leere Wohnung ein Taxi. Wenn er weinen musste, wollte er es nicht in einer überfüllten Bahn tun.

# 3

Bernd war über ihren Anruf am frühen Morgen und die Nachricht, dass sie spontan eine Woche freinehmen musste, nicht erfreut, aber als Moa von dem Besuch bei ihrem Vater erzählte, stimmte er zu.

»Ich weiß ja nicht, wie oft ich ihn noch besuchen kann und jetzt bietet sich gerade die Gelegenheit«, hatte sie gesagt und genau seine weiche Stelle getroffen.

Bernd hatte seinen Vater vor Kurzem verloren und litt immer noch darunter, dass er ihn so selten gesehen hatte, weil er das Restaurant nicht hatte allein lassen wollen. »Gut, eine Woche, aber keinen Tag länger«, brummte er. »Ich werde Maria bitten, mir auch in der Küche zu helfen. Und Andy muss dann eben mehr ran.«

»Vielen Dank, du bist ein Schatz«, flötete Moa und hoffte, ihn dadurch noch mehr zu besänftigen.

Jetzt musste sie packen. Und das würde problematisch werden, denn sie durfte nur 15 Kilo Gepäck mitnehmen. Das stand in den Bestimmungen von Widerøe's Fluggesellschaft, deren Propellermaschine sie von Bodø nach Svolvær auf der Lofoteninsel Austvågøy bringen würde. Der Flug dauerte nur 25 Minuten, kostete aber fast genauso viel wie der Flug von Hamburg über Oslo nach Bodø.

Auf einer Reise mit David nach Namibia war sie vor Jahren mit einer Cessna geflogen. Zuerst hatte sie sich geweigert, weil das Flugzeug in einem zweifelhaften Wartungszustand zu sein schien, aber da die Alternative ein mehrtägiger Fußmarsch durch die Steppe gewesen war, hatte sie sich dann doch in ihr Schicksal ergeben. Über den Wartungszustand der norwegischen Maschine machte sie sich keine Gedanken. Sie war gern unterwegs. Mit David war sie viel herumgereist: Afrika, Südamerika – meist mit dem Rucksack, nie besonders luxuriös, aber das war ihr damals egal gewesen, solange sie ab und zu etwas Schmackhaftes zu essen bekommen hatte. Von diesen Reisen waren bis auf die Fotoalben nicht viele Erinnerungsstücke übrig geblieben. Aber auch sieben Jahre nach seinem Abschiedsbrief aus Patagonien, wo er sich in eine Kollegin von Greenpeace verliebt hatte, fiel es ihr immer noch nicht leicht, sich die Bilder anzusehen.

Ihre Wanderstiefel hatte sie aus dieser Zeit gerettet. Die würde sie auf den Lofoten sicher gebrauchen können. In den vergangenen Jahren war sie immer allein für ein paar Tage an die Ost- oder Nordsee gefahren. Insgeheim hatte sie gehofft, dass David zurückkommen würde, bis sie vor zwei Jahren seine Hochzeitsanzeige erhielt und diese Illusion endgültig begrub. Irgendwie konnte Moa ihn auch verstehen. Er wollte gemeinsam mit seiner Lebensgefährtin für eine bessere Welt kämpfen, diesem Ideal konnte sie jedoch nicht entsprechen. Sie war nur eine auf Süß- und Vorspeisen spezialisierte Köchin.

Was sollte sie auf die Lofoten mitnehmen? Alles, was warm ist, hatte Frida am Telefon gesagt. Toll, das klang nicht gerade sexy. In den Tiefen ihres Kleiderschrankes fand Moa einen grauen Fleece und eine braune Thermohose. Aber die würde sie nur anziehen, wenn ihr der Kältetod drohte. Gut, dass sie zumindest einen bunten Wollpullover von Oilily hatte, der weniger sportlich wirkte. Sie packte auch ihr schwarzes Kleid mit dem tiefen Ausschnitt und die Riemchenpumps in den Koffer, denn sie wollte zumindest während des Konzertes nicht nach Polarkreis aussehen.

Sie nahm ihren Skizzenblock und die Ölkreide mit, weil sie hoffte, auf den Lofoten Zeit zu finden, mal wieder zu malen.

Seit sie vor ein paar Jahren einige Semester Kunst studiert hatte, war sie so gut wie nie dazu gekommen. Die Idee, doch noch zu studieren, kam damals von ihrer Mutter. Einer ihrer Patienten, ein Kunstprofessor, schuldete Gitta einen Gefallen, weil sie seine Frau davon überzeugt hatte, sich nicht von ihm scheiden zu lassen. Das wäre für ihn sehr teuer geworden.

»Er ist maßgeblich für die Aufnahmen an der Kunsthochschule zuständig und ich habe ihn gefragt, ob du dich bewerben kannst«, erzählte sie ihrer Tochter begeistert. »Und er hat sofort zugestimmt.«

»Aber er kennt doch meine Bilder gar nicht«, antwortete Moa verärgert, weil sie es hasste, wenn ihre Mutter sich auf diese Art in ihr Leben einmischte.

»Doch, ich habe sie ihm gezeigt«, sagte Gitta, ohne rot zu werden, und interpretierte Moas Fassungslosigkeit als Zustimmung. »Du kannst dich mit einer Mappe bewerben, ist das nicht toll? «, jauchzte sie und umarmte ihre Tochter.

Moa schluckte ihren Ärger über die Indiskretion hinunter, weil es sowieso keinen Sinn hatte, sie zu kritisieren, und mittlerweile wusste sie auch, dass sie nicht ihr restliches Arbeitsleben in einer Hotelküche verbringen wollte.

Zuerst sammelte sie Porträts, Aquarelle und Skizzen, die sie noch aus der Schulzeit besaß. Aber ihr wurde schnell klar, dass das nicht reichen würde. Irgendwann kam sie darauf, Szenen in der Küche zu skizzieren und sie dann später in Federzeichnungen umzusetzen. Sie malte großformatige Stillleben aus Acryl mit blutigen Fleischstücken und Küchenmessern, die inmitten von akkurat geschnittenem Gemüse in einer Aubergine oder Tomate steckten. Sie fand die Bilder zweideutig und wenig ästhetisch und sie drückten nicht die Harmonie aus, die sie mit Kochen verband. Aber ihre Mutter hatte ihr verraten, dass der Professor auf eine gewisse Rohheit stand, und so malte sie eben das.

Als sie tatsächlich die Erlaubnis der Universität zu malen bekam, war sie unendlich stolz. Sie stürzte sich mit Feuereifer in das Studium. Ihre Mutter finanzierte das erste Jahr und so kündigte Moa im *Elysée*. Sie wusste, dass sie mit ihrer Ausbildung und ihren Referenzen jederzeit wieder als Köchin anfangen konnte. Sie malte wie besessen, schlief lange, feierte viel. Es ist viel schöner als fast jeden Tag acht Stunden in einer heißen Küche zu verbringen, dachte sie im ersten Jahr. Sie hatte einige heftige Affären mit Künstlern. David hatte sie vor einem Jahr verlassen und sie war froh, dass sie endlich wieder Lust hatte, mit jemandem zu schlafen. Die Zeit in der Kunsthochschule war leidenschaftlich, wild, teilweise ziemlich schräg. Sie hatte noch nie mit so vielen Leuten zu tun gehabt, die sich ausschließlich um sich selbst drehten und deren Ziel es war, sich zu verwirklichen und berühmt zu werden.

Im zweiten Jahr fing sie an, an den Wochenenden als Aushilfe zu kochen, weil sie Geld brauchte, aber auch, weil sie den Kontakt mit Menschen vermisste, die sich mit realen Dingen beschäftigten. Der Job im *Walnuts* kam genau richtig. Bald arbeitete sich nicht nur an den Wochenenden. Immer seltener ging sie in die Kunsthochschule. Sie reagierte nicht mehr auf die besorgten Nachfragen ihres Professors und ließ sich nach einem halben Jahr exmatrikulieren ...

Moa lud südamerikanische Musik auf ihren iPod. Vielleicht würde sie das dann zeitweilig vergessen lassen, dass sie sich auf 67 Grad nördlicher Breite befand.

»Brauchst du Geld?«, fragte ihre Mutter, als sich Moa telefonisch von ihr verabschiedete.

»Nein, Nils wird die Reise bezahlen.«

»Aha, natürlich«, erwiderte ihre Mutter spitz.

Moa versuchte, das zu überhören.

»Hoffentlich wirst du nicht enttäuscht«, setzte Gitta einen drauf, als ihre Tochter nicht reagierte.

»Es ist ja nicht für lange. Das werde ich überstehen«, sagte Moa zynisch.

»Wenn du Zeit findest, ruf doch mal kurz an, damit ich weiß, dass es dir gut geht.«

»Natürlich, Gitta, mach ich«, sagte sie und verabschiedete sich. Sie würde *nie* heiraten.

Moa schickte Mark eine Mail, dass sie kurzfristig verreisen musste, und rief Anne an. Sie wollte die Stimme ihrer besten Freundin noch einmal hören, bevor sie wegflog. Aber wie immer, wenn sie Anne anrief, war der Zeitpunkt für ein ruhiges Gespräch ungünstig. Im Hintergrund hörte Moa die Kinder streiten, ihre Freundin klapperte beim Reden mit dem Geschirr, auf der anderen Leitung klingelte es, Moa wurde auf eine Warteschleife gelegt und dann wohl vergessen. Sie musste noch einmal anrufen. Anne entschuldigte sich dafür, dass sie nicht mehr hatte weitertelefonieren können, sagte, sie müsse jetzt kochen, weil ihr Mann gleich nach Hause käme. »Ich wünsche dir viel Glück bei deiner Reise. Du tust das Richtige. Ich umarme dich und werde an dich denken«, verabschiedete sie sich mit der ihr eigenen Herzlichkeit, die vergessen ließ, dass sie sich vorher nicht auf das Telefonat hatte konzentrieren können. Moa legte auf und fühlte sich gleich besser. Auf Anne würde sie immer zählen können. Ihre Freundin hatte sie in der Zeit des schlimmsten Liebeskummers wegen David nicht alleingelassen, als sie tagelang nur noch auf dem Sofa hatte liegen können. Vor Ewigkeiten war Moa Annes Trauzeugin gewesen. Sie hatte eine Rede auf die Liebe gehalten, nicht auf die Ehe, das hätte sie nicht fertiggebracht, aber Anne hatte es auch nicht von ihr verlangt. In dieser Freundschaft konnte jede ihren eigenen Weg gehen und deshalb hielt sie schon seit der gemeinsamen Schulzeit.

Auf dem Flug nach Oslo konnte Moa schweigen. Neben ihr saßen eine Norwegerin und deren Tochter, die so mit sich selbst beschäftigt waren, dass sie gar nicht versuchten, sich mit ihr zu unterhalten. Sie sah aus dem Fenster und freute sich, endlich wieder unterwegs zu sein.

Es war schon dunkel, als sie in Bodø ankamen. Moa hatte erwartet, dass sie sich wie in dem Lied *Allein, allein* von Polarkreis 18 fühlen würde. Als sie aber vor dem Flughafengebäude in einem Plexiglasunterstand auf ein Taxi wartete, begriff sie, dass sie mit ihrer Vorstellung von Bodø falsch lag. Hier war viel mehr los, als sie vermutet hatte. Hier standen nicht nur weitere Reisende und rauchten, es kam auch eine Gruppe kichernder junger Frauen in Engelsverkleidung mit blonden Zopfperücken, die anscheinend einen Junggesellinnenabschied in Bodø feiern wollten und schon ein wenig beschwipst waren.

Die Taxis kamen in schneller Folge, sodass Moa noch nicht halb erfroren war, als sie in einen Wagen stieg. Der Fahrer verstand Englisch, lächelte und sah gar nicht aus wie ein wilder Wikinger. Moa blickte aus dem Fenster und stellte fest, dass es in Bodø alles gab, was zu einer Kreisstadt gehörte: ein Stadion, Kirchen, Siedlungen mit den typisch norwegischen weißen Holzhäusern, ein Theater, ein Rathaus, Geschäfte, Imbisse, die noch geöffnet waren, eine Einkaufspassage. Hinter der Stadt konnte sie die eindrucksvolle Silhouette einer Bergkette erkennen.

Der Wagen hielt in der Nähe des *Thon Hotels* am Hafen. »Sei vorsichtig beim Aussteigen«, sagte der Fahrer.

Was soll denn passieren, dachte Moa, hier ist doch kein Verkehr. Sie bemerkte fast zu spät, dass der Bürgersteig mit einer zentimeterdicken Eisschicht überzogen war. Es war mühsam zu gehen. Plötzlich stach die Kälte in der Lunge und der Wind peitschte auf sie ein, ihre Gesichtshaut brannte. Sie roch und schmeckte das Meer, konnte es aber in der Dunkelheit nur schemenhaft wahrnehmen. Vollkommen außer Atem stieß sie die schwere Hoteltür auf.

Die Hotelhalle bestand aus einem Atrium mit hellem Holzfußboden und einer Sitzecke in skandinavischem Design. Der Sturm war hier nicht mehr zu hören. Moa fühlte sich gleich wohl und merkte jetzt erst, wie hungrig sie war. Frida hatte ein Zimmer mit Meerblick reserviert. Moa packte ihre Kosmetikartikel aus und dekorierte sie auf der Ablagefläche im Badezimmer. Sie ließ ein Bad ein, versank im warmen Wasser und dachte an nichts. Sie mochte diesen Schwebezustand auf Reisen, wenn sie noch nicht am Ziel, aber weit genug weg war, um sich von allem befreit zu fühlen, das sie zu Hause beschäftigt hatte. Sie fragte sich nicht, ob Bernd im *Walnuts* ohne sie zurechtkam. Sie dachte nicht an Tom. Sie stellte sich nicht vor, wie das Wiedersehen mit Frida und ihrem Vater sein würde. Heute Abend wollte sie genießen, dass sie Zeit hatte.

Im Hotelrestaurant bestanden die noch bezahlbaren Spezialitäten aus Spareribs und Burgern. Moa entschied sich für Spareribs und Weißwein. Sie bestellte beides an der Theke und bezahlte ohne umzurechnen, weil sie wusste, dass der Preis für dieses einfache Abendessen weit über dem lag, was sie vorgesehen hatte. Aber die Spareribs mit der Kartoffel und dem knackigen Salat schmeckten köstlich. Sie beobachtete die anderen Gäste. Am Fenster saß ein älteres Ehepaar. Sie kommen bestimmt aus Deutschland, dachte Moa. Sie trugen Norwegerpullover im Partnerlook und redeten kaum miteinander. Eine deutsche Familie mit zwei halbwüchsigen Kindern amüsierte sich dagegen gut. Sie unterhielten sich laut und fröhlich. Norwegische Jugendliche in halbhohen offenen Turnschuhen, Jeans und dünnen Pullovern kamen herein und bestellten sich etwas zum Mitnehmen. Sie tragen ähnliche Kleider wie die Jugendlichen in Hamburg Mitte März, wunderte sich Moa. Erfrieren die nicht? Sie hatte ihren grauen Fleecepullover ausgezogen und trug jetzt ein eng anliegendes blaues T-Shirt mit großem Ausschnitt und einen schwarzen Rock. Einige Jungs starrten im Vorbeigehen auf ihre vollen Brüste. Wenn ich wollte, könnte ich heute Abend noch jemanden abschleppen, dachte Moa amüsiert.

## 4

»Was, du willst einfach so weg? Wohin? Auf die Lofoten? Kenn ich nicht. Wie weit sind die weg vom nördlichen Polarkreis? Und die Kinder?«, fragte Christiane ziemlich fassungslos.

»Die werden einige Zeit auch gut ohne mich auskommen können. Das hat doch schon früher geklappt und jetzt hast du ja Hilfe«, antwortete Matthias und versuchte, möglichst unbeteiligt zu wirken. »Ich brauche Ferien, ich will mal raus. Das Semester war ziemlich anstrengend«, sagte er und hoffte, dass es überzeugend klang. »Und ich interessiere mich für die Walforschung, die dort gemacht wird. Mal was anderes als Plankton.«

»Gut, wie du willst. Aber beschwere dich nachher nicht, dass deine Kinder distanziert reagieren, wenn du wiederkommst. Sie hatten sich auf das Wochenende mit dir gefreut«, sagte Christiane vorwurfsvoll.

Früher hatte sie *unsere* Kinder gesagt, fiel ihm auf. Jetzt sind es entweder *deine* oder *meine*. Matthias war klar, dass Christiane es rücksichtslos von ihm fand, dass er einfach abhaute. Aber das war ihm vollkommen egal. Bisher war *sie* gedankenlos und gemein gewesen, jetzt war er mal dran. Er glaubte auch nicht, dass die Kids sich wirklich so sehr auf das Wochenende freuten, sondern vermutete, dass Christiane und Olaf eine Kurzreise ohne Kinder geplant hatten, um ihre Liebe und die Scheidung von ihm zu feiern. Jetzt müssen sie das streichen, dachte Matthias mit Genugtuung.

Die Lofoten waren auf seiner inneren Karte von Norwegen bisher ein weißer Fleck. Aber sie interessierten ihn schon lange. Er buchte die Flüge. Die Lofoten waren weit genug weg von allem. Sollte sich doch Olaf um seine Kinder kümmern. Sicher würden sie ihn bald Daddy nennen. Also konnte er auch einfach verschwinden.

Er packte eine Tasche mit Kleidern, zog seine grüne Daunenjacke an, die er auf Forschungsreisen immer getragen hatte, und verließ die Wohnung, ohne noch jemandem Bescheid zu sagen.

Irgendwo hatte er gelesen, dass Gott die Lofoten in einer Sektlaune erschaffen hatte. Obwohl sie nördlich des Polarkreises liegen, herrscht dort ein viel milderes Klima als in Lappland, 100 Kilometer weiter im Landesinneren, wo die Temperaturen im Winter auf minus 40 Grad absinken können. Auf den Lofoten liegen sie durchschnittlich nur bei minus zehn Grad. Aber im Vergleich zu Lappland ist es hier im Sommer kälter.

Er war schon auf Spitzbergen gewesen und hatte auch viele verschiedene Meere befahren. Viel reizte ihn nicht mehr, aber nachdem er vor einigen Monaten den Lofoten-Reiseführer von Mark Möbius und

Annette Stehr wie einen spannenden Krimi gelesen hatte, wusste er, dass ihm diese Inseln gefallen würden. Für Christiane wären sie zu rau und zu karg. Er aber war jetzt zu einem Ort unterwegs, zu dem ihn seine Exfrau sicher nicht begleitet hätte, und hatte das Gefühl, dass er zu dem Teil seines früheren Lebens zurückkehrte, der ihm am besten gefallen hatte.

Auf den Lofoten 1.000 Kilometer südlich des Nordkaps leben auf einer Fläche von 1.227 Quadratkilometern nur 24.000 Einwohner. Es gibt dort ausreichend Platz für jeden und immer wieder die Möglichkeit, mit dem Meer allein zu sein. Matthias war froh, dass er die Lofoten im März kennenlernen konnte. Im Sommer kommen viele Touristen mit ihren Wohnmobilen auf die Inseln und übernachten an den einsamsten und schönsten Stellen. Wenn noch Schnee lag, würde er sich Schneeschuhe kaufen und dorthin wandern, wo er außer seinen eigenen keine menschlichen Geräusche hören würde. In der Natur hatte er sich noch nie einsam gefühlt. Seiner Ansicht nach gab es Einsamkeit nur dort, wo Menschen die Herrschaft übernommen hatten.

Er hatte *Die Lofotfischer* von Johan Bojer gelesen, eine Geschichte über den Fischfang auf den Lofoten Ende des 19. Jahrhunderts. Die Fischer kamen bis vor 100 Jahren in offenen Holzbooten – den Nordlandbooten – aus dem Süden auf die Lofoten. Sie ruderten oder segelten, froren und hungerten, wenn keine Zeit blieb zu essen, weil die Wetterverhältnisse es nicht zuließen. Für die Nacht zogen sie das Boot irgendwo an Land und schliefen in feuchten Filzsäcken, der Kälte ausgesetzt. Nach tagelanger Fahrt waren sie oft nicht mehr in der Lage, ihre Stiefel auszuziehen, so sehr waren die Füße vom Meerwasser und der Kälte geschwollen. Aber sie nahmen diese Strapazen immer wieder in Kauf, weil der Kabeljau jedes Jahr auf seiner langen Reise durch den Vestfjord zwischen den Lofoten und dem Festland zog und es von Februar bis April dort nur so von Fischen wimmelte. Damals lohnte es sich für Hunderte Fischer, ihre Netze gleichzeitig auszubringen. Die Männer lebten zu acht in kleinen Fischerhütten, den Rorbuer, und teilten sich manchmal zu zweit eine Holzpritsche, weil sie in Schichten arbeiteten. Jeder hatte eine große Holzkiste dabei, die im besten Fall daheim von einer liebenden Frau mit Kuchen, Würsten, haltbarem Käse und vielleicht einem Brief oder Bildern von der Familie gepackt worden war. Die sonst so hartgesottenen Fischer zogen sich mit ihren Kisten in einen Winkel der kleinen Hütte zurück und öffneten sie mit geschwollenen, von Blasen übersäten Fingern. Niemand wollte gesehen werden, wie er vor Rührung oder Sehnsucht Tränen vergoss.

Matthias konnte sich diese Sorte Männer gut vorstellen. Er hatte einige Exemplare auf seinen Forschungsreisen kennengelernt. Es waren nicht die Wissenschaftler, sondern die Seeleute, Bootsführer oder Tourguides. Er selbst konnte zwar viel aushalten und wusste, wie er in der Natur zurechtkam. Aber manchmal fehlten ihm die praktischen Fähigkeiten. Er konnte stundenlang bei Seegang im Labor Planktonproben auswerten, ohne dass ihm schlecht wurde. Ihn störte es nicht, sich die Hände schmutzig zu machen oder im Schlafsack unter freiem Himmel zu schlafen. Aber wenn er früher auf seinen Forschungsreisen jemanden im Team hatte, der in der Lage war, auch noch mit feuchtem Holz Feuer zu machen, in kurzer Zeit ohne Anstrengung einen Unterstand gegen Wind zu bauen und selbst aus den simpelsten Lebensmitteln irgendetwas Schmackhaftes zuzubereiten, wusste er, dass ihm nichts geschehen konnte.

Er hoffte auf den Lofoten wieder diese Männer zu finden, gegen die selbst er wie ein großstädtischer Hänfling wirkte. Er trug keinen Bart und sein Gesicht war noch ziemlich glatt bis auf die Falten um seinen Mund, die in den vergangenen zwei Jahren entstanden waren und ihn manchmal missmutiger aussehen ließen, als er war. Wenn er erst einmal fischen gegangen war, würde dieser Ausdruck sicher wieder verschwinden, dachte er. Matthias wollte sich auf den Lofoten ein Boot ausleihen und dann raus auf den Vestfjord fahren wie früher die Fischer, sich wieder eins fühlen mit dem Meer, seiner einzigen dauerhaften Geliebten.

Vielleicht war es ein Fehler, sich überhaupt auf Christiane einzulassen, dachte er auf dem Weg zum Flughafen Berlin-Schöneberg. Zuerst hatte ihn ihre Andersartigkeit fasziniert und dann war sie schwanger geworden. Sie zu heiraten war für ihn Ehrensache gewesen. Und er hatte sie geliebt. Sein Selbstbewusstsein war immer noch angeschlagen. Außer mit ihr und Maria hatte er seit unzähligen Jahren mit keiner anderen Frau geschlafen. Er befürchtete, dass er inzwischen beim Flirten vollkommen aus der Übung sein könnte.

Die Maschine landete in Oslo. Matthias verspürte diese besondere Aufregung, die ihn immer überfiel, wenn er im Norden war. Vielleicht lag es daran, dass es in Norwegen nur vier Millionen Einwohner gibt und die meisten auf ein paar Städte verteilt leben?

»Die Trennung von Christiane bedeutet auch für dich eine Chance, das Leben zu finden, das du wirklich leben möchtest«, hatte Maria vor Kurzem gesagt. Ja, er würde das Leben finden, das zu ihm passte, auch wenn er jetzt noch nicht wusste, wie das aussehen sollte. Aber es würde wieder mit den Ozeanen, seinem liebsten Element, zu tun haben, ohne das er es viel zu lange hatte aushalten müssen. Er hatte sich vorgenommen, sich nie wieder für eine Frau zu verbiegen, auch wenn es vielleicht bedeutete, gar keine mehr zu finden.

Bis zu seinem Abflug nach Bodø hatte er noch Zeit und setzte sich in die Cafeteria *Monolithen*. Er genoss es, wieder mit ausländischem Geld bezahlen zu müssen. Das bedeutete für ihn Freiheit. Die Preise für einen dicken Pfannkuchen mit Sauerrahm und Blaubeermarmelade brachten ihn allerdings wieder auf den Boden der Tatsachen zurück. Die Freiheit, die er speziell in Norwegen empfand, war schon immer ausgesprochen teuer gewesen. Aber er wusste, dass er sich schnell daran gewöhnen und dann nicht mehr umrechnen würde. Zumindest war das Nachfüllen der Kaffeetasse umsonst. Er trank den starken Kaffee und fühlte sich wie zu Hause. Seine Gedanken kamen zur Ruhe. Sie drehten sich nicht mehr um seine gescheiterte Ehe oder seine Kinder. Er dachte an gar nichts, lauschte dem norwegischen Singsang um sich herum, dem er jetzt noch nicht folgen konnte, den er aber bald würde so weit verstehen können, dass er sich unterhalten konnte.

Er kannte viele internationale Flughäfen, aber nirgendwo sonst spürte er so viel Gelassenheit. Niemand hetzte oder rannte. Alle bewegten sich in einem gleichmäßigeren, gemächlicheren Schritt als in Hamburg oder Heathrow, was aber nicht hieß, dass sie langsamer vorankamen. Hier fühlte Matthias sich wohl, hier teilten die Leute seine Einstellung zur Schnelligkeit. Es brachte überhaupt nichts zu hasten, immer hinter irgendetwas herzurennen. Meistens verpasste man das, was wichtig war, oder bemerkte es oft noch nicht einmal.

Christiane war immer in Eile gewesen: beim Reden, Autofahren, bei allem, was sie tat, außer vielleicht, wenn sie ihre Kamera dabeihatte. Aber auf ihrer ersten gemeinsamen Reise durch Südnorwegen hatten sie viel Zeit damit verbracht, den Himmel zu betrachten, sie hatten still nebeneinandergesessen und aufs Meer hinausgesehen. Er war glücklich gewesen, endlich eine Frau gefunden zu haben, die ihm sein Schweigen ließ. Aber nach kurzer Zeit waren die Fragen gekommen: Was denkst du? Warum sprichst du so wenig? Du bist langweilig, hatte sie ihm mehr als ein Mal vorgeworfen. Dabei langweilte er sich nie. Im Geist beschäftigte er sich immer mit irgendetwas. Er konnte sich in sein Inneres davonschleichen und Bilder vom Meer heraufbeschwören. Manchmal fiel es ihm gar nicht auf, dass er lange nicht sprach. Am Anfang ihrer Liebe war Christiane in der Lage gewesen, seinen unausgesprochenen Gedankengängen zu folgen, sie hatte gewusst, dass er auch in Gedanken mit ihr sprach, selbst wenn er länger schwieg. Aber schon bald war ihr das zu wenig gewesen ...

Wieder dieses Thema, schalt sich Matthias unwirsch. Er hatte sich doch vorgenommen, nicht mehr über seine Exfrau nachzudenken. Sie waren zu verschieden gewesen, als dass es hätte funktionieren können. Alkohol wird helfen, dachte Matthias. Er kannte die Preise in den norwegischen Alkoholläden. Aber er wollte auf den Lofoten nicht auf einen guten Whiskey verzichten. Also ging er in den Duty-free-Shop und kaufte sich eine Flasche Glenmorangie und vier Schachteln Zigarillos von Davidoff.

# 5

Nach dem zweiten Glas Wein fühlte sich Moa beschwipst. Ich brauche Luft, dachte sie und stand auf. Sie versuchte ohne zu wanken zum Ausgang zu kommen, aber das gelang ihr auf den hohen Schuhen nicht ganz. Widerwillig zog sie den grauen Pullover über ihr T-Shirt. Draußen würde es für einen großen Ausschnitt doch zu eisig sein.

Sie musste sich gegen die Eingangstür stemmen, um sie aufzubekommen. Ein arktischer Wind nahm ihr den Atem. Es schneite zwar nicht, aber die Kälte war mörderisch. Zuerst wollte sie sofort wieder hineingehen, aber sie fühlte sich immer noch benommen und entschloss sich deshalb, den Elementen zu trotzen und draußen zu bleiben.

Sie lehnte sich gegen die Hauswand und schloss die Augen. Hier war es windgeschützt. Jemand sprach sie auf Norwegisch an. Sie öffnete die Augen. Ein großer Mann mit struppigen blonden Haaren und breiten Schultern lehnte neben ihr an der Wand und rauchte ein Zigarillo.

»Ich verstehe nicht, ich kann leider kein Norwegisch«, sagte sie auf Englisch. Mit Deutsch wollte sie es hier oben gar nicht erst versuchen. Hatten die Deutschen nicht im Zweiten Weltkrieg Norwegen besetzt?

»Ein bisschen unpraktisch für März, deine Schuhe, was?«, fragte der blonde Norweger jetzt auf Englisch, deutete auf ihre Pumps und lächelte.

»Ja, aber sie gefallen dir doch?«

»Unbedingt.«

»Es ist kalt.« Moa versuchte zu einem Gespräch anzusetzen.

»Das ist noch gar nichts«, antwortete der Norweger und warf ihr einen vielsagenden Blick durch erstaunlich lange Wimpern zu.

»Ich glaube, ich gehe rein«, machte sie hilflos weiter. Sie wollte sich nicht von diesem gut aussehenden Mann verabschieden, wusste aber nicht, worüber sie sich mit ihm unterhalten sollte.

Er reagierte sofort, warf sein Zigarillo weg, hielt ihr die Hoteltür auf und betrat hinter ihr die Halle.

Moa ging unbeholfen zu einem Tisch mit Wasserkaraffen und schenkte sich ein. Sie hoffte, dass der Mann noch blieb, und er machte keine Anstalten, die Halle zu verlassen, sondern schenkte sich auch ein Glas ein. Er stand ihr gegenüber, sah sie unverwandt an und lächelte.

»Sie kommen von einer Bohrinsel?«, fragte Moa.

»Ja«, murmelte der Norweger, »von einer Bohrinsel.«

Gesprächig ist der ja nicht gerade, sagte sie sich.

»Kann ich deine zauberhaften Schuhe und dich auf einen Drink einladen?«, fragte der Norweger jetzt. Er hatte eine angenehme, fast sanfte Stimme, die nicht zu seiner Größe passte.

Moa fing an sich vorzustellen, von seinen großen Händen gestreichelt zu werden. »Ja, gerne«, sagte sie und hoffte, dass sie dabei nicht rot wurde. Sie ließ ihn vorgehen, er hatte einen kleinen, muskulösen Po.

»Bier?« Er bestellte zwei.

Moa betrachtete seine vollen, etwas zu langen Haare. Er könnte auch ein Surfer sein, dachte sie.

Sie setzten sich an die Theke. Ihre Knie berührten sich. Moa trank das Bier in schnellen Zügen und merkte augenblicklich, dass sie jetzt wirklich beschwipst war. Der Norweger musterte sie interessiert. Er hatte blaue Augen mit grünen Sprenkeln. Sie sprachen wenig. Sie hatte keine Lust, ihn nach seinem Namen zu fragen.

Er beugte sich vor und strich ihr eine Locke aus der Stirn. Die Berührung seiner rauen Finger schickte Schauer durch ihren Körper. »Du hast schöne Haare«, flüsterte er und strich ihr über Kopf und Nacken. »Wollen wir noch etwas trinken?«

»Ich mag eigentlich kein Bier.«

»Ich fürchte, nur das kann man hier bezahlen«, murmelte er. »Magst du Whiskey?«, fragte er nach einer Pause.

Sie nickte.

»Ich habe welchen auf meinem Zimmer. Soll ich ihn

holen? Aber in der Halle werden wir ihn wohl nicht trinken können«, sprach er zögernd weiter.

»Ich komm nicht mit dir auf dein Zimmer«, nuschelte sie und merkte zu spät, dass es zu unfreundlich und abweisend klang. Sie hatte doch längst beschlossen, mit ihm ins Bett zu gehen.

Der Norweger nahm sofort seine Hand weg und rückte von ihr ab.

»Aber ich würde mich freuen, wenn der Schotte und du zu mir kommen würdet«, versuchte sie, die Situation zu retten. Hoffentlich verstand er ihr blödes Wortspiel. Sie beugte sich vor, damit er in den Ausschnitt sehen konnte, und nahm seine Hand. »In zehn Minuten, Zimmer 209?«

Er nickte.

Sie verließ die Bar und spürte seine Blicke noch auf ihrem Rücken, als sie schon mit dem Fahrstuhl nach oben fuhr. In ihrem Zimmer dämpfte sie das Licht, zog die Vorhänge zu und holte den iPod samt den kleinen Lautsprechern aus ihrer Tasche. Moa zögerte bei der Auswahl und entschied sich dann für kubanische Musik. Sie ging ins Bad, bürstete ihre dicken, langen, braunen Haare, besprühte sich mit La dolce vita von Christian Dior und legte rauchfarbenen Lidschatten auf. Beim dunkelroten Lippenstift musste sie sich konzentrieren, damit nichts verschmierte, weil ihre Hände zitterten. Sie hatte kein schlechtes Gewissen wegen Tom. Der vergnügte sich ja auch in Hamburg mit seiner Frau.

Der Norweger hatte sich umgezogen. Jetzt trug er ein schickes dunkelgraues Hemd. Die Whiskeyflasche drehte er nervös in den Händen.

»Komm rein«, sagte sie und bemerkte zu spät, wie zweideutig das klang.

Er betrat zögernd das Zimmer und sah sich um. »Wirkt gar nicht mehr wie ein Hotelzimmer«, sagte er. Moa hatte die Leuchter und Kerzen, die sie für Frida auf dem Osloer Flughafen gekauft hatte, hervorgeholt. »Hast du Gläser?«

Sie fand welche im kleinen Zimmerkühlschrank und reichte sie ihm. Als er ihr das volle Glas zurückgab, berührten sich ihre Finger. Sie war wie elektrisiert. Sie tranken und blieben weiter unschlüssig voreinander stehen. Wenn ich jetzt nichts tue, ist die Stimmung dahin, dachte sie. Warum war er plötzlich so zurückhaltend? Mochte er ihre Musikauswahl nicht? Sie suchte nach etwas Langsamerem. Billy Joels *Piano Man* erklang. Sie schämte sich. Das Lied war 25 Jahre alt. Er würde es sicher nicht mögen. Sie wollte weitersuchen, aber er legte ihr die Hand auf den Rücken. »Ich mag diese Musik, ich kenne sie von früher«, sagte er und drehte sie zu sich um. Sie küssten sich. Seine großen Hände streichelten über ihr Haar und wanderten ihren Hals hinunter zu ihrem Rücken. Er führte sie zum Bett und zog sie sanft nach unten. Er beugte sich über sie, strich vorsichtig über ihr Brüste, zeichnete die Konturen ihres Körpers mit erstaunlich sensiblen Fingern nach, streichelte sie behutsam und zog sie dabei langsam bis auf das Höschen und den BH aus. Sie war froh, dass sie ihre schwarze Spitzenunterwäsche trug und nicht einen einfachen Baumwollbody. Der Norweger zog sein Hemd aus. Er trug graue Björn-Borg-Unterhosen und ein weißes T-Shirt. Typisch skandinavisch, dachte sie und freute sich über diesen exotischen Fang.

»Sag mir was auf Norwegisch«, flüsterte sie und er murmelte etwas, das so klang wie »elskedei« und »skrumdrei« und noch etwas, das sie nicht verstand, aber es klang sexy. Sie zog ihn zu sich herunter und küsste ihn leidenschaftlich.

Als Moa aufwachte, war er nicht mehr da, aber das verwunderte sie nicht. Er hatte ihr erklärt, dass er sehr früh weitermusste, und sie war sich so verwegen vorgekommen wie eine Seemannsbraut. Heute Nacht würde er bestimmt an sie denken, wenn er in seiner schmalen Koje lag.

Wie schnell hier das Wetter wechselte, dachte sie. Gestern war es stürmisch und kalt gewesen. Heute schien sogar die Sonne und es war auch nicht viel kälter als in Hamburg an einem guten Märztag. Sie sah aus dem Fenster über den kleinen Hafen. Im Hintergrund ragten schneebedeckte Steininseln aus dem Wasser. Das Meer war tiefblau und ruhig, der Himmel wolkenlos. Moa betrachtete dieses Idyll und schämte sich fast schon dafür, dass sie angenommen hatte, so weit im Norden würde die Sonne um diese Jahreszeit gar nicht zu sehen sein. Es war neun Uhr. Sie hatte noch zwei Stunden Zeit.

Als sie im Schaumbad lag, träumte sie von dem Norweger, dessen Namen sie nicht kannte. Letzte Nacht hatte sie ihn nicht danach gefragt und er hatte ihn nicht von sich aus gesagt. Sie hatten sich in die Augen gesehen, während sie sich liebten, und sich lange in den Armen gehalten, nachdem sie miteinander geschlafen hatten. Vielleicht war es deshalb so innig gewesen, weil ich ihn nicht kannte, dachte Moa. Aber sie wusste jetzt, dass sie sich von Tom trennen würde, sobald sie nach Hamburg zurückkäme. Sie wollte keine lauwarme Beziehung mehr.

Beim Frühstück probierte sie fast alles vom Buffet: braunes Brot mit leichtem Malzgeschmack, eingelegten Fisch, Joghurt mit Moltebeeren. Die deutsche Familie mit den fröhlichen Kindern hatte sich ans andere Ende des Frühstücksraumes verzogen. Jetzt am Morgen war aber niemand von ihnen gesprächig. Einige norwegische Geschäftsleute saßen zusammen bei einer Besprechung. An einem anderen Tisch unterhielten sich Langläufer in Sportkleidung.

Nach dem Frühstück wanderte Moa durch die kleine Innenstadt. Auf einmal gefiel es ihr, in ihren sportlichen Hosen und Wanderschuhen nicht aus dem

Rahmen zu fallen. In einem Geschäft für Norwegerpullover kaufte sie gefütterte Wollhandschuhe und eine blaue Wollmütze mit norwegischem Muster. Die Sonne schien, sie brauchte die Handschuhe nicht anzuziehen, es war knapp über null Grad. Sie ging in eine Einkaufspassage, wo sich viele Jugendliche trafen und Skateboard fuhren. Plötzlich freute sie sich auf ihren Vater und Frida.

Der Check-in ging schnell. Ihr Koffer wog 15,8 Kilo und sie machte sich deshalb Sorgen, aber der Norweger am Tresen sagte freundlich: »Ist okay«, und lächelte. Mit ihr warteten ungefähr hundert Leute auf einen Anschlussflug. Sie hörte fast ausschließlich Norwegisch. Hier war jetzt keine Hauptsaison für Tourismus. Die deutschen Norwegenurlauber fuhren im März lieber zum Langlaufen in die Telemark. David hatte mit ihr auch geplant, dorthin zu fahren, aber dazu war es dann nicht mehr gekommen. Eigentlich war sie nie der Typ für sportliche Betätigungen in den Ferien gewesen und sie hatte nur David zuliebe mitmachen wollen.

An Bord der Propellermaschine begrüßte sie ein braun gebrannter, schlanker Steward, der so aussah, als klettere und segele er in seiner Freizeit. »Sie können sich überall hinsetzen«, sagte er zu ihr. Das Flugzeug hatte 40 Plätze. Sie hatte Glück und fand noch einen Fensterplatz.

In der Sitzreihe vor ihr saß die deutsche Familie

aus dem Hotel. Die Frau schien gar nicht mehr so entspannt zu sein wie heute Morgen beim Frühstück. Sie sah sich mit Entsetzen im Flugzeug um und suchte die Notausgänge. Sie bemühte sich, entspannt zu wirken.

»Mom, ist gut, es wird schon nichts passieren«, beschwichtigte sie das vielleicht 14-jährige Mädchen und streichelte die Hand ihrer Mutter.

Dieser war es augenscheinlich peinlich, als Angsthase entlarvt zu werden. Sie zog die Spucktüte aus der Sesseltasche und entfaltete sie. »Für alle Fälle treffe ich schon mal die Vorbereitungen«, sagte sie in scherzhaftem Ton zu ihrer Tochter, die sich aber schon gar nicht mehr um sie kümmerte, sondern mit ihrem Bruder sprach. Er saß auf der anderen Seite des Ganges neben seinem Vater am Fenster und war begeistert von der Aussicht, mit einer so kleinen Maschine übers Meer zu fliegen.

Das Flugzeug rollte, die Geräusche der Propeller wurden lauter. Endlich, dachte Moa. Sie liebte den Moment des Starts. Sie schloss die Augen, um nicht sehen zu müssen, wie Mom sich verzweifelt an den Armlehnen und ihrer Spucktüte festkrallte und »Oh Gott« flüsterte.

»Alles klar, Mom?«, fragte die Tochter etwas lahm. Sie interessierte sich viel mehr für die fantastische Aussicht als für ihre ängstliche Mutter. Moa freute sich, dass dieses junge Mädchen genauso angetan war vom

Fliegen wie sie selbst. Sie sah aus dem Fenster auf das Meer und die mit Schnee und Eis bedeckten Berge im Bodøer Hinterland. An manchen Stellen konnte sie bis auf den Grund des abwechselnd türkisfarbenen und dunkelblauen Wassers sehen. Der Bruder auf der anderen Seite des Ganges war vor Begeisterung ganz still geworden. Sie überflogen kleine Inseln. Mom betete jetzt offensichtlich. Auch der Steward schien die Angst der Frau bemerkt zu haben und kam zu ihr. »Es ist alles gut«, beruhigte er sie. »Es kann nichts passieren.« Mom nickte tapfer, schien aber nicht ganz glauben zu können, was er sagte.

Ein Passagierschiff hatte denselben Kurs wie sie. Da ist es wieder, freute sich Moa, dieses sagenhaft freie Gefühl, das sie auf den Reisen mit David kennengelernt hatte. Er hatte sie aus der Hotelküche entführt und ihr eine Welt gezeigt, die für sie ohne ihn bestimmt verschlossen geblieben wäre, weil sie allein nie den Mut und die Fantasie gehabt hätte, diese Reisen zu unternehmen. »Die Welt ist so schön und groß«, hatte David ihr gesagt, »Reisen ist mein Lebenselixier. Die Erinnerungen an die Landschaften, die ich auf Reisen entdeckt habe, sind mein Besitz, viel mehr wert als alles andere.« Sie selbst erinnerte sich an Formen, Farben und Gerüche, aber am meisten an Begegnungen mit Menschen. Und an Geräusche: die von Tierlauten durchsetzte Stille in der Steppe Namibias, das Zirpen der Grillen, die leise

Musik aus dem Camp. Die Erde hat keinen Anfang und kein Ende. Sie ist groß und weit und unendlich schön ...

Jetzt überflogen sie einen schmalen Fjord. Es tauchten zerklüftete Berge auf, die sich aus dem Meer in schwindelerregende Höhen erhoben. Ihre schnee- und eisbedeckten Gipfel wirkten zum Greifen nah. Irgendwo da unten musste der Flughafen von Svolvær mit seiner kurzen Landebahn liegen. Der Pilot wird das schon machen, dachte Moa vertrauensvoll. Das sagte sie auch zu Mom, die schweißgebadet auf ihrem Sitz kauerte.

»Ja, ich weiß«, antwortete sie und versuchte ein schiefes Lächeln.

»Das ist das Schönste, was ich bisher gesehen habe«, murmelte die Tochter in Gedanken versunken. Moa stimmte ihr zu. Die zerklüfteten Berggipfel wirkten erhaben und majestätisch. Der Schnee in der Ebene glitzerte. Jetzt freute sie sich sogar wieder, in den Winter zurückzukehren, den sie in Hamburg schon fast hinter sich gelassen hatte.

Sie flogen über eine dünn besiedelte Ebene. Moa entdeckte den kleinen Flughafen von Svolvær, der direkt am Meer lag. Die Landebahn verlief parallel zur Küste. Die Maschine beschrieb eine Kurve und sank schnell tiefer. Dann setzten die Räder auf. Der Lärm des Gegenschubes war ohrenbetäubend, aber die Maschine wurde langsamer und rollte sanft aus.

Moms Mann hielt seiner Frau während der Landung die Hand. Jetzt beugte er sich zu ihr und sagte: »Du warst tapfer, Süße, du hast es geschafft.«

»Gott sei Dank muss ich erst wieder in zwei Wochen zurück«, antwortete sie leise.

Moa stieg aus und ging über das Rollfeld. Der Himmel hatte sich in den vergangenen Minuten zugezogen. Es war auf einmal nicht mehr vorstellbar, dass eben noch die Sonne geschienen hatte. Sie betrat mit den anderen Passagieren das kleine Flughafengebäude und wartete auf ihren Koffer, der vom Flugzeug aus auf einen offenen Gepäckwagen umgeladen wurde.

»Hallo Moa!« Sie drehte sich um. Nils, den sie nur in schwarzen oder steingrauen Hosen und Hemden kannte, trug einen blauroten Norwegerpullover, eine dunkelrote Hose und Wanderstiefel, als wollte er der nördlichen Kargheit mit seinem farbigen Aufzug etwas entgegensetzen. Er lächelte und umarmte sie vorsichtig. Moa stellte erfreut fest, dass Frida nicht zu sehen war.

»Ganz schön lange Fahrt, was?«, sagte Nils mit einem Grinsen. Er half ihr, den Koffer auf dem Gepäckwagen zu finden. Keiner drängelte sich vor, die Suche lief entspannt, aber nicht chaotisch ab.

Sie verließen das Flughafengebäude. Nils steuerte auf einen dunkelblauen VW Passat zu.

»Ist der nicht eher für den Großstadtverkehr gebaut worden?«, fragte Moa zweifelnd.

»Du wirst dich wundern, was der alles kann. Er hat

Spikes. Damit schafft er die widrigsten Straßen- und Wetterverhältnisse.« Nils ergriff ihre Hand. »Du siehst gut aus Moa, ich bin froh dich zu sehen.«

Sie wusste nicht, wie sie reagieren sollte. Diese unvermittelte Rührseligkeit passte nicht zu ihrem Vater. Als er fuhr, beobachtete sie ihn verstohlen. Sein graues Haar war jetzt fast weiß. Hatten sich seine Falten durch das raue Klima noch mehr in die Gesichtshaut eingegraben? Er sah blass aus. Seit wann hatte er Altersflecken auf den Handrücken? Sie musste sich zwingen, nicht weiter auf seine Hände zu starren. Er ist alt, stellte sie fest, und dieser Gedanke war ihr neu.

# 6

»Du musst nach Henningsvær fahren«, erklärte ihm Ole, der Angestellte der örtlichen Autovermietung Lofot Cars, bei der Matthias einen alten Volvo ohne Zentralverriegelung und CD-Player mietete. Er war von der Fähre zur Autovermietung gelaufen und jetzt trank er mit Ole Kaffee aus Plastikbechern. »Nur eine halbe Stunde von Henningsvær entfernt kannst du um diese Jahreszeit den meisten Kabeljau und Dorsch fangen. Ich habe dort voriges Wochenende einen rausgezogen, der war so groß«, sagte Ole und breitete seine Arme weit aus. »Wenn du willst, ruf ich in Henningsvær an und frage, ob noch ein Rorbu frei ist. Du guckst von Nummer 18 direkt auf das Meer, es ist gigantisch.«

»Das klingt fantastisch, danke«, sagte Matthias. Hier muss ich nicht lange herumreden, hier kann ich gleich auf den Punkt kommen, dachte er. Ole sprach wie die meisten jüngeren Norweger, die Matthias getroffen hatte, sehr gut Englisch, geprägt durch MTV und die Tatsache, dass viele Filme nicht auf Norwegisch synchronisiert wurden. Keiner erwartet, dass ich die Landessprache beherrsche, dachte Matthias erleichtert. Als Ole mit dem Besitzer der Fischerhütten in Henningsvær telefonierte, verstand er zwar viel, aber er hatte Schwierigkeiten, norwegische Sätze über die Lippen zu bringen.

»Es geht klar, die Nummer 18 ist noch frei«, sagte Ole. »Brauchst du eine Straßenkarte?«

Matthias nickte. Normalerweise stattete er sich vor einer Reise mit Karten aus, aber dieses Mal hatte er keine Zeit mehr dazu gehabt.

»Du findest dich hier auf Austvågøy ganz leicht zurecht. Es gibt nur eine Hauptstraße, die E 10, und die ist auch überall gut befahrbar. Ganz in der Nähe ist ein Einkaufszentrum, da bekommst du alles, was du brauchst. Du musst nur in Richtung Zentrum fahren.« Ole zeigte ihm den Weg auf der Karte.

Matthias bedankte sich und packte seine Sachen in den Wagen, den er für drei Wochen gemietet hatte. Er fuhr Richtung Einkaufszentrum und genoss es, dass so wenig auf den Straßen los war. Svolvær wurde von einem Berg überragt und beschützt. Matthias nahm sich vor, ihn bald zu besteigen. Die Aussicht von dort oben über das Meer musste grandios sein.

Kurz vor dem Parkplatz des Einkaufszentrums geriet er überraschenderweise in einen Stau, der sich aber in wenigen Minuten wieder auflöste. Im Coop-Supermarkt kaufte er alles für die ersten Tage ein, denn er befürchtete, dass die Kneipen- und Restaurantszene in Henningsvær wenig zu bieten hatte. Wie immer, wenn er in Norwegen unterwegs war, wanderten zwei Tuben mit Krabbenpaste in seinen Einkaufswagen und natürlich das einheimische Ringnes-Bier. Das ist zwar ziemlich dünn, aber einigermaßen bezahlbar. Fisch würde er sich selbst angeln oder in Henningsvær von den Fischern kaufen.

Die Kassiererin sagte den Preis auf Norwegisch und Matthias verstand sie, ohne auf das Display zu gucken. Er räumte die Lebensmittel in den Wagen und ging noch einmal in das Einkaufszentrum zurück. Im ersten Stock fand er einen Laden mit Sport- und Winterbekleidung, wo er sich ein Paar wasserdichte Handschuhe und warme Funktionsunterwäsche kaufte. Die Sachen zum Angeln konnte er sich bestimmt in Henningsvær ausleihen.

Als Matthias wieder zu seinem Auto zurückkam, dämmerte es. Er sah in den Himmel zum weißen Halbmond. Die Wolken hatten sich wieder verzogen. Er studierte die Straßenkarte und verließ Svolvær auf der E 10 in Richtung Westen. Außerhalb des Ortes lichtete sich der Verkehr. Er fuhr zügig, aber vorsichtig, weil er wusste, dass hinter jeder Kurve ein Bus oder ein einheimischer Schnellfahrer daherkommen konnte. Er schaltete das Radio ein und suchte einen Sender. Zwei Moderatoren unterhielten sich, Matthias hörte ihnen zu, während er dahinfuhr.

Er fühlte sich endlich wieder wohl. Die Gedanken an Christiane lösten sich auf, es blieb nur eine diffuse Sehnsucht nach den Kindern zurück, die er schon von seinen Forschungsreisen kannte, aber damit konnte er gut zurechtkommen. Er hoffte, dass sie ihm seine längere Abwesenheit nicht übel nehmen würden. Eigentlich waren Julia und Philipp doch von klein auf daran gewöhnt, dass er mehrere Wochen hintereinander weg war. Bisher war sein Marktwert dadurch bei ihnen immer gestiegen. Sie fanden es cool, dass er Forschungsreisen unternahm. Sicher würden sie von seinen Geschichten über die Lofoten begeistert sein. Er nahm sich vor, ihnen viele Postkarten mit Motiven von Walen, dem Nordkap, der Lofotenwand und dem Meer zu schicken und ihnen oft über seine Abenteuer beim Fischen zu berichten.

Die Straße war an einigen Stellen glatt, aber das störte Matthias nicht, weil er wusste, dass die Spikes damit fertigwerden würden. Instinktiv nahm er wahr, dass der Wind aufgefrischt hatte, er schätzte, dass die Temperatur jetzt knapp unter null Grad Celsius lag. Knorrige Äste von Krüppelweiden lugten aus dem Schnee hervor. Er liebte diese Kargheit. Sie schärfte seine Aufmerksamkeit. In Berlin war sie überhaupt nicht gefragt gewesen und er war sich manchmal vorgekommen, als ob er schliefe. Hier war nicht alles auf den Menschen und seine überzogenen Bedürfnisse abgestimmt und man musste mit der Natur leben.

Er fuhr an der Abzweigung nach Kabelvåg vorbei. Anfang des vorigen Jahrhunderts war dieser ehemalige Wikingerort mit jetzt nur noch 1.920 Einwohnern in den Wintermonaten von unzähligen Fischern bevölkert gewesen. Matthias malte sich aus, dass der freie und wilde Geist von damals auch heute noch in Kabelvåg zu spüren sein müsste. Er passierte die Vågan-Kirche, die größte hölzerne Kathedrale mit 1.200 Sitzplätzen nördlich von Trondheim. Zur Blütezeit des Kabeljaufanges hatten die Fischer diese Kirche oft besucht und für einen guten Fang ohne Stürme gebetet. Matthias hatte Fotos gesehen: Vorne saßen die Honoratioren der Lofoten, hinten die Fischer mit ihren zauseligen Bärten. Sicher hatten die Bürgerväter damals streng darauf geachtet, dass ihre Töchter sich nicht in diese Fischer verliebten, die damals auf bürgerliche Frauen wahrscheinlich eine ähnliche Wirkung hatten wie heute die Männer von Bohrinseln, dachte Matthias.

Jetzt sah er über die Arsvågen-Bucht, wie er auf der Karte las. Er kam an Gehöften vorbei – und über allem thronte der verschneite Vågakallen, dessen schneebedeckte Hänge vom Mondlicht beschienen wurden. Matthias fuhr durch einen fast einen Kilometer langen Tunnel. Das Scheinwerferlicht seines Wagens verlor sich immer wieder in der Dunkelheit der Röhre, die noch vor ihm lag, und er war erleichtert, als er auf der anderen Seite wieder herauskam. Beinahe hätte er die Abzweigung nach Henningsvær verpasst. Auf der schmalen, kurvigen Straße musste er das Tempo drosseln. Auch hier gab es keine Straßenbeleuchtung. Er fuhr langsam, um rechtzeitig auf entgegenkommende

Autos reagieren zu können, denn es gab nur wenige Haltebuchten.

Bald darauf sah er Henningsvær auf der rechten Seite liegen. Als er über zwei Bogenbrücken in den Ort gelangte, hatte er das Gefühl, schon einmal hier gewesen zu sein, so vertraut kam ihm alles vor. In den Fenstern der meist weiß gestrichenen Holzhäuser standen kleine Lampen, deren Lichtschein nach draußen fiel. Matthias mochte diese skandinavische Tradition, so einen Akzent gegen die Dunkelheit zu setzen. Er merkte jetzt, wie erschöpft er war. Gleich würde er seine Hütte beziehen, die Lebensmittel verstauen, etwas essen und auf das Meer schauen.

Auf dem Parkplatz vor den dunkelroten Fischerhütten standen nur zwei Autos. Im Haupthaus brannte Licht. Matthias ging durch die klare Polarluft, die Temperatur war in der vergangenen Stunde um einige Grad gesunken, der Wind hatte weiter zugenommen.

Hinter dem Tresen der Rezeption begrüßte ihn ein mittelgroßer Mann in den 30ern mit Dreitagebart, dunklen Ringen unter den Augen und einer blauen Wollmütze auf dem Kopf. »Ich bin Erik, willkommen. Hier hast du die Schlüssel«, sagte er ohne Umschweife. »Die Heizung ist angestellt. Holz liegt neben dem Ofen. Wir reden morgen, ich will nachher wieder zum Fischen raus und muss jetzt noch ein paar Stunden schlafen. Um diese Jahreszeit bin ich mehr Fischer als alles andere, musst du wissen.«

»Kann ich verstehen«, sagte Matthias langsam auf Norwegisch. Er wusste nicht genau, ob er es richtig ausgesprochen hatte, aber Erik schien zu begreifen, was er meinte.

Er ging zum Rorbu Nummer 18 und öffnete die Tür. Im kleinen gusseisernen Ofen flackerte ein Feuer. Die Hütte bestand aus einem Raum mit einer Küchenzeile, einer Essecke, zwei Sesseln mit einem kleinen Tisch, der genau vor dem Fenster stand, das auf die vorgelagerten Inseln und das Meer hinausging. Das Schlafzimmer war eine winzige Kammer. Matthias nahm sich ein Bier und setzte sich auf den Sessel dicht am Fenster. Von diesem Platz aus konnte er direkt auf das Meer sehen. Das hatte ihm gefehlt.

# 7

Moa wachte schon früh auf. Im Haus war es noch still. Sie sah sich in ihrem kleinen Zimmer um. An der weiß lackierten Holzwand hingen ihre Kleider an Holzhaken. Skizzenblock und Ölkreiden lagen auf einem antiken weißen Holzschreibtisch unter dem Fenster. Frida hatte den dazu passenden Stuhl mit blau-weißem Stoff beziehen lassen, aus dem auch die Kissen auf dem Bett und die Vorhänge waren. Wie schön, dachte Moa. Seit langer Zeit hatte sie wieder Lust, etwas zu zeichnen.

Sie blieb noch ein wenig im Bett liegen und erinnerte sich an den vergangenen Abend: Frida hatte sie an der Haustür mit einer Umarmung begrüßt. Mit ihrer bestickten Schürze und dem kupferfarbenen Haar sah sie wie eine Figur von Astrid Lindgren aus. »Ich backe gerade Waffeln«, sagte sie. »Kommt rein.« Sie traten in eine offene Küche. Der weiße Holzküchentisch war schon mit schlichten weiß-blauen Tellern, großen Wassergläsern mit dickem Rand und altem Silberbesteck gedeckt. Frida küsste Nils auf den Mund und lächelte Moa warmherzig an. Moas Vater entspannte sich sofort und sie fühlte sich in diesem Haus auf Anhieb wohl. Bisher habe ich ihr gar keine Chance gegeben, mich richtig kennenzulernen, dachte sie schuldbewusst.

»Setzt euch«, sagte Frida. »Ihr bekommt die erste Portion Waffeln. Moa, mit Erdbeermarmelade und Rahm?«

Moa nickte und setzte sich neben ihren Vater an den Küchentisch. Von ihrem Platz aus konnte sie das Wohnzimmer überblicken. Auf der einen Seite stand ein weißer, gusseiserner Ofen, daneben lag Holz in einem Weidenkorb. Sie sah durch zwei große Sprossenfenster und eine Glastür in die Polarnacht. Dort muss das Meer sein, dachte sie. Wie gut, dass ich hier nicht allein bin. Aber die Kälte und Kargheit draußen spielten in der warmen Wohnstube keine Rolle. Im Ofen prasselte Feuer. Nils hatte die *Goldberg-Variationen*, gespielt von Martin Stadtfeld, aufgelegt. Moa erkannte die Aufnahme gleich, sie liebte sie sehr. Plötzlich erinnerte sie sich daran, dass Nils ihr als kleines Mädchen oft zum Einschlafen die *Goldberg-Variationen* von Glenn Gould vorgespielt hatte. Sie lächelte bei dem Gedanken. Sie aßen Waffeln und tranken dazu mit Limonen- und Orangenscheiben gewürztes Wasser. Frida erzählte Geschichten über Vestresand und den Lofoter Teil ihrer Familie. Sie hatte eine warme, melodische Stimme, unterstrich ihre Erzählungen mit Gesten, ihre blauen Augen strahlten. Sie sprach eine Mischung aus Englisch, Deutsch und Norwegisch.

»Das Haus hat meinen Großeltern gehört. Bis meine Großmutter starb, wohnten sie hier gemeinsam. Eigentlich hat meine Tante meinen Großvater dann zu sich nehmen wollen, aber der alte Mann, ein extrem sturer Bursche, hat sich geweigert und gesagt, solange er noch den Weg zum Hafen ohne Stock gehen und allein auf sein Fischerboot klettern könne, würde er hier wohnen bleiben. Meine Tante musste sich fügen, kam aber alle paar Tage, um nach ihm zu sehen. Das hat ihn sehr geärgert«, sagte Frida, »weil es so aussah, als ob seine Tochter ihm, dem pensionierten Lehrer, nicht zutraute, allein klarzukommen. Aber das hat er ihr nie gesagt, sondern nur mir erzählt, wenn wir mal telefoniert haben, was aber nicht oft vorkam.«

Moa aß Waffeln und fühlte sich wie in der Küche vom Norder-, Süder- oder Mittelhof in Bullerbü. Als kleines Mädchen hatte sie die Bullerbü-Geschichten von Astrid Lindgren geliebt und sich immer gewünscht, eins von diesen Kindern zu sein.

»Und mein Großvater ist tatsächlich bis kurz vor seinem Tod fischen gegangen«, erzählte Frida weiter. »Eines Morgens fand meine Tante ihn tot im Bett.« Fridas Stimme zitterte. Nils ergriff ihre Hand und streichelte sie. So zärtlich habe ich meinen Vater noch nie gesehen, dachte Moa. Nach dem Essen tranken Frida und sie Kaffee und Marillenschnaps. Nils blieb bei Wasser und Kräutertee ...

Merkwürdig war das schon, dachte Moa jetzt, als sie in einen weichen blauen Bademantel schlüpfte, den Frida ihr gestern noch gegeben hatte, und sich ihre dicken Socken anzog. Sie ging in das Wohnzimmer hinunter und stellte mit Erleichterung fest, dass es warm war, obwohl im Ofen noch kein Feuer brannte. Sie brühte einen Kaffee auf und setzte sich mit dem dampfenden Becher in einen der Sessel.

Die Sonne war schon vor einiger Zeit aufgegangen, der Himmel war aber bedeckt. Er schimmerte in weißlichem Blau und wurde von hellgrauen Wolken durchzogen. Vor ihr breitete sich eine Landschaft aus, die sie an einen Gletscher denken ließ. Auf dem zugefrorenen See unweit ihres Hauses brach sich das matte Sonnenlicht auf Eis und Schnee und brachte den See stellenweise zum Glänzen. Felskuppen ragten schwarz aus dem Schnee heraus. Am Seeufer standen nur wenige Häuser. Die Vegetation erschöpfte sich in einigen niedrigen Bäumen, deren Ästen man ansah, dass sie sich den hier oft stürmischen Winden unterwerfen mussten. Mal verdunkelte sich der Himmel schlagartig durch einige schwarze Wolken, dann sah es so aus, als würde es gleich schneien. Mal zerriss der Wind die Wolkendecke, die Sonne brach durch und tauchte die Szenerie für einen Moment in gleißendes Licht. Moas Brust weitete sich. Es war gleichzeitig bedrohlich und schön. Als sie mit David einige Kilometer durch die Sahara zwischen Alexandria und Kairo gelaufen war, hatte sie ein Naturschauspiel zum letzten Mal so überwältigt wie jetzt.

Um neun Uhr kam Nils im Bademantel die Treppe herunter. Trotz seiner Falten und seiner weißen Haare wirkt er wie ein schlaksiger Junge, dachte Moa. »Hallo«, sagte er. »Schon süchtig nach dem Ausblick? Manchmal sitze ich hier stundenlang und tue nichts, gucke nur raus.«

Das konnte sie sich kaum vorstellen. Ihr Vater war doch meistens in Bewegung, immer mit etwas beschäftigt. Wenn sie ihn in Hamburg traf, klingelte oft sein Handy. Pausenlos schien er mit seinem Agenten, Konzert- und Festivalveranstaltern, anderen Musikern oder einer seiner vielen Verehrerinnen zu sprechen. Er hatte es nur ausgeschaltet, wenn er Saxofon spielte.

Gestern Abend hatte sein Handy gar nicht geklingelt, und auch heute Morgen hatte er es nicht bei sich. Lag es daran, dass er nicht mehr so gefragt war wie früher? Die Konkurrenz auf dem Musikmarkt war groß. Es gab jüngere, gut aussehende Musiker wie den Trompeter Till Brönner. Da kann Nils wohl nicht mehr mithalten, dachte Moa, selbst wenn er vor Jahren seinen ganz eigenen Stil entwickelt hatte. Nils setzte sich auf den anderen Sessel und trank schweigend seinen Tee. Früher war er doch ohne Kaffee kaum aus dem Bett gekommen, fiel Moa ein. Aber da hatte er auch meist am Abend vorher Alkohol getrunken, nicht nur Wasser.

»Du fühlst dich hier wohl mit Frida, oder?«, fragte sie vorsichtig. Sie wusste immer noch nicht, wo die Privatsphäre ihres Vaters begann.

»Ja, es fühlt sich an wie zu Hause. Du weißt, dass ich das lange nicht hatte. Eigentlich nicht mehr, seit deine Mutter und ich uns getrennt haben. Immer diese Reisen und das unstete Leben. Frida hat dieses Haus eingerichtet. Ich finde es wunderschön, so gemütlich und warm. Sie ist eine großartige, humorvolle und liebe Frau«, fügte er lächelnd hinzu.

So etwas hat er noch nie über eine Frau gesagt, mit der er zusammen war, dachte Moa. Er hatte Fridas zahlreiche Vorgängerinnen meistens als intelligent und erotisch beschrieben. Oder sie hatten eine tolle Figur, sangen göttlich und konnten sich gut bewegen.

»Und da draußen ist es dir nicht zu karg und zu einsam?«, fragte Moa.

»Nein, das habe ich zwar erst vermutet, aber jetzt bekomme ich fast schon Beklemmungen, wenn sich im Sommer in Svolvær die Touristen auf dem Marktplatz drängeln und die Wohnmobile die E 10 in Beschlag nehmen.«

»Ich kann mir nicht vorstellen, dass hier mal viele Menschen zu sehen sind. In der vergangenen Stunde habe ich nur zwei Jungs entdeckt, die auf den Bus gewartet haben.«

»Auf Vestvågøy leben nicht viele Leute. Aber ist es nicht herrlich, sich auf das Wesentliche konzentrieren zu können?«

Moa fragte sich, was ihr Vater damit meinte. Die Musik war doch immer das Wesentliche in seinem Leben gewesen. Hatte er außer dem Konzert im *Bacalao* überhaupt noch irgendwo Auftritte? Bisher hatte sie ihren Vater noch nie beruflich erfolglos erlebt. Blieb überhaupt noch etwas von ihm übrig, wenn er nicht mehr der gefragte Jazzsaxofonist war, als den sie ihn kannte, seit sie denken konnte?

Diese Thematik gehörte eindeutig auf die andere Seite des Zaunes, den sie ihrem Vater gegenüber sehr früh gezogen hatte. Es war zu privat und ging sie nichts an. Sie wollte mit seinen Problemen, wenn er denn welche hatte, nicht behelligt werden, so wie sie ihn auch nicht mit ihren Problemen behelligt hatte. Hier mit ihm im Bademantel zu sitzen war schon außergewöhnlich genug für sie. Sie konnte sich nicht erinnern, dass sie sich jemals auf diese Weise nahe gewesen wären.

Mit ihrer Mutter hatte sie manchmal ganze Vormittage im Nachthemd verbracht. Sie hatten vor dem Fernseher gefrühstückt und sich die Filme angesehen, die sie im Kino verpasst hatten, und sich dabei gemeinsam unter eine Decke gekuschelt. Undenkbar mit Nils, dachte Moa. Eine Umarmung zur Begrüßung und zum Abschied war in Ordnung. Sie wollte nicht mehr. Hatte er sie, wenn sie traurig war, jemals in den Arm genommen? Auch daran konnte sie sich nicht erinnern, und ihr war erst aufgefallen, wie sehr ihr männlicher Trost gefehlt hatte, als sie David zum ersten Mal beruhigend in den Arm genommen hatte.

Frida brachte Licht und Geschäftigkeit in das Haus, als sie um halb zehn in Wollsocken und einem blauen Sweatshirtkleid herunterkam. Sie deckte den Tisch, briet Eier, röstete Toast, kochte Tee und Kaffee, presste Orangen aus und tat all das mit einer selbstverständlichen Leichtigkeit, die Moa von ihrer Mutter nicht kannte. Frida machte die Arbeit in der Küche Freude, und sie hatte keine Probleme damit, dass Nils ihr nicht half. Dabei wirkte sie nicht wie ein Hausmütterchen, sondern wie eine emanzipierte Frau.

»Was habt ihr heute vor?«, fragte Frida freundlich, als sie gemeinsam frühstückten. »Ich muss nachher zum Einkaufen nach Leknes.«

»Ich fahre nach Svolvær ins Studio und schau noch mal im *Bacalao* vorbei. Magst du mitkommen?«, fragte Nils.

Es klang nach einer Bitte, aber Moa überhörte das. »Ich fahre gerne mit nach Leknes, Frida. Vielleicht kann ich dir ja helfen«, sagte sie schnell, bevor ihr Vater noch etwas hinzufügen konnte. Sie fand, dass sie für heute genug väterliche Nähe genossen hatte.

»Gut, dann sehe ich euch heute Abend hier«, sagte er in neutralem Tonfall. Nur am Zucken seiner Mundwinkel konnte sie erkennen, dass ihn ihre Entscheidung enttäuschte. Und wieder war sie froh darüber, gelernt zu haben, das nicht wichtig zu nehmen.

Auf der Fahrt nach Leknes hörten sie eine CD von Kari Bremnes und nicht etwa eine von Nils, wie Moa eigentlich erwartet hatte. Wenn sie je eine von seinen Freundinnen kennengelernt hatte, waren sie immer unglaublich stolz darauf gewesen, mit einem Jazzmusiker zusammen zu sein, und hatten ununterbrochen seine Musik gehört.

Frida schien eine solche Aufwertung ihrer Persönlichkeit durch Nils nicht nötig zu haben. Vielleicht liegt es daran, dass sein Erfolg heute nicht mehr so allgegenwärtig ist, dachte Moa. Aber hatte Frida ihn nicht schon zu einer Zeit kennengelernt, als er noch zu allen wichtigen Jazzfestivals Europas eingeladen wurde? Sie wusste gar nicht mehr, was Frida damals getan hatte. War sie verheiratet gewesen und hatte wegen Nils einen Mann und möglicherweise auch Kinder verlassen? War sie Musikerin? Sie hätte diese Details eigentlich wissen müssen. Nils hatte ihr das alles sicher schon erzählt, denn er hatte öfter über seine Freundinnen gesprochen und nicht bemerkt, wie peinlich ihr das immer war. Bei Frida hatte sie das Gefühl, dass er sich nicht wie sonst früher gnädig lieben ließ, sondern tatsächlich auch selber liebte. Moa bedauerte ihn dafür, dass er diese Erfahrung erst so spät in seinem Leben machen durfte.

»Dein Vater freut sich sehr, dass du gekommen bist«, sagte Frida, als sie durch die Kälte zum Einkaufszentrum von Leknes gingen. Die Innenstadt bestand nur aus einer geraden Einkaufsstraße, die sich durch die hässliche Zweckmäßigkeit der Gebäude auszeichnete.

Moa fühlte sich an Bilder von Orten in Alaska erinnert. Die Highlights waren hier wohl *Ritas Kiosk* und das Einkaufszentrum. Aber es gab sogar die Redaktion einer Lokalzeitung und ein Kino. Trotz Kargheit und Kälte gefiel es Moa hier und das erstaunte sie. Direkt hinter dem Ort schienen die Berge aufzuragen, aber Moa wusste, dass sie eigentlich noch sehr weit weg waren.

»Dieses Jahr ist es besonders schlimm. Es friert, taut, dann friert es wieder. Der Winter wird wohl noch eine ganze Weile dauern«, seufzte Frida. »Aber wenn es uns zu viel wird, fliegen wir nach Gran Canaria. Von hier gibt es eine Direktverbindung dorthin. Dann sitzen wir mit den anderen Nordländern im Hotel und schwärmen von den Lofoten.«

Moa lächelte. Sie konnte verstehen, warum sich ihr Vater in Frida verliebt hatte. Sie war eine bodenständige Frau mit Sinn fürs Praktische und dabei sehr humorvoll. Genau das Richtige für ihren Vater, dem manchmal der Sinn für die Realität abging.

Die Einkaufspassage war spartanisch, aber geschmackvoll gestaltet. Alle Geschäfte, die man für den täglichen Einkauf braucht, waren vertreten – auch ein Spirituosenladen. Von denen gab es nur wenige auf der Insel.

»Gehen wir erst mal einen Kaffee trinken«, sagte Frida und wies hinauf in den ersten Stock. Moa trottete hinter ihr her in die *Senterstua*, einen hellen Raum mit einem Restaurantbereich und einem gemütlichen Café-Teil mit Ledersofas.

»Du musst unbedingt die Pfannkuchen mit Sauerrahm und Marmelade nehmen«, sagte sie. »Und sag jetzt nicht, ›ich habe gerade gefrühstückt‹. Du bleibst ja nicht so lange. Da ist es Pflicht, die besten Pfannkuchen der Lofoten zu probieren.«

»Ist mir ein Vergnügen«, sagte Moa. »Vielleicht kann ich mir Anregungen für ein neues Rezept holen.«

»Auf dem Pfannkuchen wird ein Stück Brunost geschmolzen. Das ist brauner Käse, den bekommst du sicher auch in Deutschland. Die Molke wird gekocht, dadurch entsteht der zarte Karamellgeschmack. Außer dem Käse wird noch ein dicker Klecks Sauerrahm und Erdbeermarmelade auf die Pfannkuchen gegeben.«

Egal, heute Nachmittag gehe ich lange spazieren, dachte Moa. Frida hatte Recht: Der Pfannkuchen schmeckte fantastisch. Die Kombination aus süßlich-herbem Käse, frischem Rahm und Marmelade schmeckte einfach göttlich. Das muss auf die Karte des *Walnuts* gesetzt werden, beschloss Moa.

Sie fühlte sich mit Frida wohl, denn diese erwartete nicht von ihr, immer etwas Tiefgründiges oder Kluges zu sagen, wie Gitta das oft tat. Sie saßen gemütlich in den braunen Ledersesseln vor dem großen Panoramafenster, von dem aus man die vorbeigehenden Menschen beobachten konnte, und unterhielten sich auf Deutsch und Englisch über das Aussehen der Leute draußen, übers Kochen und Backen. Sie holten sich noch einen Kaffee, redeten und lachten und Moa vergaß, dass sie eigentlich wegen Nils auf die Lofoten gekommen war.

Frida hatte in Oslo gelebt, als sie Nils nach einem Konzert kennenlernte. »Es war wirklich peinlich. Ich habe mich wie ein Groupie an ihn herangepirscht, um ein Autogramm zu bekommen. Er hat mich gemustert, dann gelächelt und mich eingeladen, mit ihm und den anderen Musikern in ein Restaurant zu gehen. Ich bin dort dann die ganze Zeit neben Nils gesessen. Wir haben uns unterhalten und viel gelacht, ich habe mich auf der Stelle in ihn verliebt. Ich glaube, ich habe ihn den ganzen Abend angestarrt. Er brachte mich nach Hause und gab mir vor der Tür einen Kuss. Es war sehr romantisch«, schwärmte Frida.

Warum hat er sie nicht gleich abgeschleppt?, fragte sich Moa. So war er doch vorher immer mit weiblichen Fans verfahren. Frida war einen halben Kopf größer als Moa, hatte tiefblaue Augen, einen sinnlichen Mund und dicke, rotblonde Haare, die sie als Pagenkopf trug. Sie war etwas stämmiger als der Frauentyp, den Nils früher bevorzugt hatte, aber Moa war sich sicher, dass er auch das an Frida liebte.

»Ich dachte, ich höre nichts mehr von Nils«, erzählte Frida weiter. »Aber nach zwei Wochen rief er mich spätabends zu Hause an. Er sei gerade in Oslo angekommen, ob er mich sehen könne. Ich fuhr zum Flughafen. Er wartete in einem Café, stand auf, als er mich sah, und wir nahmen uns in die Arme. Ich wusste sofort, dass dies jetzt endgültig war – in guten wie in bösen Tagen, heißt es doch. Meine Ehe hatte nicht sonderlich funktioniert. Ich war schon lange geschieden und hatte angenommen, dass es so etwas wie die ganz große Liebe in Wahrheit nicht gibt. Aber als Nils mich umarmte, wusste ich: Jetzt bin ich angekommen.«

Moa war fast neidisch auf Frida. Sie glaubte nicht, dass sie überhaupt schon mal so etwas gespürt hatte.

»Ich habe damals noch als Lehrerin gearbeitet. In unseren ersten gemeinsamen Jahren habe ich das auch weiterhin getan, aber dann hat mich dein Vater gebeten, mit ihm zu reisen. Die Kinder waren mittlerweile erwachsen. Ich war frei, das zu tun, was ich wollte, und kündigte. Ich habe es nicht bereut.«

David hat mich damals gefragt, ob ich mit ihm nach Patagonien gehe, erinnerte sich Moa. Es war für sie aber sofort klar gewesen, dass sie ihn nicht begleiten würde, weil sie ihr eigenes Leben hätte aufgeben müssen. War es aber immer sinnvoll, eine vernünftige Entscheidung zu treffen und damit eine große Liebe aufs Spiel zu setzen?

# 8

Eigentlich wollte er gar nicht hingehen, aber Erik, mit dem er den ganzen Mittwoch fischen gewesen war, überredete ihn. »Solange du hier bist, musst du ein Konzert im *Bacalao* erleben. Es ist zwar sonst nur eine Bar, aber während eines Konzertes brennt dort die Hütte.«

Matthias nickte unbestimmt. Er wollte sich nicht als Kulturbanause zu erkennen geben. Er hatte keine Ahnung von Jazz. Eigentlich hörte er immer noch die Musik, die er als Jugendlicher gemocht hatte: Dire Straits, Eric Clapton, Andreas Vollenweider, Simple Minds, Simply Red, The Cure, Level 42. Eine bunte Mischung, die sich durch Zufall ergeben hatte. Am liebsten wäre er wieder auf den Fjord hinausgefahren und hätte noch mehr Fische rausgeholt. Abgesehen von der Kälte, dem Wellengang und dem Schnee war es ihm noch nie so leicht gefallen zu angeln. Die Dorsche sprangen förmlich an Deck und waren viel größer als alle, die er bisher gefangen hatte.

Er hatte immer noch Muskelkater, aber eigentlich genoss er das. Er fühlte sich sehr lebendig. Er mochte den Fischgeruch an seinen Fingern. Ihm gefiel es, sich auf die einfachen Handgriffe zu konzentrieren, die nötig waren, um einen Fisch zu töten. Für ihn hatte das nichts mit Tierquälerei zu tun. Es war natürlich, und die Fische, die man selbst fing, schmeckten sowieso am besten.

Beim Essen hatte Matthias von seinen Forschungsreisen erzählt und das faszinierte Leuchten in den Augen seines Gegenübers bemerkt. Erik hatte netterweise nicht nachgefragt, warum Matthias momentan keine weitere Reise plante. Auch nicht, was er auf den Lofoten wollte. Vielleicht könnte ich auch so leben wie Erik, dachte Matthias.

Also gut, dann eben ein Konzert. Zum Glück hatte er in Berlin auch einige Hemden eingepackt, die etwas weniger sportlich aussahen. Aber in dem schwarzen Stehkragenhemd und den schwarzen Jeans fühlte er sich verkleidet. Sie fuhren mit Eriks Geländewagen in der Dämmerung los. Es war still im Wagen. Die Silhouetten verschwammen in der dunkler werdenden Landschaft. Der Mond erschien. Anders als in Berlin achtete Matthias hier darauf, wie die Sichel von Abend zu Abend immer breiter wurde. Er sah über den Fjord. Wie hatte er sich überhaupt darauf einlassen können, im Binnenland zu wohnen? Was hatte er da gewollt? Mit Grauen dachte er daran, dass er in wenigen Wochen wieder Vorlesungen in der Großstadt geben musste.

»Es spielt Nils Lund, das ist ein Jazzsaxofonist«, erzählte ihm Erik. »Er ist vor einem Jahr mit Frida Gulbrand auf die Lofoten gekommen. Ihre Familie kommt ursprünglich von Vestvågøy, aber ihre Eltern sind mit ihr nach Oslo gezogen, als sie klein war. Und jetzt hat sie in Vestresand ein Haus geerbt, da wohnen sie beide.«

Matthias wunderte sich nicht, dass Erik so genau Bescheid wusste. Die Lofoten waren klein und überschaubar. Klatsch gehörte hier wie selbstverständlich dazu. »Bist du auf den Lofoten geboren?«, fragte Matthias.

»Ja, in Henningsvær. Ich habe dann aber, wie viele von hier, woanders gelebt. In Kristiansand habe ich Wirtschaft studiert, aber es war mir dort zu lieblich, zu langweilig und zu voll. Deshalb bin ich nach einigen Jahren Arbeit in einer Bank zurückgekommen und habe die Fischerhütten übernommen. Ich hatte ein wenig Geld erspekuliert, deshalb konnte ich sie renovieren lassen. Der Laden läuft gut und mit meinen Gewinnen an der Börse komme ich noch eine ganze Weile entspannt über die Runden.«

Auf seinen Reisen hatte Matthias immer wieder Leute getroffen, die zwar erst den geraden Weg zu einer Karriere eingeschlagen hatten, aber dann doch wieder zu ihren Wurzeln zurückgekehrt waren, weil ihnen das andere Leben nicht genug war.

»Als kleiner Junge bin ich in Henningsvær in die Schule gegangen«, erzählte Erik. »Dann später nach Svolvær. Und in der Saison haben die Jungs und ich Geld damit verdient, die Zungen der Kabeljaue herauszutrennen. Wir hatten so einen Wettbewerb laufen, der ging über mehrere Jahre. Weiß gar nicht mehr, wer gewonnen hat«, murmelte Erik versonnen.

Der weiß, wo er hingehört, dachte Matthias neidisch.

Das *Bacalao* lag direkt am Hafen neben einer großen Baustelle. »Dort soll ein schickes Restaurant für anspruchsvolle Osloer entstehen«, erklärte Erik. »Es machen hier nämlich immer mehr reiche Hauptstädter Ferien. Die Wohnungen neben dem *Bacalao* gehören denen auch«, sagte er und deutete auf einige erleuchtete Fenster.

Matthias war nicht klar, ob Erik das gut fand oder nicht. Er wohnte das ganze Jahr über im Haupthaus seines Fischerhüttendorfes. Wie es wohl dort ist, wenn die Sonne für sechs Wochen nicht aufgeht?, fragte er sich.

Vor dem *Bacalao* standen die Leute in Gruppen zusammen, rauchten und unterhielten sich. Viele hübsche Frauen, stellte Matthias erfreut fest. Einige trugen trotz winterlicher Temperaturen kurze und tief ausgeschnittene Kleider, Leggings und Pumps oder Stiefel.

Sie holten sich Bier. Langsam füllte sich der Raum. Immer wieder kamen Leute zu Erik und begrüßten ihn. Er scheint fast alle hier zu kennen, dachte Matthias. Er stand meistens daneben, lächelte, wenn Erik auf ihn zeigte, und prostete dessen Freunden zu.

Nils Lund kam mit seinen Musikern auf die Bühne. Trotz seines fortgeschrittenen Alters sah er sehr gut aus. Als Erstes spielte er ein melancholisches, langsames Stück, das zur vereisten Landschaft der Lofoten passte. Das Publikum war schlagartig ruhig. Nils Lund hatte es von der ersten Sekunde an im Griff. Er bestimmte das Tempo, ein schnelleres, jazzigeres Lied folgte auf das melancholische, dann spielte er ein Stück, das an südamerikanischen Samba erinnerte. Einige Frauen im Publikum begannen zu tanzen. Matthias war sich sicher, dass Nils Lund auch noch in seinem Alter viele Frauen im Saal würde haben können.

Zwischen seinen Songs sprach er mit dem Publikum. Er konnte nur wenig Norwegisch, aber die Zuhörer beklatschten seine Versuche begeistert. Dann wechselte er auf Englisch und Matthias merkte an der Reaktion des Publikums, dass ihn die meisten auch jetzt verstanden.

Erik schmuste mittlerweile mit einer seiner Freundinnen.

Lund spielte seine Version von *This is not America.* Matthias spürte die alte Melancholie und Bitterkeit in sich aufsteigen. Er wollte nicht wieder anfangen zu grübeln, daher kaufte er sich noch ein Bier und trank es in wenigen Zügen leer. Als er von der Bar zurückkam, erzählte Lund gerade, dass seine Tochter aus Hamburg angereist war, um bei diesem Konzert dabei zu sein.

»Wir wollen sie sehen«, riefen Einzelne im Publikum.

»Du hörst es. Komm bitte auf die Bühne«, antwortete Nils.

Eine junge Frau löste sich auf der anderen Seite des Raumes aus der für Matthias bisher gesichtslosen Menge und stieg die Treppe zur Bühne hinauf. Ihm blieb fast das Herz stehen. Die junge Frau war das Mädchen aus dem Hotel, damals in Bodø. Sie schirmte ihre Augen vor dem Scheinwerferlicht ab und blickte ins Publikum.

»Darf ich euch vorstellen, das ist Moa. Ist sie nicht großartig?«, sagte Nils.

Moa schien es unangenehm zu sein, aber sie lächelte und verbeugte sich.

»Was meinst du, willst du mit mir zusammen was singen? Wie wäre es mit *Fly me to the moon*?«

Das Publikum klatschte und rief: »Moa, Moa«.

»Okay«, sagte sie. »Ich kann wohl nicht anders. Aber auf deine Verantwortung.«

Matthias' Herz schlug heftig. Er erinnerte sich daran, wie sie ihn gestreichelt hatte, wie anschmiegsam und zärtlich sie gewesen war. Mit geschlossenen Augen hörte er zu. Ihre Stimme war rau, aber das gefiel ihm. Sie schien das Publikum vergessen zu haben und konzentrierte sich auf ihren Vater. Er liebt sie sehr, dachte Matthias. Der Gedanke an Julia, die so weit weg war, tat weh.

In ihrem schwarzen wadenlangen Kleid wirkte Moa sehr sexy. Während sie sang, wiegte sie sich in den Hüften. Einmal sah sie in seine Richtung. Matthias hatte Angst, dass sie ihn entdecken würde. Das wollte er nicht. Was hätte er ihr sagen sollen? Die Norwegernummer konnte er auf keinen Fall weiter durchziehen. Und sie wäre bestimmt sauer, wenn sie erführe, dass er nicht ein kerniger Norweger war, sondern Matthias Mohn aus Berlin, der gerade erst geschieden wurde.

Das Publikum applaudierte lautstark. Moa verbeugte sich.

»Zugabe?«, neckte ihr Vater sie.

»Nein, danke. Das ist jetzt dein Job«, antwortete sie, verbeugte sich noch einmal und stieg von der Bühne. Matthias konnte sie von seinem Platz aus sehen, war sich aber sicher, dass sie ihn nicht erkennen würde, weil er in der zweiten Reihe stand.

Nils und die Musiker spielten weiter. Wieder ein schnelleres Stück, zu dem man gut tanzen konnte. Matthias sah nichts mehr außer Moa, die jetzt auch tanzte. Manchmal drehte sie sich, nahm die Arme hoch und schnipste mit den Fingern. Andere ließen sich von ihr mitreißen und begannen zu tanzen, ohne dass sie es überhaupt bemerkte.

Matthias ließ sie nicht aus den Augen. Es ging nicht mehr darum, sich ihr zu nähern oder wieder Sex mit ihr zu haben. Er betrachtete sie und war glücklich, wie schon lange nicht mehr.

»Du siehst aus, als ob du gerade im Lotto gewonnen hättest«, sagte Erik, der sich mittlerweile aus den Armen seiner Freundin befreit hatte.

»Hab ich auch«, murmelte Matthias. In diesem Moment war ihm egal, was weiter passierte. Er wusste jetzt, dass er die Fähigkeit sich zu verlieben nicht mit seiner Ehe beerdigt hatte. Er hoffte nicht darauf, dass Moa ihm verzeihen würde, wenn er ihr offenbarte, wer er wirklich war. Sie würde es nie erfahren, denn er wollte sich ihr nicht nähern. Er wollte sie in Erinnerung behalten als die Frau, die ihm gezeigt hatte, dass er noch lebte.

## 9

Als Nils auf die Bühne kam, sich verbeugte und zu Frida und ihr herunterlächelte, hätte Moa die Leute neben sich am liebsten angestoßen und stolz gesagt: Das ist mein Vater, ist er nicht fantastisch? Dieses Konzert gab er nur für sie beide, das war ihr klar. Es war ein magischer Moment, als er zu spielen begann.

Frida nahm ihre Hand und drückte sie. »So schön, dass du da bist. Nicht nur für Nils, auch für mich«, sagte sie. Moa sah ihr in die Augen. Sie konnte nicht sagen, dass es ihr mit Frida genauso ging, aber die verstand sie auch so. Sie waren sich auf Anhieb sympathisch gewesen, sie verband eine ähnliche Sicht auf die Welt.

Obwohl sie es eigentlich nicht mochte, überrumpelt zu werden, ging Moa gerne zu Nils auf die Bühne. Es interessierte sie plötzlich nicht mehr, dass unzählige Augenpaare jede ihrer Bewegungen verfolgten. Als sie sang, erinnerte sie sich daran, wie Nils ihr dieses und andere Lieder in ihrer Kindheit vorgesungen hatte, dabei albern durch den Raum getänzelt war und sie zum Lachen gebracht hatte. Sie würde niemanden aus dem Publikum wiedersehen, daher fiel es ihr nicht schwer zu singen. Außerdem konnte sie sowieso niemanden erkennen, weil sie das Scheinwerferlicht blendete. Nils muss es doch genauso gehen, dachte sie. Aber bei ihrem Vater sah es so aus, als nähme er jeden seiner Zuhörer wahr.

Sie freute sich auf eine lange Nacht. Nils hatte früher nach Konzerten oft noch mit den Musikern und den weiblichen Fans bis in den frühen Morgen gefeiert. Aber heute war es anders. Gleich nach den Zugaben verabschiedete ihr Vater sich von der Band und kam zu ihnen. »Lass uns nach Hause fahren«, sagte er zu Frida.

Sie reagierte sofort, holte ihre Mäntel und sie verließen das *Bacalao*, bevor es jemand bemerkte. Moa sah Nils besorgt an. Jetzt sah er gar nicht mehr jünger aus, als er war. Seine Gesichtsfarbe erschien ihr plötzlich fahl. Das liegt nur am Mondlicht, redete sie sich ein. Sie trug sein Saxofon. Auch das war ungewöhnlich. Normalerweise gab er es nicht aus der Hand. Sie brauchten eine Ewigkeit bis zum Wagen. Wo war die Energie ihres Vaters, die sie gerade noch auf der Bühne erlebt hatte?

»Hast du die Tropfen dabei?«, fragte Nils.

Frida kramte in ihrer Handtasche. »Natürlich. Hier sind sie. Eigentlich braucht man dazu ja Wasser, aber ich denke, es geht jetzt auch so.«

Ihr Vater blieb stehen und träufelte sich etwas aus einer kleinen braunen Glasflasche auf die Zunge. »Mir geht es sicher gleich wieder besser«, sagte er beschwichtigend.

Moa traute sich nicht zu fragen, was das für Tropfen waren. Sicher nur Bachblüten, beruhigte sie sich. Ihr Vater hatte doch schon früher auf solche Dinge geschworen. Sie setzte sich auf die Hinterbank, Frida fuhr. Es war still. Nils hatte die Augen geschlossen und schien zu schlafen. Frida musterte Nils immer wieder besorgt. Moa fühlte sich plötzlich ausgeschlossen und wurde sich wieder bewusst, wie wenig sie die beiden eigentlich kannte und dass sie schon lange ein Leben ohne sie führten.

In Vestresand verschwanden Frida und Nils sofort in ihrem Schlafzimmer, als ob sie vergessen hätten, dass sie überhaupt da war. Moa wollte nicht stören, deshalb blieb sie im Wohnzimmer sitzen, trank Wein und starrte nach draußen. Der Himmel hatte sich bezogen. Sie sah keine Sterne, nur ab und zu brach Mondlicht durch die Wolken. Abgesehen von zwei Straßenlaternen entdeckte sie kein von Menschen erzeugtes Licht. Es war so dunkel, wie es in Hamburg nie wurde. Wenn ich jetzt die Nacht draußen verbringen müsste, würde ich erfrieren, dachte sie. Der Wind hatte zugenommen.

Aus dem ersten Stock hörte sie keine Geräusche. Nils und Frida schienen schon zu schlafen. Sie hatte *Twelve Moons* von Jan Garbarek aufgelegt. Diese Musik passte großartig zum Szenario dort draußen. Allmählich kam sie zur Ruhe und vergaß Nils' Schwächeanfall. Die Musik entspannte sie, ihre Gedanken verlangsamten sich. Die Grenzen zwischen der Nacht dort draußen und dem Wohnzimmer schienen sich aufzulösen. Sie versank in der Betrachtung des Naturschauspiels. Eben riss die Wolkendecke wieder auf und ließ einige Mondstrahlen durch. Der Wind trieb die Wolken über den Himmel. Auf dem Schnee und dem zugefrorenen See jagten die Schatten das Licht. Die Natur genügte hier sich selbst. Sie braucht die Menschen nicht, dachte Moa. Hier zählt der Mensch nur wenig.

Vielleicht hatte ihr Vater sich deshalb auf die Lofoten zurückgezogen? Er hatte immer im Mittelpunkt des von ihm selbst geschaffenen Universums gestanden. Vielleicht war er das jetzt leid und sehnte sich nach einer Macht, die stärker war als er und der er sich beugen musste. Er war müde und erschöpft. Als Frida ihn die Treppe in den ersten Stock hinaufgeführt hatte, war er ihr vorgekommen wie ein alter Krieger nach seiner letzten Schlacht. Aber jetzt in dieser mystischen Nachtstimmung beunruhigte sie das nicht mehr. Es war in Ordnung so, wie es war. Es war gut, dass sie hier war: mit diesen beiden Menschen fast am Ende der Welt, die sie weniger kannte als die meisten ihrer Freunde, die aber den Großteil ihrer Familie ausmachten und die ihr von Minute zu Minute wichtiger wurden.

Es war noch niemand wach, als Moa am nächsten Morgen aufstand. Sie duschte und zog sich an, versuchte sogar, ein Feuer im Kaminofen zu entfachen – ohne Erfolg. Sie wollte nicht herumsitzen und warten, bis die beiden wach wurden. Sie wollte aber auch nicht stören und beschloss, nach Leknes zu fahren und in der *Senterstua* zu frühstücken. Sie schrieb eine Nachricht und legte den Zettel auf den Küchentisch. Sie war sicher, dass ihr Vater sein Auto heute nicht brauchen würde.

Der Sturm hatte sich gelegt. Es gab kleine Schneeverwehungen auf der Straße, aber sie nahm an, dass das durch die Spikes kein Problem sein würde. Moa fegte den Schnee mit den Händen vom Wagen. Glücklicherweise war das Schloss nicht eingefroren. Der kleine Berg vor dem Haus, den sie hinunterfahren musste, um auf die richtige Straße zu kommen, machte ihr etwas Sorgen, aber sie erreichte die Straße ohne Schwierigkeiten. Sie wusste den Weg, ohne noch einmal auf die Karte zu sehen. Es war nicht sehr kompliziert. Sie musste auf der Nebenstraße bis zur E 10 und dann auf dieser weiter nach Leknes. Es gab hier nicht sehr viele Straßen. Moa stellte sich vor, dass sich alle Einwohner irgendwann mal auf der E 10 begegnen mussten.

Sie fuhr durch die stille Landschaft. In der kleinen Grundschule, an der sie vorbeikam, waren die Vorhänge zugezogen. Die Kinder hatten Ferien. Moa fragte sich, wie es wohl für sie gewesen wäre, mit nur wenigen anderen Kindern unterschiedlichen Alters in diese Schule zu gehen. Natürlich waren auch auf den Lofoten einige Dorfschulen geschlossen worden, aber diese hatte das Dorfschulsterben überlebt.

Auf der Straße war nicht viel los. Manchmal überholte sie jemand, weil sie selbst nicht sehr schnell fuhr. Sie sah kein Auto mit ausländischem Kennzeichen. Um diese Jahreszeit blieben die Lofoter weitgehend unter sich. Was konnte man hier auch anderes machen, als vor dem Ofen zu sitzen? Knallharte Naturburschen gingen angeln, hatte sie gehört. Sie war froh, dass sie nicht jetzt die Freundin eines solchen Mannes war und ihn aufs Meer hinausbegleiten musste.

Was wohl der Norweger von der Bohrinsel gerade tat? Gestern Nacht hatte es auf dem Meer sicher Sturm gegeben. Hatte er Dienst geschoben und lag jetzt erschöpft in seiner Koje, weil er erst in den frühen Morgenstunden abgelöst worden war? Hatte er an sie gedacht, bevor er einschlief? Seit der Norweger mit ihr im Bett gewesen war, dachte sie nicht mehr an Tom.

Am *Skolestua*, einem Café im ehemaligen Schulhaus, bog sie auf die E 10 nach Leknes ab. Sie nahm die Kurve etwas zu schnell und kam kurz ins Rutschen. Ich muss langsamer fahren, dachte sie, hielt sich aber nicht daran. Sie genoss es, dass die Straße so leer war und sie nicht ständig an Ampeln bremsen musste. Gab es auf den Lofoten überhaupt Ampeln?

Im Handschuhfach fand sie eine CD von Al Jarreau. Den hatte Nils auch schon gehört, als er noch mit ihnen zusammenwohnte. Nachdem er sie verlassen hatte, war es in der Wohnung sehr still geworden, wie in einer Gruft. Gerade sang Al Jarreau *Fly*, die Sonne schien. Ein perfekter Moment.

Plötzlich kam der Wagen ins Rutschen. Sie nahm den Fuß vom Gas und hielt sich am Lenkrad fest. Nur jetzt nicht die Nerven verlieren! Peinlich, ausgerechnet hier von einer schnurgeraden Straße abzukommen, schoss es ihr durch den Kopf. Sie versuchte zu lenken, bekam auch wieder Gewalt über das Auto, aber es reichte nur noch, um nicht in einem Schneehaufen zu landen, der den Wagen mit Sicherheit verbeult hätte. Sie rutschte auf ein Feld und kam dort zum Stehen.

Moa war nichts passiert. Verdattert blieb sie am Steuer sitzen, nach und nach ärgerte sie sich über ihre Unkonzentriertheit. So etwas durfte man sich auf diesen Straßen nicht erlauben.

Sie konnte die Fahrertür aufschieben. Der Schnee, in den der Wagen mit den Vorderreifen eingesackt war, schien locker zu sein. Moa versank fast im Schnee, als sie um den Wagen herumging. Sie hatte von Frida gehört, dass die Lofoter im Winter immer eine Schaufel und Matten im Kofferraum haben, und hoffte, dass ihr Vater auch daran gedacht hatte. Aber im Kofferraum war nichts. »Typisch Nils«, fluchte sie.

Was sollte sie tun? Ihr Handy hatte sie zu Hause vergessen. Wie weit sie von Leknes entfernt war, wusste sie nicht. Es war sicher keine gute Idee zu laufen, obwohl es nicht besonders kalt war. Was blieb ihr also anderes übrig, als zu warten, bis jemand vorbeikäme? Aber sie wollte jetzt nicht im Wagen sitzen bleiben. Sie ging an der Straße auf und ab und sah immer wieder auf die Uhr. Es vergingen fünf Minuten. In Eimsbüttel wären jetzt schon hundert Autos vorbeigekommen, dachte sie. Es muss doch um diese Uhrzeit irgendjemand was in Leknes einkaufen wollen! War sie die Einzige, die auf dieser verdammten Insel heute Morgen wach war? Sie hüpfte auf der Stelle. Lange würde sie doch nicht draußen bleiben können. Sollte sie in Richtung Leknes gehen? Wie sollte sie ohne Handy Hilfe holen?

Nach einer Ewigkeit sah sie einen Wagen mit norwegischem Kennzeichen und der Aufschrift Lofot Cars aus Richtung Leknes kommen. Sie winkte, der Wagen hielt an.

Moa erkannte ihn sofort. Es war ihr Norweger. Er trug die grüne Daunenjacke. Was machte er auf den Lofoten? Musste er nicht auf seiner Bohrinsel schuften? »Was für eine Überraschung«, rief sie auf Englisch.

»Hallo.«

Moa sah ihn verwirrt an. Auf einmal wirkte er überhaupt nicht mehr exotisch.

»Hast du eine Panne? Ich kann dir helfen«, redete er weiter auf Deutsch, ohne zu erkennen zu geben, dass er wusste, wen er vor sich hatte.

»Du bist gar kein Norweger«, platzte sie heraus.

»Nein, ich heiße Matthias Mohn. Oh Gott, ist mir das peinlich. Tut mir leid. Du kannst mich später beschimpfen. Aber ich glaube, jetzt sollten wir uns um dein Auto kümmern.«

»Du brauchst mir nicht zu helfen, ich komme schon klar«, schnaufte Moa.

»Hast du Schaufel und Matten im Wagen?«

»Nein, aber es kommt bestimmt gleich wieder jemand vorbei.« Wenn ihr nur nicht so kalt wäre.

»Sicher, aber bis dahin bist du ein Eiszapfen. Auf den Lofoten hilft man sich gegenseitig. Ich hole deinen Wagen vom Feld. Und du beschimpfst mich dann danach.«

»In Ordnung«, fauchte Moa. »Aber nur, weil mir nichts anderes übrig bleibt.«

Matthias holte Schaufel und Matten aus seinem Wagen. »Setz dich ans Steuer«, sagte er in einem Tonfall, der keinen Widerspruch duldete.

Sie ging zu ihrem Wagen und ärgerte sich, dass sie immer wieder im Schnee einsackte, was sicher nicht sehr elegant aussah. Sie spürte seine Blicke im Rücken. Wie konnte ich nur so doof sein und auf ihn reinfallen, ärgerte sie sich. Warum hatte er nichts gesagt? Sie setzte sich ans Steuer und sah ihm beim Freischaufeln der Räder zu. Ganz schön muskulös, dachte sie, und stellte sich augenblicklich vor, wie es wäre, von ihm getragen zu werden.

Matthias öffnete die Tür. »Steig aus«, sagte er. »Du musst dich jetzt auf die Kühlerhaube setzen.«

»Was?«

»Ich habe Matten unter die Reifen geschoben. Damit sie wieder greifen, brauchen wir vorn mehr Gewicht.«

»Du kannst doch ...«, versuchte Moa zu widersprechen, war aber eigentlich dankbar, das Auto nicht selbst aus dem Schnee manövrieren zu müssen.

»Los jetzt.«

Gehorsam setzte sie sich auf die Kühlerhaube und versuchte, sich irgendwo festzuhalten. Matthias gab vorsichtig Gas. Die Reifen griffen. Der Wagen bewegte sich rückwärts Richtung Straße. Sie saß immer noch auf der Kühlerhaube.

»Jetzt kannst du abspringen.«

Moa ließ sich vom Wagen gleiten und hoffte, wenigstens dabei elegant auszusehen.

Matthias parkte das Auto am Rand und öffnete ihr die Tür. Sie setzte sich auf den Beifahrersitz.

»Jetzt kannst du mich beschimpfen«, sagte er. »Aber bevor du das tust: Du warst in Bodø einfach hinreißend. Du wolltest doch auch gar nichts über mich wissen. Es tut mir leid. Ich dachte, wenn ich dir sage, dass ich ein gerade geschiedener Mann aus Berlin bin, findest du mich nicht mehr attraktiv.« Er versuchte ein zaghaftes Lächeln.

Moa merkte, wie ihre Wut verebbte. Geschieden, Berlin, dachte sie. Eigentlich hatte sie noch wütend sein wollen, aber er sah so aufrichtig zerknirscht und unglücklich aus. Seine Augen leuchteten heute mehr grün als blau. »Und was machst du geschiedener Berliner dann hier?«, fragte sie.

»Ich erhole mich. – Und du besuchst deinen Vater. Ich habe dich gestern beim Konzert gesehen. Du warst großartig. Nach dem Konzert warst du so schnell weg wie Aschenputtel.«

Sie schwieg. Matthias sprach zwar nicht viel, aber wenn er etwas sagte, konnte es sehr charmant sein. »Wie kann ich mich bei dir bedanken?«, fragte sie, ohne lang nachzudenken. »Ich meine, für das Rausziehen«. Sie biss sich auf die Lippen. Beinahe hätte sie »ausziehen« gesagt.

»Kannst du kochen?«

»Ja, sogar ziemlich gut, aber am liebsten mache ich Nachtische.« Warum klang das schon wieder anzüglich? »Ich bin nämlich Köchin«, stotterte sie. Warum fielen ihr gerade nur sinnliche Kochszenen aus Filmen ein?

»Umso besser. Dann machst du eine Nachspeise und Beilagen und ich besorge Fisch und Wein.«

»Ja.« Wo war nur ihr sonstiger Widerspruchsgeist geblieben?

»Morgen, um 17 Uhr bei mir. Oder ist das zu früh?«

»Nein, das ist perfekt.«

»Ich freue mich sehr«, sagte er und wollte aussteigen.

»Sagst du mir auch, wo ich hinkommen muss?«

»Oh Gott, habe ich vollkommen vergessen. Henningsvær, ganz durch, Rorbu Nummer 18.«

Sie notierten sich die Handynummern.

»Wenn was dazwischenkommt, ruf mich an. Aber ich hoffe nicht«, sagte Matthias.

»Bestimmt nicht.«

»Gut.« Er stieg aus und ging zu seinem Wagen.

Moa fuhr langsam los. Sie sah sich nicht um, aber sie wusste, dass Matthias ihr nachsah, bis ihr Wagen verschwunden war.

Sie parkte den Wagen vor dem Einkaufszentrum in Leknes und suchte ein Telefon, um ihren Vater anzurufen.

Frida meldete sich. »Alles in Ordnung«, sagte sie. »Wir haben deine Nachricht auf dem Küchentisch gefunden. Viel Spaß.« Kein Vorwurf, dass sie den Wagen einfach genommen hatte.

Moa ging hoch in die *Senterstua*, holte sich Kaffee und Pfannkuchen und setzte sich in einen Ledersessel ans Fenster. Ihr Gesicht spiegelte sich in der Scheibe. Sie lächelte. Vielleicht hätte sie als emanzipierte Frau wütend auf Matthias sein und sich nicht helfen lassen sollen. Er hatte sie schließlich belogen. Aber sie war so froh gewesen, dass er sofort wusste, was zu tun war, und nicht lange diskutierte. Bisher hatte sie nicht viele Männer kennengelernt, die sich trauten, ihr zu sagen, wo es langging. Sie konnte ihm nicht böse sein. Er war entwaffnend ehrlich gewesen, als er zugab, dass er befürchtet hatte, als »Matthias, geschieden, aus Berlin« nicht punkten zu können. Es war kein Zufall, dass sie sich wieder begegnet waren. Und er hatte beim Freischaufeln der Reifen so sexy ausgesehen.

Sie kam erst gegen Mittag nach Vestresand zurück. Das Haus wirkte verlassen, niemand war im Erdgeschoss. Im Ofen brannte zwar Feuer, dennoch fror Moa. Ihre Vorfreude auf das morgige Treffen mit Matthias verflog. Irgendetwas stimmte nicht. Sie rief nach Nils und Frida, niemand antwortete. Sie stieg leise die Treppe hinauf und blieb unschlüssig vor Fridas und Nils' Schlafzimmertür stehen. Konnte sie anklopfen und hineingehen? Bei ihrer Mutter wäre das ohne Frage möglich gewesen, aber nicht bei Nils. In seiner Privatsphäre hatte sie nichts zu suchen, auch wenn sie seine Tochter war. Die Begegnung im Bademantel vorgestern war Intimität genug gewesen. Von drinnen hörte sie leise Geräusche. Was, wenn Frida und Nils gerade miteinander schliefen?

Sie wollte sich eben in ihr Zimmer zurückziehen, als

sich die Schlafzimmertür öffnete und Frida herauskam. Sie sah besorgt aus. »Nils muss sich ausruhen. Lass uns hinuntergehen. Ich könnte einen Tee vertragen, du auch?«

Moa setzte sich an den Küchentisch und sah ihr bei der Zubereitung des Tees zu. Es war klar, dass sie in dieser Küche nicht helfen musste.

»Deinem Vater geht es nicht gut«, sagte Frida nach einer Weile, nachdem sie beide schweigend in ihre Tassen gestarrt hatten.

»Das habe ich gestern schon bemerkt. Was ist mit ihm?«, fragte Moa zögernd. Sie wusste nicht, wie sie mit schlechten Nachrichten über den Gesundheitszustand ihres Vaters umgehen sollte. Was, wenn ihr diese überhaupt nicht nahegehen würden? Sie hatte die meisten Jahre ihres Lebens ohne Nils verbracht. Er war weder ihr Vater noch ihr Freund oder ihr Vertrauter.

»Vor einigen Wochen ging es ihm schon einmal nicht besonders gut. Der Arzt hat gesagt, das sei die viele Arbeit und er solle sich schonen. Aber du weißt ja. Ohne seine Musik kann er nicht leben.«

Du kennst ihn viel besser als ich, hätte Moa beinahe gesagt. Doch Frida hätte es vielleicht nicht verstanden. Sie schien zu glauben, dass eine enge Beziehung zwischen Vater und Kind schon allein dadurch Bestand hatte, dass man miteinander verwandt war.

»Ich tue mein Bestes, damit er sich schont«, sagte Frida.

»Daher der Tee. Ich habe mich schon gewundert. Nils hasst Tee, soviel ich weiß.«

»Ja, das tut er noch immer, aber es geht eben nicht anders.«

Moa schwieg. Sie wusste nicht, wie sie reagieren sollte. Erwartete Frida, dass sie bestürzt war, vielleicht sogar weinte? Das konnte sie nicht. Sie hatte ihren Vater vor langer Zeit verloren und sich danach nie wieder darauf eingelassen, ihn wirklich zu brauchen. Der Preis dafür war jetzt wohl, nichts zu fühlen. Moa wollte nicht für ihn sorgen. Sie wollte übermorgen wieder nach Deutschland und nichts damit zu tun haben, dass er alt war und vielleicht nicht mehr viel Zeit hatte.

Frida sah ihr schweigend in die Augen. »Ich kümmere mich um ihn«, sagte sie dann. »Du kannst beruhigt wieder nach Hause fliegen.« Sie drückte Moa die Hand.

»Ich bin so froh, dass Nils dich kennengelernt hat.«

Die Sonne schien ins Wohnzimmer. Frida hielt ihr immer noch die Hand. Langsam wurde das unangenehm. »Ich gehe zum Hafen hinunter«, sagte Moa schließlich und war erleichtert, als Frida nickte.

Sie nahm ihren iPod mit und wählte Keith Jarretts *Köln Concert*. Es erinnerte sie daran, wie sie damals in Davids Studentenbude in Kiel auf dem Teppich gelegen und der Musik zugehört hatten. Sie hatten nicht viel gesprochen. Das war mit ihm möglich gewesen, denn sie waren auch miteinander verbunden, wenn sie schwiegen und träumten ...

Als sie jetzt die Straße zum Hafen hinunterging, niemandem begegnete bis auf zwei Wagen, deren Fahrer grüßend nickten, als sie die wärmende Sonne auf ihrem Gesicht spürte und der Musik lauschte, war sie wieder glücklich. Sie konnte und wollte nicht mehr über ihren Vater nachdenken.

Im Hafen wurde gerade Fisch ausgeladen. Ungewöhnlich große Möwen kreisten über dem Boot oder saßen auf der Mole. Drei halbwüchsige Jungs in orangefarbenen Ölhosen, Gummistiefeln und blauen Wollpullovern nahmen die Kisten vom Fischer entgegen und schleppten sie in ein Hafengebäude.

Sie dachte an Matthias. Vielleicht war er jetzt auch irgendwo auf dem Meer unterwegs. Sie stellte sich vor, wie er mit seinen großen Händen die Köder an den Angeln befestigte und sie auf hoher See ins Wasser ließ. Oder fischte er wie die Einheimischen mit Netzen? Saß er gerade auf dem Steg vor seiner Fischerhütte in Henningsvær und dachte an sie? Er hatte sie im *Bacalao* schön und begehrenswert gefunden und sich dennoch damit zufriedengegeben, sie nur anzusehen. Irgendwie süß.

Welchen Nachtisch sollte sie mitbringen? Eine Mousse au Chocolat? Zu sinnlich, beschloss sie. Sie wollte nicht den Eindruck erwecken, dass sie eine zweite Auflage der Nacht in Bodø haben wollte. Sie wusste nicht, was sie sich von morgen erhoffte. Vielleicht wäre es besser, etwas mitzubringen, das weniger mit erotischen Fantasien überfrachtet war. Sie ging im Kopf die Rezepte durch. Gedeckter Birnenkuchen mit Zimt und Vanilleeis fiel ihr ein. Das würde diesem großen Mann bestimmt schmecken. Und sie konnte alles bei Frida vorbereiten. Sie machte in Gedanken einen Einkaufszettel und beschloss, nachher noch nach Svolvær zu fahren.

Mittlerweile waren die drei Jugendlichen in der Lagerhalle verschwunden. Moa ging zur geöffneten Tür, um ihnen bei der Arbeit zuzusehen. Die vielleicht 15-jährigen Jungs holten die Fische aus den Kisten, schnitten ihnen routiniert die Köpfe ab und dann die Zungen heraus. Sie unterhielten sich dabei und lachten. Moa kam näher heran, um mehr sehen zu können. Während ihrer Lehre im Hotel hatte sie jeglichen Ekel vor so etwas verloren. Die Jungs grüßten sie erst auf Norwegisch, aber als sie englisch antwortete, wechselten auch sie zu Englisch. »Du bist zu Besuch bei Frida und Nils«, sagte der Junge mit den kupferroten Haaren, den sie auch schon auf seinem Moped vor dem Nachbarhaus gesehen hatte.

»Ich bin Nils' Tochter. Habt ihr Ferien?«

»Ja, und in den Ferien verdienen wir uns seit Jahren so unser Geld«, sagte ein anderer, dunkelhaariger Junge und schnitt dabei einem Dorsch den Kopf ab.

»Wo gehen die Zungen hin?«, wollte Moa wissen.

»Nach Frankreich, in Gourmetrestaurants«, sagte der dritte Junge, einer mit blonden Haaren. »Wir haben da einen Wettbewerb. Der läuft schon seit Jahren. Momentan liegt Kristof vorne.« Er wies mit seinem blutigen langen Fischmesser auf den Jungen mit den kupferroten Haaren.

Kristof grinste. »Ich bin eben Profi.«

»Dann will ich euch nicht länger stören«, sagte Moa und ließ die Drei allein.

Auch draußen roch es nach Kabeljau, der auf einer Stellage in der Nähe trocknete. Es duftete nach Seetang, nach Salzwasser, nach Holz und nach Schnee. Eine milchig-weiße Sonnenscheibe ließ die granitenen Berge glänzen. Es war immer noch windstill. Moa ging die schmale Uferstraße weiter und kam an einigen Holzhäusern vorbei, die rostrote, weiße und gelbe Akzente in das Weiß des Schnees und das Grau der Steine setzten. Sie sah auf das glatte Meer hinaus. Man konnte fast vergessen, dass es das Polarmeer war.

Hinter einer Biegung entdeckte sie einen Friedhof. Die Steine ragten nur halb aus dem Schnee. Moa stapfte zwischen ihnen umher. In einer kleinen, weißen Holzkirche war der Geräteschuppen untergebracht. Es war still, und sie war allein. Sie ärgerte sich, dass sie ihr Skizzenbuch nicht mitgenommen hatte. Sie würde diesen Ort später aus dem Gedächtnis zeichnen. Hier verlieren Sterben und Tod ihren Schrecken, dachte Moa. Sie fror. Sie musste wohl zum Haus zurück, obwohl sie keine Lust hatte, ihrem Vater zu begegnen. Was sollte sie ihm sagen? Sie wusste nicht, was sie fühlte. Natürlich hatte sie Angst um ihn und es war Blödsinn, dass sie nichts für ihn empfand. Sie konnte sich nicht daran erinnern, jemals von ihm gehört zu haben, dass er sie liebte. Also musste sie das auch nicht zu ihm sagen. Es würde ihn nicht stören.

Auf dem Rückweg verdunkelte sich der Himmel von einem Moment auf den anderen. Steingraue Wolken verdeckten die Sonne. Plötzlich war es mühsam zu gehen. Beim Atmen brannten ihre Lungen, ihre Hände schmerzten vor Kälte. Oh Gott, lass es nicht schneien.

Frida öffnete ihr nach dem ersten Klingeln. »Komm schnell rein«, sagte sie. »Es ist kalt geworden. Setz dich vor den Ofen. Möchtest du Kaffee? Hast du Hunger? Ich kann dir eine Pizza aufbacken. Zum Kochen bin ich irgendwie nicht gekommen.«

»Geht es Nils schlechter?«, fragte Moa.

»Nein, aber ich mache mir doch Sorgen.«

»Er wird schon wieder«, tröstete sie Moa.

»Willst du ihn mal besuchen? Er würde sich bestimmt freuen.«

Moa nickte. Sie konnte nicht ausweichen, das war ihr klar.

»Geh ruhig hoch. Er ist wach.«

Die Tür zu Nils' und Fridas Schlafzimmer war angelehnt. Moa öffnete sie zögernd und trat ein. Es roch glücklicherweise nicht nach Krankheit oder altem Mann.

Nils hatte sich zwei Kissen in den Rücken geschoben und las. »Hallo. So wollte ich mich dir nicht unbedingt präsentieren, wenn du auf den Lofoten bist«, sagte Nils unglücklich.

»Ist nicht so schlimm«, erwiderte Moa und blieb unschlüssig am Fußende des Bettes stehen. Was sollte sie jetzt tun? Sich auf die Bettkante setzen? Sie ging zum Fenster und tat so, als ob sie das Wetter prüfen wollte. »Ganz schön stürmisch«, sagte sie.

»Das ist hier um diese Jahreszeit üblich«, antwortete Nils mit leiser, heiserer Stimme.

»Schönes Konzert gestern«, sagte Moa. Sie kam sich lächerlich vor, weil sie so hilflos nach einem Gesprächsthema suchte.

»Ja, ich habe mich aber ein wenig übernommen.« Nils lächelte schief.

»Hat sich aber gelohnt. Du warst super. Das habe ich auch von anderen Zuhörern gehört«, sagte sie.

Nils zog die Augenbrauen hoch. »Andere Zuhörer? Das klingt nach einem Mann.« Seine Gesichtsfarbe wurde schlagartig etwas rosiger.

»Nein«, sagte sie, »während du dich ausgeruht hast, haben mindestens zehn Leute angerufen, hat Frida erzählt.« Sie wollte nicht mit ihrem Vater über Matthias sprechen. Es war ihr zu kostbar. Was er jetzt wohl tat?

Sie wollte ihn heute sehen und nicht erst morgen. »Ich lass dich mal wieder in Ruhe«, sagte sie. »Brauchst du noch etwas?«

»Nein, danke.« Auch Nils schien erleichtert zu sein, dass dieser Krankenbesuch jetzt zu Ende war.

Moa wusste nicht, wie sie sich verabschieden sollte. Unschlüssig tätschelte sie seinen Unterarm. »Morgen geht es dir bestimmt schon wieder besser«, sagte sie, bevor sie das Zimmer verließ.

Matthias meldete sich nach dem zweiten Klingeln. »Hallo.« Er schien wenig überrascht zu sein, ihre Stimme zu hören.

»Was machst du?«

»Eigentlich wollte ich fischen, aber es ist jetzt zu stürmisch.«

»Hast du heute auch schon Zeit?«, platzte Moa heraus. »Meinem Vater geht es nicht so gut. Er braucht Ruhe, da dachte ich …«

»Kannst du jetzt herkommen?«, unterbrach er sie.

»Ja, wenn ich nicht von der Straße geweht werde.«

»So schlimm ist es nicht. Und schneien wird es auch nicht. Wenn du gleich losfährst, bist du noch vor Einbruch der Dunkelheit hier«, sagte Matthias, als ob sie schon immer miteinander telefonieren würden.

»Aber ohne Nachtisch.«

»Macht nichts. Ich freue mich auch so. Du weißt, wie du fahren musst?«

»Ja, auf der E 10«, sagte sie. »Wenn man auf den Lofoten irgendwohin will, muss man doch immer die E 10 nehmen.«

»Genau, aber wo bist du eigentlich?«

»In Vestresand auf Vestvågøy.«

»Dann musst du über die Brücke auf die Insel Gymsøy, von da aus nach Austvågøy, dann nach rechts Richtung Svolvær und dann auf die 816 Richtung Henningsvær.«

»Alles klar«, sagte Moa. Das schien wirklich nicht schwer zu sein. Sie legte auf. Langsam normalisierte sich ihr Puls wieder.

Sie ging zu Frida nach unten.

»Du strahlst ja. Geht es Nils wieder besser?«

»Ja. Aber es ist nicht nur das. Ich habe noch eine Verabredung. Es ist etwas unhöflich, aber brauchst du beide Autos?«, fragte sie schnell.

»Nein, nimm meines ruhig.«

»Ich habe jemanden in Bodø kennengelernt und ihn heute Morgen zufällig auf den Lofoten wiedergetroffen«, sagte Moa. »Er kommt aus Berlin«, fügte sie hinzu und versuchte, ihrer Stimme einen unbeteiligten Ausdruck zu geben.

»Schöne Stadt«, antwortete Frida gelassen.

»Ich muss dann. Ich nehme mein Handy mit. Du hast ja meine Nummer?«

»Ja, ich habe sie mir von Nils besorgt. Fahr ruhig. Du brauchst heute Abend nicht wiederzukommen.

Wir bleiben oft über Nacht, wenn wir irgendwo auf den Inseln feiern, jedenfalls im Winter.«

»Vielleicht«, antwortete Moa und hoffte, dass sie nicht rot wurde. Sie lief nach oben, packte eine Tasche und nahm sich vor, sie erst einmal im Auto zu lassen.

## 10

Der Wind hetzte dunkle Wolken über den Himmel. Vielleicht ist es doch keine gute Idee, dass Moa jetzt so weit mit dem Auto fährt, dachte Matthias. Bei ihrer Fahrweise kann es sein, dass sie wieder in einem Schneehaufen stecken bleibt. Aber sie wird mich anrufen, wenn sie mich braucht, beruhigte er sich. Er lauschte dem Klang dieses Satzes hinterher. Es war schön, so etwas denken zu können und für eine Frau den Helden geben zu dürfen.

Natürlich hatte er Moas bewundernde Blicke bemerkt, als er ihren Wagen freischaufelte. Er hatte es genossen, dass sie sich von ihm retten ließ. Besonders, als sie mit ihrem süßen Po auf der Kühlerhaube gesessen hatte und er ihn durch die Windschutzscheibe bewundern konnte. Ihre Augen hatten vor Empörung über seine Scharade in Bodø erst fast schwarz ausgesehen, sich dann aber nach kurzer Zeit haselnussbraun mit einem bernsteinfarbenen Schimmer gefärbt wie in Bodø, als er sie in den Armen hielt …

Bestimmt konnte sie ihm nicht böse sein und freute sich genauso wie er darüber, dass sie sich so unverhofft wieder getroffen hatten.

Er prüfte sein Aussehen im Spiegel. Mit dem Dreitagebart und der zerzausten Frisur ähnelte er langsam

Erik, aber er fühlte sich wohl dabei. Wenn Moa diesen Stil nicht mochte, würde er ihn dennoch nicht ändern. Sie musste ihn so nehmen, wie er wirklich war. Er würde ihr nichts vorspielen.

Matthias sah in den Kühlschrank. Er hatte noch Fisch und Salat, dazu würde er Kartoffeln kochen. Es hat keinen Sinn, jetzt schon mit den Vorbereitungen zu beginnen, dachte er, denn es war nicht klar, wie lange Moa bis Henningsvær brauchen würde. Er machte Feuer, zog die Decke des Bettes glatt und versteckte seinen Schlafanzug aus grauem Sweatshirtstoff. Ob sie heute wieder im Bett landen würden? Natürlich würde er mit ihr schlafen, wenn sie es wollte. Aber es wäre auch in Ordnung, nur mit ihr zu reden. Sie hatte am Telefon nicht sehr fröhlich geklungen.

Seine Vorbereitungen hatten nur eine halbe Stunde gedauert. Was sollte er jetzt tun? Es wirkte ein wenig ungemütlich, also stellte er zwei Kerzen in Eierbechern auf den Esstisch.

Vielleicht gehen wir nachher noch ins *Klatrekafeen*, dachte er. Hier und im *Bacalao* kamen im Winter die jungen Leute der Insel zusammen und ein paar Touristen. Es war nur ein kurzer Fußweg. Eine Brücke verband die Insel, auf der die Fischerhütten und andere Häuser lagen, mit dem Eiland, auf dem sich die Kletterschule und das Restaurant befanden. Im Sommer trafen sich dort Bergsteiger aus der ganzen Welt. Er schätzte Moa so ein, dass sie die Berge am liebsten von unten betrachtete. Köchin mit Schwerpunkt Süßspeisen, dachte Matthias, und unweigerlich tauchten Bilder aus dem Film *Chocolat* auf: Juliette Binoche rührt mit einem Holzlöffel in der Schokolade und leckt sich die Finger ab. Langsam verwandelte sich Juliette in Moa, die sich mit dem Handrücken Strähnen aus der Stirn strich, die Finger an der Schürze abwischte und sich bückte, um nach einem Kuchen im Ofen zu sehen. Sie war barfuß ...

Matthias beschloss, einen Spaziergang durchs Dorf zu machen, um sich abzukühlen. Er würde Moa nicht verfehlen, wenn sie jetzt käme. Es gab nur eine größere Straße durch den Ort.

Es dämmerte. Er ging beim Haus von Ocean Sounds vorbei – eine Organisation, die sich der Erforschung von Meeressäugern, der öffentlichen Bildung und dem Schutz dieser Tiere widmet. Aber an der Tür hing ein Zettel mit dem Hinweis, dass das Büro bis Ende März geschlossen bleiben würde, weil die Betreiberin Heike Vester in Patagonien war, um Wale zu beobachten. Er nahm sich vor, Ende März auf jeden Fall Kontakt mit dem Institut aufzunehmen. Dann würde er noch hier sein, denn das Semester in Berlin begann erst am 14. April. Er plante, nicht früher als unbedingt notwendig zurückzukehren. Noch drei Wochen hin, dachte er erleichtert und schob jeden weiteren Gedanken an Berlin fort. Dort würde er nicht glücklich werden, das wusste er. Aber was war schon Glück? Konnte er das in seinem Alter überhaupt noch verlangen?

Der kleine Supermarkt hatte noch geöffnet. Matthias kaufte Vanilleeis und Zitronenkuchen mit einer dicken gelben Glasur. Kinder deckten sich mit Süßigkeiten und Comics ein. Wie würde es Julia und Philipp hier gefallen?, fragte er sich. Würde Philipp mit ihm fischen gehen wollen? Und Julia? Könnte sie es hier aushalten? Zu viel Natur, würde sie vielleicht sagen. Da war sie wie ihre Mutter.

Er hatte gestern mit den Kindern telefoniert. Julia hatte mit ihm freundlich geplaudert, ihm das Neueste aus der Schule berichtet, aber vermieden, ihm zu erzählen, was sie sonst machte. Matthias wusste, dass sie Olaf aus ihren Erzählungen herausließ, weil sie ihn schonen wollte. Doch gerade die Abwesenheit seines Namens in ihren Mails und Erzählungen machte ihn präsent. Das konnte Julia nicht ahnen, und es war bestimmt auch nicht ihre Absicht. Dann war Philipp ans Telefon gekommen. Zuerst hatte er nichts gesagt außer »Hallo Papa«. Matthias hörte ihn atmen. Er schämte sich, weil er genauso wenig wie sein Sohn wusste, worüber er reden sollte. Aber dann hatte Philipp gefragt: »Wie geht es dir, was machst du?« Matthias hatte ihm vom Fischen erzählt und von dem besonderen Licht. Philipp hatte aufmerksam zugehört und dann »Das klingt schön« geseufzt. Im Laden gegenüber fand Matthias eine Espressokanne und italienischen Kaffee. Er schob die Gedanken an seine Kinder weg, er konnte nichts an der Situation ändern. Die Glocke an der Ladentür bimmelte. Matthias überlegte gerade, ob er noch ein paar Schachteln jener Zündhölzer mitnehmen sollte, die auch in dem Café angeboten wurden, als er Moas Stimme hinter sich hörte, die auf Englisch nach Gebäck fragte. Er drehte sich nicht sofort um und merkte, dass ihm heiß wurde. Sicher färbten sich seine Ohren jetzt rot. Er mochte Moas Stimme. Wenn sie etwas sagte, hatte er das Gefühl, von etwas Warmem, Weichem eingehüllt zu werden. Vielleicht fühlt sich eine Mokkabohne so, wenn sie mit Schokolade beträufelt wird, fiel ihm ein. Oh Gott, dachte er, mach, dass ich diesen schwachsinnigen Vergleich nicht einmal wirklich ausspreche.

Sie hatte ihn noch nicht entdeckt. Mittlerweile tauschte sie mit der Besitzerin des Cafés Backerfahrungen aus. Moa war vollkommen in ihrem Element. Sie scheint überhaupt nicht aufgeregt zu sein, obwohl sie mich gleich besucht, dachte er beleidigt. Warum entdeckte sie ihn nicht? Er musste sich wohl oder übel zu erkennen geben, bevor sie das Café wieder verlassen, sich in den Wagen setzen, zu den Fischerhütten fahren und ihn dort nicht antreffen würde.

»Hallo«, sagte er und drehte sich zu ihr um. Mehr fiel ihm nicht ein.

»Oh, Matthias, ich habe dich gar nicht bemerkt«, sprach sie jetzt mühelos auf Deutsch weiter.

Er zögerte. Sollte er auf sie zugehen und sie in den Arm nehmen, ihr einen Begrüßungskuss geben oder ihr nur die Hand schütteln?

Moa zahlte die Kekse und kam zu ihm. »Schön dich zu sehen«, sagte sie lächelnd. Er bemerkte einen goldenen Schimmer in ihren Augen. Bin ich schon so verliebt?, dachte er. Sie trug wieder ihre riesige graue Filzjacke mit den bunten Blumen, die blaue Norwegermütze mit dem komischen Zipfel und den schwarzen Rock von heute Morgen. Die Wanderschuhe hatte sie gegen rote Wildlederstiefel eingetauscht. Nicht sehr praktisch für einen Spaziergang, dachte Matthias.

Sie stiegen in ein kleines blaues Auto, das gefährlich nahe an einem Schneehaufen geparkt war, was Moa aber überhaupt nicht bemerkt zu haben schien.

»Heute Morgen bist du einen größeren Wagen gefahren.« Matthias versuchte ein Gespräch in Gang zu bringen, ärgerte sich aber über diesen wenig geistreichen Anfang.

»Ja, das war der von meinem Vater. Dieser hier gehört Frida. Das ist die Freundin von ihm«, antwortete Moa. Sie sprach etwas zu hektisch. Sie ist auch aufgeregt, stellte Matthias fest und fühlte sich gleich weniger unsicher.

Sie erreichten die Fischerhütten.

»Ich habe Wein im Kofferraum«, sagte Moa.

»Ich helfe dir tragen.« Matthias fand neben der Kiste auch eine Tasche. Moa schien plötzlich verlegen zu sein. Er brachte die Flaschen in die Kochnische und gab Moa ihre Tasche, die sie neben das Sofa stellte, ohne sie noch einmal anzusehen.

»Wein?«, fragte er unbeholfen. Moa nickte. Er öffnete eine Flasche Weißwein und war froh, dass er seine Hände beschäftigen konnte. Moa sah hinaus auf das Meer. Er gab ihr das Glas, darauf bedacht, dabei nicht ihre Finger zu berühren. Sie schwiegen und beobachteten, wie das letzte Tageslicht endgültig von der Dunkelheit geschluckt wurde. Er genoss ihr gemeinsames Schweigen. Es war keine Sprachlosigkeit, die dadurch entstand, dass sie nicht wussten, worüber sie sich unterhalten sollten. Er brauchte seine Gedanken nicht auszusprechen, denn er hatte das Gefühl, dass Moa auch ohne Worte wusste, wo er sich gerade auf der Reise durch sein Inneres befand. Der Mond stand jetzt in majestätischer Größe am sternklaren Himmel.

Sie fingen mit den Vorbereitungen für das Abendessen an, ohne dass sie sich absprechen mussten. Matthias legte die neue CD von Kari Bremnes auf, die er gestern an der Tankstelle in Leknes gekauft hatte. Auch wenn er ihre norwegischen Texte nicht verstand, glaubte er, dass sich einige Lieder um ihre Heimat, die Lofoten, drehten.

Moa schälte Kartoffeln und setzte Wasser auf. Er bereitete den Fisch vor und gab Moa den Salat. Sie kamen sich in der kleinen Küche nicht in die Quere. Als er den Küchentisch deckte, fiel ihm ein, dass er so etwas schon lange nicht mehr für eine Frau getan hatte. Moa ist so schön, dachte er bewundernd. Er holte weitere Kerzen aus der Schublade, steckte auch diese in Eierbecher und stellte sie auf den Tisch. Jetzt wollte er auf jeden Fall eine romantische Stimmung schaffen. Vielleicht würden sie ja nach dem Essen wie Teenager übereinander herfallen, aber wenn nicht, wäre das auch in Ordnung. Sie hatten ja die ganze Nacht.

So fühlt sich das also an, dachte Moa, wenn man denkt, man kennt jemanden schon sein ganzes Leben, obwohl das nicht den Tatsachen entspricht. Anne hatte ihr schon so etwas Ähnliches erzählt. Sie konnte sich noch gut daran erinnern, weil sie die Beschreibung ihrer Freundin albern gefunden hatte: »Als ich mich das erste Mal mit ihm unterhalten habe, war mir, als hätten wir das Gespräch vor langer Zeit abgebrochen und jetzt dort wieder aufgenommen, wo wir damals aufgehört hatten. Es war magisch. Natürlich fand ich ihn auch unglaublich sexy, aber da war mehr. Da war das Gefühl, dass wir zusammengehören, füreinander bestimmt sind, so wie im Film *Schlaflos in Seattle.*« Moa hat Anne damals reden lassen, aber gedacht, dass die biologische Uhr ihrer Freundin mittlerweile so laut tickte, dass sie sich alles einredete, nur um endlich einen Mann zu akzeptieren, mit dem sie Kinder haben konnte.

Sie selbst wollte keine Kinder. Sie brauchte auch keinen Ernährer. Und sie wollte kein Heim schaffen.

Aber dennoch saß sie jetzt an dem einfachen Holztisch, trank Wein, sah zu, wie Matthias den Fisch briet, und träumte davon, ihn ihr restliches Leben dabei beobachten zu können. Matthias war so groß und sportlich wie David, wirkte aber noch abenteuerlicher. David war immer der Sohn einer gut situierten Eppendorfer Familie mit akademischem Hintergrund geblieben. Bei Matthias hatte Moa jedoch den Eindruck, dass er nicht in bürgerlichen Konventionen gefangen war. Er war ein Freigeist. Und sie wusste, dass sie so jemanden zu finden gehofft hatte. Matthias war durch seine Scheidung sicher emotional angeschlagen, aber wer war das nicht in seinem Alter? Irgendwann würde sie ihm von Tom erzählen müssen, aber nicht heute Nacht.

Sie fühlte sich so glücklich, wie seit Ewigkeiten nicht mehr, dabei sah sie nur einem Mann beim Fischbraten zu. Ihre Blicke trafen sich oft. Keiner von ihnen sah früher weg, um zu beweisen, dass er weniger interessiert war. Sie brauchten sich nichts vorzumachen. Moa hatte das Gefühl, dass sie alles und nichts von Matthias wusste und dass beides auf das Gleiche hinauslief. Vielleicht machten sie die Lofoten so sentimental, aber es war ihr eigentlich egal, woran es lag. Es fühlte sich fantastisch an, also konnte es nicht verkehrt sein.

Beim Essen erzählte er ihr von seinen Forschungsreisen. Wieder hatte sie das Gefühl, die Grenzenlosigkeit des Meeres und die Unendlichkeit des Himmels in seinen Augen zu entdecken. Vielleicht hatte sie jemanden gesucht, der von seiner Sache so begeistert war wie Matthias vom Meer. Sie schloss die Augen und sah die Landschaften und ihre Farben, die er mit klaren, schnörkellosen Worten beschrieb, und immer wieder das Meer.

Sie tranken Wein und hörten dem Saxofonspiel von Jan Garbarek zu. Moa erinnerte sich plötzlich daran, dass sie als kleines Mädchen oft gemalt hatte, während ihr Vater im Nebenraum Saxofon spielte. Sie hatte ihm zugehört und die Buntstifte waren wie von selbst über das Papier geglitten. Manchmal hatte sie später nicht mehr sagen können, wie sie das Bild überhaupt zustande gebracht hatte.

»Als ich vor einigen Jahren drei Semester Kunst studierte, hatte ich ein Atelier in Hamburg-Bahrenfeld, in einer ehemaligen Dosenfabrik. Das Atelier bestand nur aus einem kleinen, spartanisch eingerichteten Raum, aber es war sehr inspirierend, weil es in jedem Stockwerk mehrere Ateliers für Künstler gab«, fing sie an zu erzählen. »Zu der Zeit lebte mein Vater ein paar Monate lang in Hamburg. Und er besuchte mich manchmal im Atelier, setzte sich auf den einzigen Sessel und spielte Saxofon. Es war wieder wie früher, als er noch bei uns lebte. Ich malte, ohne nachzudenken. Plötzlich konnte ich die Bilder, die ich im Kopf hatte, genau so malen, wie ich sie mir vorstellte. Ich war meinem Vater nie wieder so nahe wie während dieser Nachmittage.«

»Warum hast du aufgehört, Kunst zu studieren?«, fragte Matthias.

»Es war mir zu viel Show. Ich wollte nicht in diesem Kunstbetrieb zermürbt werden und am Schluss feststellen, dass sich damit kein Geld verdienen lässt.«

»Bist du glücklich mit dem, was du machst?«

»Glücklich? Was ist Glück?«

»Dass ich mit dir hier zusammen bin«, sagte Matthias schnell.

»Ja, das stimmt«, erwiderte Moa und lächelte.

Sie schwiegen und schauten nach draußen, der Wind hatte nachgelassen. Sie beschlossen, spazieren zu gehen. Matthias trug eine blaue Wollmütze wie ein Seemann. »Erik hat sie mir geschenkt. Er meinte, wenn man mit ihm fischen geht, muss man so eine Mütze besitzen.«

»Sie steht dir gut«, sagte Moa, stellte sich auf die Zehenspitzen und küsste ihn auf den Mund.

Matthias nahm sie kurz in die Arme und drückte sie sanft an sich. »Schön, dass du da bist«, sagte er, »... dass es dich gibt.«

Sie verließen die Hütte und gingen die Straße hinunter in Richtung Hafen. Moa hatte sich bei Matthias eingehakt, damit sie nicht ausrutschte. Ich könnte jetzt auch die Augen schließen, so vertraue ich ihm. Langsam werde ich hochgradig sentimental, dachte sie.

»Wollen wir noch ins *Klatrekaffeen?*«, fragte Matthias. »In dem Café treffen sich die Kletterer.«

Moa nickte. Das war jetzt genau das Richtige. Andere Menschen sehen, etwas trinken, das mehr Alkohol hat als dieser Wein, und der Situation ein wenig die Bedeutung nehmen.

Sie betraten das in Kerzenschein getauchte Restaurant. Es lief Musik aus den Siebzigern. Hinter der Theke bediente ein drahtiger, durchtrainierter Mann mit blondem Haarschopf, neben ihm zapfte eine dunkelhaarige Frau in den Vierzigern Bier. In T-Shirt und Jeans sah sie aus, als ob sie täglich auf einen der schroffen Berggipfel im Hinterland von Henningsvær stieg. Sie schien die meisten Gäste persönlich zu kennen. Auf den dunklen Holzbalken hatte jemand Weisheiten von Kletterern geschrieben wie: »Sports climbing is like eating at McDonald's. You get what you want. Hope.« An den Wänden hingen Schwarz-Weiß-Fotos von Steilwänden, alte Langlaufschuhe und Skier, Klettergeschirr.

Moa und Matthias setzten sich an einen kleinen Tisch mit Blick auf den Hafen. Eine Gruppe von Fischern hatte ihre wetterfesten Jacken über die Stuhllehnen gehängt und ihre derben Handschuhe und Mützen auf den Tisch gelegt. Sie unterhielten sich laut auf Norwegisch und lachten viel. Moa entdeckte »Mom« aus dem Flugzeug und ihren Mann, der ihre Hand hielt. Sie nickte ihnen zu und auch die Deutsche lächelte. Die beiden Kinder waren nicht dabei. Moa erzählte Matthias von ihrem Flug auf die Lofoten und der Flugangst der Mutter.

Matthias musterte das Paar, das sich jetzt küsste.

»Ist das nicht schön? Sie sind schon so lange zusammen und scheinen noch immer ineinander verliebt zu sein«, seufzte Moa.

»Aber wie lange noch«, antwortete Matthias bitter.

Moa küsste ihn. »Ich bin jetzt mit dir hier, also keine schmerzlichen Erinnerungen. Lass uns diesen Abend genießen und feiern, dass wir uns getroffen haben«, sagte sie und legte ihm die Hand aufs Knie.

»Wenn das so weitergeht, müssen wir gleich wieder gehen«, sagte Matthias atemlos. »Was hältst du von Cola / Rum?«

Er stand auf, um die Getränke an der Theke zu bestellen. Während er darauf wartete, plauderte er mit der Wirtin. Seine Frisur war durch die Mütze platt gedrückt worden. Er merkte es und fuhr mit der Hand durch die Haare. Danach standen sie noch unordentlicher in alle Richtungen. Seine Jeans saß locker auf den Hüften. Dadurch wurden sein Po und seine langen Beine noch mehr betont. Moa gefiel sein Outfit. Das Holzfällerhemd verstärkte den Nimbus des Abenteurers. Er lachte über einen Witz, den die Wirtin machte, und Moa spürte einen Anflug von Eifersucht. Er ist mein Mann, dachte sie und erschrak. Was war bloß mit ihr los? Sie kannte ihn doch gar nicht. Er war noch nicht einmal ihr Freund.

Matthias kam mit den Drinks an den Tisch zurück. Moa konnte sich nicht mehr auf das Gespräch konzentrieren. Sie wollte mit ihm so schnell wie möglich in die Hütte zurückkehren.

Ihm schien es genauso zu gehen. Er stürzte das Bier hinunter. »Wollen wir noch etwas bestellen oder gehen?«, fragte er.

»Gehen«, flüsterte sie.

Am nächsten Tag wurde sie vom Klingeln ihres Handys geweckt. »Tom, hallo«, sagte sie laut, bevor sie begriff, dass Matthias vielleicht nicht mehr schlief und sie hören könnte. Sie ging ins Bad. Warum rief Tom sie an? Es war doch Samstag. Da war er normalerweise in München.

»Moa, ich vermisse dich so. Und ich wollte mich entschuldigen, weil ich so garstig gewesen bin. Meine Frau ist natürlich nicht in Hamburg. Wann kommst du am Montag? Ich möchte dich vom Flughafen abholen.«

»Ich weiß nicht genau.«

»Dann guck doch eben mal auf deinem Ticket nach, ich warte.«

»Geht nicht. Bin gerade spazieren.«

»So früh? Das kenn ich gar nicht von dir.«

»Es ist so schön draußen. Klare Luft. Die Sonne scheint. Ich ruf dich noch mal an. Bis dann«, sagte sie und legte auf.

Matthias stand am Herd und setzte Wasser auf. »Tom? Dein Freund? Ich wollte nicht zuhören, aber du hast so laut gesprochen.«

Moa wollte ihn umarmen, aber er ließ es nicht zu. »Ja, er ist mein Freund. Oder er war es. Ich möchte mit ihm Schluss machen, wenn ich nach Hause komme. Es ist nichts Ernstes.«

»Das habe ich vor einiger Zeit schon mal gehört«, sagte Matthias.

»Aber es ist anders.«

»Warum, ist er verheiratet?«

»Ja.«

Matthias wurde blass.

Sie trug sein T-Shirt, sonst nichts. Wie lächerlich muss ich aussehen, dachte sie. »Lass dir doch erklären ...«, setzte Moa an.

Aber Matthias winkte ab. »Bitte, geh. Ich will es gar nicht wissen.«

Moa wusste, dass er nicht mehr umzustimmen war. Sie suchte ihre Sachen zusammen und zog sich im Bad an. Als sie wieder zurückkam, hatte Matthias ihr den Rücken zugekehrt. Schweigend sah er aufs Meer hinaus. Es schneite sacht.

»Es tut mir leid. Es war unglaublich schön.«

Matthias starrte weiter aus dem Fenster.

Moa wagte nicht, sich ihm zu nähern. Sie nahm ihre Tasche, verließ die Hütte und hoffte, dass er ihr folgen würde.

## 11

Ich habe es verdorben, dachte sie auf dem Rückflug am nächsten Tag. Auf der anderen Seite war sie auch wütend auf Matthias. Musste er so brüsk reagieren und sie wegschicken? Wie kam er eigentlich dazu, über sie zu richten, weil sie eine Affäre mit einem verheirateten Mann hatte? Er kannte die Umstände doch gar nicht. Wie selbstgerecht er ist, dachte sie, und wie schwierig. Vielleicht war es gut, dass ihre Geschichte ausschließlich auf den Lofoten stattgefunden hatte und ohne Fortsetzung blieb.

Tom holte sie nicht ab. Sie wollte sich am nächsten Tag mit ihm treffen, um mit ihm Schluss zu machen.

Sie hatte angenommen, dass sie sich zumindest ein wenig freuen würde, wieder in ihre Wohnung zu kommen. Aber als sich die Tür hinter ihr schloss und sie aus den Fenstern nur in den Innenhof oder auf die Straße sehen konnte, war ihr wieder zum Heulen zumute. Matthias fehlte ihr und die Weite des Meeres, die raue und dennoch nicht abschreckende Kargheit der Berge und vor allem das Licht auf den Lofoten. Hamburg war grau, es regnete. Wie immer, dachte sie.

Als sie Nils anrief und sich nach dem Wetter erkundigte, antwortete er mit Freude in der Stimme: »Wir haben eine sternklare Nacht.« Da wurde ihr bewusst, dass sie Frida und Nils vermisste. Sie hatte auf den Lofoten eine Art Zuhause zurückgelassen. Moa schloss die Augen und sah die Räume des kleinen Holzhauses in Vestresand wieder vor sich. Zum Trost backte sie für sich in Eimsbüttel Pfannkuchen, rief Frida an, um zu erfahren, wie der Käse hieß, den sie in Leknes dazu gegessen hatte, und recherchierte im Internet, wo sie ihn in Hamburg bekommen könnte.

Dann hörte sie eine von Nils' CDs, die für gewöhnlich in ihrem Regal verstaubten, holte Ölkreide und Skizzenblock aus der Tasche und begann zu malen. Getragen vom Saxofon, ließ sie es einfach laufen. Die Kreide glitt ohne Anstrengung über das Papier: Matthias' Hütte, das Meer und darüber ein unruhiger Himmel mit vom Wind zerfetzten Wolken entstanden.

Am nächsten Tag traf sie sich mittags mit Tom. Sie hatte seine paar Sachen, die von ihm in ihrer Wohnung waren, in eine Tüte getan.

Tom wurde blass, als er begriff, dass er keine Chance hatte. »Du kannst mich doch in Hamburg nicht einfach alleinlassen. Was soll ich in dieser beschissenen Stadt ohne dich? Du warst mein einziger Lichtblick«, klagte er.

Dann musst du dir halt eine neue Geliebte suchen, dachte Moa. Es kränkte sie noch nicht einmal, dass sie für ihn nur ein Mittel gewesen war, seine Einsamkeit in Hamburg besser auszuhalten. Sie wusste, sie würde sich nie wieder auf Halbheiten einlassen.

Abends traf Moa sich mit Mark. »Du hast fantastischen Sex gehabt« sagte er ihr auf den Kopf zu und lachte, als sie rot wurde. »Ich kenne diesen Gesichtsausdruck. Erzähl mir alles und lass keine Details aus.« Er hörte ihr mit Tränen in den Augen zu. »Das ist fast genauso dramatisch wie in Bollywood«, seufzte er.

»Und dann bin ich gegangen und er ist mir nicht gefolgt«, schloss Moa und hatte jetzt auch Tränen in den Augen.

»Der Arme. Erst wird er von seiner Frau wegen eines anderen verlassen. Dann trifft er dich, verliebt sich, wagt wieder zu hoffen und kriegt mit, dass du auch so ein Miststück bist wie der Lover von seiner Frau.«

»Das stimmt doch gar nicht«, wehrte sich Moa.

»Na ja, ist ja auch egal. Zumindest hast du ihn verletzt. Das musst du wieder gutmachen.«

»Ich habe heute mit Tom Schluss gemacht.«

»Endlich, Süße, das wurde auch höchste Zeit. Anne und ich haben uns schon überlegt, welche Intrige wir spinnen können, damit du dich von ihm trennst.«

»Danke, ihr seid entzückend.«

»Nur um dein Wohl besorgt, Teuerste. Wie wirst du Matthias zurückholen?«

»Er will mich nicht mehr. Hat er doch klar gesagt. Vielleicht empfindet er nichts für mich.«

»Natürlich. Deshalb war er ja auch so verletzt. Sicher fischt dein Naturbursche jetzt einsam auf dem

Vestfjord und denkt jede Sekunde an dich. Weißt du, ab wann er wieder in Berlin ist?«

»Mitte April, glaube ich.«

»Gut, bis dahin habe ich eine Strategie ausgearbeitet«, versprach Mark.

»Hallo, es ist *mein* Leben«, versuchte Moa zu protestieren.

»Ja, das weiß ich. Aber solange du keinen Plan hast, wie du glücklich werden kannst, muss ich eben ran.«

»Okay, es stimmt. Ich denke ständig an ihn. Ich muss ihm klarmachen, dass es sich lohnt, mir zu vertrauen.«

»Aber erst einmal musst du ihn finden«, sagte Mark.

»Wie denn?«

»Lass mich nur machen. Wichtig ist doch, dass du ihn wiedersiehst und dass er begreift, dass du es ernst mit ihm meinst.«

»Aber das weiß ich doch gar nicht.«

»Lüg nicht, meine Liebe. Ich kenne dich gut genug. Spätestens als er das Auto aus dem Schnee holte und du auf der Kühlerhaube sitzen musstest, war es um dich geschehen. Richtig?«

»Stimmt«, gab Moa kleinlaut zu.

»Also trinken wir auf Matthias, deinen Naturburschen«, sagte Mark. »Schade, dass du kein Foto von ihm hast.«

Am nächsten Tag rief Mark sie aufgeregt im *Walnuts* an. »Ich habe deinen Norweger mal gegoogelt und weiß jetzt, wie du ihn erreichen kannst. Ich schicke dir eine Mail. Ich habe auch einiges über seine Ex herausgefunden. Soll ich dir den Link auch mailen?«

»Wenn ich Nein sage, machst du das trotzdem, also sage ich gar nichts«, erwiderte Moa.

Sie nahm sich vor, diese Website nicht aufzurufen, tat es aber doch, als sie abends nach Hause kam. Christiane Mohn war eine schöne Frau mit einem wilden roten Lockenkopf, strahlenden dunkelblauen Augen, einem umwerfenden Lächeln und einer sportlichen, schlanken Figur. Kein Vergleich zu mir, dachte Moa traurig und sah an sich hinunter. Sie war etwas rundlicher und auf keinen Fall so trainiert. Christiane strahlte eine eher spröde Weiblichkeit aus. Mit ihr ist Matthias bestimmt in den Bergen wandern gewesen, dachte Moa. Wird er auf Dauer mit jemandem zufrieden sein, der Höhenangst hat und unter keinen Umständen klettern geht oder sich sonst wie mit Outdoorsport beschäftigt? Er hat mich mehr als ein Mal nackt gesehen und gesagt, dass er meinen Körper wunderschön findet, versuchte sie sich zu beruhigen, also will er auch keine Asketin. Und hatte er es nicht genossen, dass er sie aus dem Schlamassel mit dem Auto retten konnte? Sie war sich sicher, dass er es nicht gut gefunden hätte, wenn sie auch eine Schaufel ergriffen hätte, um ihm zu helfen. Trotzdem fühlte sie sich beim Anblick seiner stolzen Exfrau nicht wohl und schloss die Website.

Mark hatte auch Matthias' E-Mail-Adresse und seine Telefonnummer am Dahlemer Institut herausgefunden. »Ruf ihn an oder schreib ihm, aber tu was. Sonst werde ich aktiv und du kennst meine extrem romantischen und etwas abgedrehten Einfälle«, mailte er ihr.

Sie wollte auf keinen Fall, dass Mark Matthias in ihrem Auftrag 50 rote Rosen inklusive eines singenden Boten verschickte.

»Ich werde mich melden. Mach bis dahin nichts, sonst muss ich dir die Freundschaft kündigen«, schrieb sie zurück und hoffte, dass er ihre Drohung ernst nahm.

## 12

Nichts half. Weder Fischen noch exzessives Biertrinken. Matthias dachte fast ständig an Moa, sogar als er mit einer australischen Bergsteigerin schlief, die er im Café der Kletterschule aufgerissen hatte. Er sehnte sich nach Moas Körper und nach dem Funkeln in ihren Augen, wenn sie lachte. Er sehnte sich nach ihrem ruhigen, verständnisvollen Blick, nach ihrer Stimme, nach ihren Haaren, nach ihrem Geruch. Es gab nichts an ihr, nach dem er sich nicht sehnte.

Er schaffte es nicht, Moas Nummer von seinem Handy zu löschen. Aber er wollte sie auch nicht anrufen. Sie hatte schon den zweiten Tag nach ihrer Ankunft in Deutschland nicht versucht, ihn zu erreichen. Vielleicht hatte sie ihn vergessen?

Matthias ging fischen, half Erik, die Boote zu warten, reparierte kleine Dinge in den Hütten, unternahm Wanderungen über die Inseln, die langsam aus ihrem Winterschlaf erwachten. Die Tage wurden in großen Schritten länger. Bald wird die Sonne hier gar nicht mehr untergehen, dachte er.

»Wenn du willst, komm doch Ende Mai wieder und bleib die ganze Saison«, schlug Erik eines Abends vor, als sie zusammen mit einigen Anglern am Kamin im Aufenthaltsraum saßen. »Ich könnte hier Hilfe brauchen. Ich zahl zwar nicht so gut wie die Uni, aber wohnen könntest du umsonst. Dann allerdings nicht mehr in einer Hütte, weil sie meistens vermietet sind, aber in meiner Wohnung ist noch ein Zimmer frei.«

»Geht nicht, ich habe Vorlesungen«, bedauerte Matthias.

»Das kannst du doch sicher ändern. Hängst doch sowieso nicht an diesem Job.«

»Nein«, sagte er gedehnt.

»Siehst du.«

»Aber ich kann doch nicht so einfach alles in Berlin hinschmeißen und abhauen.«

»Nein? Warum solltest du nicht mal an dich denken? Deine Exfrau hat das doch auch getan.«

»Ja, stimmt.«

»Siehst du. Und die Lofoten haben dich doch schon gepackt, oder?«

»Ja, ich find es toll hier. Noch nie hat mich eine Landschaft so fasziniert.«

»Wie alt willst du also noch werden? Als du an der Rezeption aufgetaucht bist, habe ich gedacht, dass wir vielleicht in einem anderen Leben gemeinsam in einem Wikingerboot gerudert sind. Oder vor hundert Jahren hier im Vestfjord Fische gefangen haben.«

»Klingt schräg, aber irgendwie kann ich mir das sogar vorstellen«, sagte Matthias.

»Eben.«

»Ich werde es mir überlegen.«

»Du weißt, die Sonne geht ab dem 25. Mai nicht mehr unter.«

»Ich werde in Berlin jeden Tag daran denken.«

Als Matthias Mitte April nach Berlin zurückkehrte, war es frühlingshaft mild und windstill. Furchtbar langweilig, dachte er. Am liebsten hätte er das nächste Flugzeug nach Hamburg genommen. Er hatte Moas Adresse und ihre Festnetznummer herausgefunden. Aber die Vorstellung, dass dieser Tom an ihr Telefon gehen könnte, ließ ihn nicht anrufen.

Er meldete sich bei Christiane, die erstaunlich freundlich war und vergessen zu haben schien, dass er sich vor drei Wochen überraschend aus dem Staub gemacht hatte. »Morgen kannst du die Kinder abholen«, sagte sie. »Sie freuen sich schon auf dich.«

Aber was sollte er bis dahin tun? In seiner Wohnung fühlte er sich nicht wohl. Er hatte aber auch keine Lust, ins Institut zu gehen und sich auf seine Vorlesungen vorzubereiten. Dann halte ich sie eben genauso wie voriges Semester, dachte er. Das machen doch die anderen Dozenten genauso.

Er ging am Wannsee spazieren und dachte an den Weg entlang der Steilküste in Eggum. Dort war er innerhalb von einer Stunde nur vier Menschen begegnet. Hier hatte er selbst am späten Abend keine Ruhe vor Menschen. Er sehnte sich so sehr nach dem Nordmeer, nach seiner Weite und dem Geruch, dass es fast wehtat. Er fühlte sich wie ein eingesperrtes Tier. Die Stadt machte ihn irre.

Aber was hielt ihn eigentlich in Berlin außer seinen Kindern? Er dachte an Eriks Angebot und daran, dass er kurz vor seiner Abreise vom Ocean Sounds-Team gefragt worden war, ob er Lust hätte, im Sommer mit Touristen Delfine zu beobachten. Bei der Vorstellung, wieder mit etwas Geld zu verdienen, was er liebte, schlug sein Herz schneller.

War es überhaupt gut, Julia und Philipp diese erbärmliche Version seines jetzigen Lebens zu zeigen? Vielleicht sollte er für diesen Sommer wirklich auf die Lofoten gehen. Er war sich sicher, dass es Philipp dort gefallen würde. Und Julia würde es auch guttun, mal etwas anderes zu sehen als die Großstadt.

Er stellte für die beiden eine Fotoshow zusammen und unterlegte sie mit Musik von Kari Bremnes.

»Igitt«, sagte Julia, als er Fotos vom Ausnehmen der Fische zeigte. »Das würde ich nicht können.«

»Brauchst du auch nicht. Aber weißt du, dass die Sonne im Sommer nicht untergeht und die Kinder deshalb ganz lange draußen bleiben dürfen? Und reiten kann man da auch«, versuchte er sie zu begeistern.

Philipp schwieg und sah gebannt auf den Bildschirm. »Fährst du mit mir da hin?«, fragte er atemlos, als die Show vorbei war, und umarmte ihn. »Ich will das sehen.«

»Sind da nicht nur ganz wenig Leute?«, fragte Julia skeptisch.

»Nicht unbedingt. Du musst nur wissen, wo was los ist«, sagte Matthias.

»Und das weißt du?«

»Ich denke schon. Oder ich kenne die Leute, die es mir sagen können.«

Er beschrieb ihr das Jazzkonzert in Svolvær, entschloss sich aber, Moa wegzulassen. Das würde seine Kinder nur verwirren. Er machte Kakao und erzählte ihnen von seinen Forschungsreisen, was er schon lange nicht mehr getan hatte.

»Papa, du bist cool. Du solltest wieder mit dem Forschungsschiff unterwegs sein«, sagte Julia vor dem Einschlafen.

»Aber dann können wir uns nicht so oft sehen.«

»Das haben wir doch früher auch nicht«, sagte sie. »Es war immer toll, einen Papa zu haben, der nicht – wie alle anderen – ins Büro geht.«

Als beide eingeschlafen waren, rief er Erik an. »Steht dein Angebot noch?«, fragte er.

»Ja, nimmst du an?«

»Es ist zwar verrückt, aber ich mach es. Wenn ich genau weiß, wann ich kommen kann, melde ich mich wieder.«

»Ich wusste es. Du bist eben einer von uns.«

## 13

Moa wollte Matthias wiedersehen, aber sie traute sich nicht, ihn anzurufen.

»Du hast mir doch erzählt, dass du wieder malst. Schick ihm ein Bild«, sagte Mark. »Und schreib auf die Karte ... warte mal ... ja, jetzt habe ich es: ›Ich kann Dich nicht vergessen und möchte Dich wiedersehen. In Liebe, Moa‹.«

»Das ist doch schrecklich kitschig.«

»Na und? Eure Geschichte hat doch so angefangen. Er gibt sich als Norweger aus, ihr verbringt eine traumhafte Nacht. Dann rettet er dich vor dem Erfrieren, und weil er als dein Held den Schnee wegschaufelt, verzeihst du ihm seine kleine Lüge. Das könnte ohne Probleme in jedem Herzschmerz-Film laufen.«

»Ist das jetzt gut oder schlecht?«

»Das ist doch egal. Es ist zumindest herzzerreißend. Also schick ihm das Bild in sein Institut. Oder soll ich seine Exfrau anrufen und sie nach seiner Privatadresse fragen?«

»Das ist nicht dein Ernst«, sagte Moa entrüstet.

»Vielleicht keine schlechte Idee. Ich würde sicher einige Details über die Trennung und die Scheidung erfahren, was für dich hilfreich sein könnte.«

»Wenn du das tust, sind wir nicht mehr befreundet«, zischte Moa.

»Das will ich nicht riskieren. Aber mach was. Es passiert nicht so oft, dass man jemanden liebt.«

»Ich weiß doch gar nicht ...«

»Hör auf. Ich weiß es, das reicht.«

»Gut, ich schicke ihm das Bild. Aber was ich auf die Karte schreibe, kann ich mir selbst ausdenken.«

»Mir wäre es lieber, wenn du es mir vorher zeigen würdest. Aber bitte, wie du meinst«, antwortete Mark grinsend.

Moa brauchte eine Stunde, um die Farbe des Passepartouts auszuwählen, und eine weitere Stunde, um vier teure Karten zu beschriften, die sie danach zerriss. Schließlich schrieb sie das, was Mark ihr vorgeschlagen hatte, ließ aber »In Liebe« weg, sondern entschied sich für »Liebe Grüße«. Matthias würde das schon richtig verstehen.

Ihre Hände zitterten, als sie den Brief in den Postkasten steckte. Am liebsten wäre sie nach Berlin gefahren und hätte ihn im Institut abgegeben, um sicherzugehen, dass Matthias ihn bekommt.

»Das ist gestern angekommen«, begrüßte ihn die Studentische Hilfskraft des Institutes, die sich auch um die Postablage kümmerte. Matthias nahm den gepolsterten, rechteckigen Umschlag entgegen und wog ihn in der Hand. Er war zu leicht für ein Buch. Er wusste nicht, wann er das letzte Mal Post bekommen hatte, die nicht vom Anwalt oder von Christiane gewesen war. Er drehte den Umschlag um. Noch bevor er den Absender las, wusste er, dass Moa ihm etwas geschickt hatte. Sie hatte die Adresse und seinen Namen in runden, ausgewogenen Druckbuchstaben geschrieben. Die Punkte auf den i waren etwas größer als normal. Die Schrift passt zu ihr, fand Matthias.

Er nahm den Umschlag mit in sein Büro, das er sich mit Maria teilte. Auf seinem Schreibtisch stapelten sich Unterlagen und Prospekte. An der Wand hinter ihm hing ein Kalender mit Fotos aus der Arktis. Marias Arbeitsplatz war immer aufgeräumt. Dort hatte sie Fotos von ihrem neuen Freund, ihrer Schwester und ihrer Nichte aufgestellt, bei ihm stand nichts, aber das war schon immer so gewesen.

Er schob die Unterlagen für seine nächste Seminarstunde beiseite und öffnete vorsichtig den Umschlag. Behutsam zog er einen weiteren kleinen Umschlag heraus, auf den Moa »Für Matthias« geschrieben und eine Efeuranke gemalt hatte. Er wusste nicht, was er erwartet hatte, aber als er die wenigen darunterstehenden Zeilen überflogen hatte, war er im ersten Moment etwas enttäuscht. Was sollte das heißen? Klar, er konnte lesen, aber was meinte sie mit diesem »Ich kann dich nicht vergessen«? War das eine Liebeserklärung? Er konnte sich nicht erinnern, wann er seinen letzten Liebesbrief bekommen hatte.

Es musste Jahre her sein. Sollte ihre Botschaft heißen, dass sie mit ihrem Freund Schluss gemacht hatte, oder bedeutete sie, dass sie Matthias sehen wollte, obwohl sie noch mit ihrem Freund zusammen war? Ratlos zog er einen weiteren, größeren Umschlag aus dem Umschlag und hoffte, dass es keine Fotos waren, denn er glaubte nicht, dass Moa besser fotografieren konnte als er. Sie hatte den Ausblick aus seinem Fenster in Henningsvær im Mondlicht gemalt. Ein Halbmond ergoss sein silbernes Licht auf das Meer, auf dem dunklen Wasser schwammen kleine Lichtpfützen. Den Himmel zerteilten vom Sturm zerfaserte Wolken. Auf den Steininseln der Bucht lag Schnee, dessen Reflexion des Mondlichtes den Himmel heller färbte. Moa hatte alles so gemalt, wie sie es gemeinsam gesehen hatten.

Matthias öffnete die Datei mit seinen Lofotenfotos. Er ließ die Diashow ablaufen und betrachtete Moas Bild erneut. Auch auf der Rückseite des Bildes stand »Für Matthias«.

Sie ist wirklich in mich verliebt, dachte er. Und sie hat sich von ihrem Freund getrennt. Das will sie mir mit ihrem Geschenk sagen.

Von Berlin gehen stündlich Züge nach Hamburg. Er würde gleich nach der Vorlesung aufbrechen und sie überraschen. Er würde sie nicht vorher anrufen. Warum sollte nicht auch er mal romantisch und spontan sein? Die Zeit der Vorsicht war vorbei.

Während der Vorlesung musste er sich ermahnen, sich selbst zuzuhören, damit er wusste, wo er war und wann er zur nächsten Grafik übergehen musste. Sonst hatte er nach der Vorlesung immer Zeit für Fragen, aber heute winkte er ab. Christiane brauchte er nicht zu informieren. Die Kinder würde er erst am Wochenende sehen und sonst gab es mit seiner Exfrau nichts zu besprechen.

Er schaffte den Zug um 15.40 Uhr. Während der Fahrt hörte er Kari Bremnes und stellte sich Moas Überraschung vor. Sie würde ihn erstaunt, aber glücklich ansehen, ihm dann um den Hals fallen und ihn küssen.

Draußen war es kühl und regnerisch. Moa ließ ein Bad ein und sah zu, wie sich die Aromakugeln mit den Rosenblättern auflösten. Sie legte *Hejira* von Joni Mitchell auf und schenkte sich Prosecco ein. Matthias hatte sich nicht gemeldet, aber das wollte sie jetzt für eine Stunde vergessen. Sie lag mit geschlossenen Augen in der Badewanne, als das Handy klingelte.

Die Rufnummer war unterdrückt. So etwas mochte sie nicht, aber sie ging trotzdem ran. Erst hörte sie nichts außer einem Knacken in der Leitung. Ihr Herz schlug schneller. Hoffentlich ist es Matthias.

»Ich rufe im Auftrag von Mark Steiner an«, hörte sie eine fremde Frau sagen. »Er hat uns gebeten, dass wir

Sie benachrichtigen sollen. Er hatte einen schweren Fahrradunfall und liegt jetzt im Barmbeker Krankenhaus.«

Ich muss sofort zu ihm, schoss es Moa durch den Kopf.

Mark hatte keine Geschwister und seine Eltern waren schon tot. Sie hatte ihm vor langer Zeit versprochen, nach einem Unfall oder bei einer schweren Krankheit an seiner Seite zu sein.

Sie zog das an, was sie gerade finden konnte, und rief ein Taxi. Kurz darauf klingelte es. War der Taxifahrer schon da? »Ich komme sofort«, rief sie und öffnete die Tür.

»Hallo.«

Matthias? Warum kam er ausgerechnet jetzt? Sie schob ihn beiseite. »Ich kann jetzt nicht. Mein Freund hatte einen Unfall. Er liegt im Krankenhaus.« Sie lief die Treppe hinunter. »Komm nachher wieder. Oder ruf an.« Draußen hupte ein Wagen.

Erst viel später, nachdem Moa per Telefon organisiert hatte, dass Marks Mitbewohnerin für ihn eine Tasche packte und ins Krankenhaus brachte, und Mark dank der Schmerzmittel eingeschlafen war, fiel ihr Matthias wieder ein. Sie wählte seine Handynummer, erreichte ihn aber nicht. Sie hinterließ keine Nachricht auf seiner Mailbox, weil sie vor Müdigkeit nicht wusste, was sie hätte sagen sollen.

Matthias lief ziellos durch die Straßen. Wie hatte er so dumm sein können zu glauben, dass Moa anders war? Sie war genau wie Christiane, nur dass er dieses Mal die Affäre sein sollte und nicht der Partner. Wie blöd er war. Er hatte gedacht, dass sie es mit ihm ernst meinte. »Aber das war Schwachsinn, Schwachsinn«, murmelte er vor sich hin. Es war ihm egal, dass die Passanten sich nach ihm umdrehten. Er hasste Moa, er hasste Christiane, er hasste die Frauen generell, und würde sich nicht noch einmal auf eine von denen einlassen.

Früher hatte es doch auch nur seinen Job, die Forschungsreisen, das Meer und gelegentlich eine Geliebte gegeben, die er schnell wieder vergaß, wenn die Sache beendet war. Und war er da nicht glücklich gewesen? Er würde in Berlin alle Zelte abbrechen, auf die Lofoten gehen und so lange im Norden bleiben, bis er wieder wüsste, wohin er gehörte.

In den nächsten Tagen versuchte Moa einige Male, ihn zu erreichen, aber er drückte sie weg. Er überlegte sogar, ob er sich ein neues Handy kaufen und das alte wegwerfen sollte, aber das fand er dann doch zu albern. Sie würde nach einiger Zeit schon damit aufhören. Dann hätte er wieder seine Ruhe, wäre zwar auch wieder einsam, aber das wäre auf jeden Fall besser, als noch einmal von einer Frau schäbig behandelt zu werden.

Die Kündigung im Institut nahmen sie wenig begeistert auf, obwohl Maria sich bereit erklärt hatte, die restlichen Termine seiner Lehrveranstaltungen für ihn zu übernehmen. Ihm war es egal, wenn alle bis auf Maria auf ihn sauer waren, er würde sowieso nicht mehr an die Dahlemer Universität zurückkehren. In kurzer Zeit hatte er seine Habseligkeiten in einem Karton verstaut. Frei!, schrie er innerlich, endlich!, als er den Institutsparkplatz verließ. Er kurbelte das Fenster herunter und drehte die Dire Straits auf volle Lautstärke.

Auf das Gespräch mit Christiane bereitete er sich gut vor. Er plante, sie als Letzte zu informieren, weil er Angst hatte, sie könnte ihn von seiner Entscheidung noch abbringen. Er wollte die Kinder in den Sommerferien bei sich haben, mindestens vier Wochen hintereinander. Das würde er von seiner Exfrau fordern. Er hatte mit allem gerechnet, aber nicht mit der Reaktion, die dann von ihr kam.

»Ich verstehe, dass du das tun musst. Als ich dich dazu gebracht habe, den Job in Berlin anzunehmen, habe ich einen Fehler gemacht«, sagte sie. »Ich hätte dich nicht dazu zwingen sollen. Du brauchst das Meer, deine wochenlangen Forschungsreisen, das Abenteuer in der Natur. Ich wollte dich zu jemandem machen, der du nicht bist. Und dabei habe ich vollkommen vergessen, was für ein einzigartiger Mensch du bist.«

Matthias hörte unbeteiligt zu. Durch Moa war er gegen seine Exfrau immun geworden.

»Ich möchte, dass die Kinder mich in den Sommerferien besuchen«, sagte er.

Christiane hatte nichts dagegen. »Schön, dass sie dich so erleben, wie ich dich kennengelernt habe: wie du in Bergen auf dem Poller gesessen hast, mit Blick auf das Wasser und der Weite des Ozeans in den Augen. Du kannst ihnen diese Form der Freiheit zeigen, mit der ich nie etwas anzufangen wusste.«

»Aber ich bleibe ihr Vater, auch wenn ich sie nicht so oft sehen werde wie Olaf.«

»Auf jeden Fall. Sie verstehen sich gut mit ihm ... Sie haben sich mit der Situation arrangiert ... Ja, sicher auch, weil sie sehen, dass ich jetzt glücklich bin ... Entschuldige«, stotterte Christiane.

Matthias winkte ab. Er wollte ihr nicht erzählen, dass er mit Moa auch glücklicher gewesen war als jemals mit ihr.

Sein Leben in Berlin hatte er an einem Tag in Kisten verpackt. Er mietete einen Lagerraum und stellte sein Hab und Gut dort unter, bezahlte die Miete für drei Monate im Voraus. Danach würde er weitersehen.

»Ich reserviere dir und den Kindern eine besonders gute Hütte«, mailte ihm Erik. Und dann noch »Willkommen zu Hause.«

Und genau so fühlte er sich, als er Ende Mai an einem wolkenlosen Sonnentag die scharf gezackten Berggipfel der Lofoten im Anflug auf Svolvær wiedersah.

# 14

»Erzähl mir noch einmal, was du gesagt hast, als er vor der Tür stand. Wie ich vermute, bist du ihm nicht um den Hals gefallen.« Mark lag seit drei Tagen im Krankenhaus und langweilte sich.

»Nein, ich habe ihm gesagt, es passt mir nicht oder so etwas Ähnliches, ruf später an, und dann habe ich ihn beiseitegeschoben und bin gegangen.«

»Das ist ja nicht gerade charmant. Da kommt dein Naturbursche extra aus Berlin, träumt von einer heißen Nacht – und dann passiert gar nichts. Schlimmer noch, er wird einfach stehen gelassen.«

»Aber ich habe ihm doch gesagt, was passiert ist. Er hätte es verstehen müssen.«

»Ah, du hast also gesagt: ›Mark, das ist mein bester Freund und er ist schwul, hatte einen Unfall und deshalb muss ich schnell ins Krankenhaus‹.«

»So etwas in der Art habe ich gesagt, ja.«

»Bist du dir da wirklich sicher?«

»Weiß ich doch nicht, ich stand unter Schock. Ich hatte Angst um dich.«

»Das ist ja auch sehr lobenswert, Süße, aber nicht gerade gut für dich.«

»Warum bist du dir da sicher?«

»Weil ich glaube, dass du etwas ganz anderes gesagt hast.«

»Und was bitte?«

»Mein Freund liegt im Krankenhaus und ich muss da schnell hin.«

»Ja und?«

»Ich kenne dich lange genug, um zu wissen, dass du manchmal wichtige Informationen weglässt, wenn du unter Stress stehst. In der Küche ist das kein Problem, aber in dem Fall hast du es dadurch vermasselt.«

»Es ist doch albern, wenn er annimmt, dass ich ihm schreibe, ich möchte ihn sehen, wenn ich eigentlich einen Freund habe.«

»Du hast meinen Entwurf genommen?«

»Ja, mir ist nichts eingefallen.«

»Hat doch funktioniert. Er ist gleich in einen Zug gesprungen.«

»Und dann sofort wieder abgefahren.«

»Vergiss nicht, er ist durch die Trennung von seiner Frau in den Boden gerammt worden. Er hatte sich gerade mal wie ein Maulwurf mit dem Kopf hervorgewagt und dann kommst du und trittst drauf.«

»Das wollte ich nicht.«

»Weiß er das?«

»Nein. Deshalb versuche ich ja seit Tagen, ihn zu erreichen. Aber er drückt mich weg.«

»Vielleicht ist das kindisch, aber jeder hat seine Fehler, Schätzchen. Du auch.«

»Danke für den Hinweis.«

»Gern geschehen. Ich liebe dich, das weißt du, und ich finde dich toll, aber manchmal bist du eben etwas zu impulsiv und machst damit viel kaputt.«

»Ich hätte dich also nicht sofort besuchen und dir vor der Operation die Hand halten sollen?«, fragte Moa eingeschnappt.

»Es war entzückend von dir. Aber wenn ich gewusst hätte, dass du so deine zweite Chance mit Matthias versaust, hätte ich den Krankenpfleger darum gebeten.«

»Sieht er gut aus? Ich habe ihn noch gar nicht bemerkt. Wäre er was für dich?«

»Ja, er sieht blendend aus. Und nein, er ist mit der Stationsärztin zusammen. Außerdem: Das ist nicht das Thema. Du schweifst ab.«

»Mag sein. Aber ich will auch nicht mehr darüber sprechen. Es ist alles zu kompliziert. Es sollte eben nicht sein. Pech gehabt.«

»Ja, so funktioniert die Liebe: Man hakt etwas ab und geht weiter.«

»Keine Ahnung, ob es Liebe war. Wohl nicht.«

»Klar, es war keine Liebe«, prustete Mark und verdrehte die Augen.

»Tu mir den Gefallen und erwähne Matthias nicht mehr«, bat sie ihn.

»Ja, Süße, ganz wie du willst«, sagte er und sah sie traurig an.

Ich muss damit aufhören und ihn vergessen, dachte

Moa. War sie nicht Meisterin im Verdrängen? Außerdem hätte er sowieso nicht in ihr Leben gepasst. Er war so anders als sie. Vielleicht muss ich mich endlich damit abfinden, dass aus romantischen Nächten nie etwas Festes wird, grübelte sie. Ich muss jemanden suchen, der im Alltag gut zu mir passt, ähnliche Interessen hat und sich leicht in mein Leben einbauen lässt. Lebten die meisten Paare nicht so zusammen? Anne liebte ihren Mann, auch wenn sie sicher nach so vielen Ehejahren nicht mehr so oft voller Leidenschaft übereinander herfielen. Doch Anne wusste, wo sie hingehörte. Sie hatte ihre »Leute«, wie sie ihre Familie liebevoll nannte.

Wenn Moa jetzt nachts nach Hause kam, wünschte sie sich, dass jemand im Wohnzimmer auf dem Sofa liegen, fernsehen oder lesen und sich freuen würde, sie zu sehen. Wie bei Frida und Nils. Sie hätte niemals erwartet, dass sie ihren Vater um eine Beziehung mit einer Frau beneiden würde. Aber seit sie die beiden in ihrem Haus in Vestresand erlebt hatte, hoffte sie darauf, irgendwann selbst so etwas zu finden: wie Frida Nils ansah, wenn er es nicht bemerkte. Ein Blick voll wohlwollender Liebe. Vielleicht muss man so alt werden wie Nils, um das zu erleben, dachte Moa bitter.

Sie hätte gern mit Mark darüber gesprochen, aber der hatte überhaupt keinen Sinn dafür. Seit er einen neuen Bettnachbarn bekommen hatte, war er ständig high. Axel, ein Landschaftsgärtner mit eigenem Unternehmen, war bei einer Besichtigung von der Leiter gefallen und lag jetzt mit einem komplizierten Beinbruch neben Mark im Zimmer.

»Der ist genau mein Typ«, hatte Mark ihr zugeflüstert, als Axel schlief.

»Ich weiß, das ist so offensichtlich«, raunte Moa. »Soweit ich bisher sehen konnte, ist er nicht nur groß, blauäugig und muskulös, sondern hat auch hübsche, nicht zu große Füße, jedenfalls dem einen nach zu urteilen, der ohne Verband ist.«

»Stimmt, hab ich auch schon bemerkt. Ist das nicht toll?«

»Weißt du denn schon, ob er sich für Männer interessiert?«

»Ich bin mir sicher. Er hat weder Frau noch Kinder, nur seine Mutter und seine beste Freundin haben ihn bisher besucht. Irgendwie hat sie mich an dich erinnert. Genauso ein lautes, ungehemmtes Lachen«

»Na, wenn das kein Zeichen dafür ist, dass er auf Männer steht.«

»Tut er, glaub mir.«

Am nächsten Tag half Mark Axel gerade beim Aufstehen, als Moa hereinkam. Er hatte Axels Bademantel geholt, stellte die Krücken in Position und schlug die Bettdecke zurück, damit Axel sich leichter aufrichten konnte. Hinreißend, dachte Moa, während sie beobachtete, wie der kleine, zierliche Mark den großen, starken Axel stützte und dieser ihn mit einem sanften und liebevollen Lächeln belohnte. Muss ausgerechnet ich Zeugin werden, wie sich zwei Menschen heftig ineinander verlieben?, klagte sie in Gedanken.

Bei ihrem nächsten Besuch ging sie schon nach fünf Minuten wieder, weil sie den Eindruck hatte, dass die beiden nur Augen füreinander hatten. Später rief Mark sie an. »Warum bist du denn so schnell weg?«, fragte er. Anscheinend bekam er überhaupt nichts mehr mit.

»Nur so, hatte noch was vor.«

»Kannst du morgen kommen und deine Schokoladenmuffins mitbringen? Ich habe Axel davon vorgeschwärmt.«

»Ich habe morgen frei und wollte eigentlich nicht in der Küche stehen«, versuchte sie sich zu wehren.

»Bitte, Moa, du weißt, wie wichtig das für mich ist. Ich werde doch in zwei Tagen entlassen und wollte mit Axel noch ein wenig feiern. Bringst du auch noch Prosecco mit?«

»Ich glaube nicht, dass das im Krankenhaus erlaubt ist.«

»Seit wann bist du so spießig. Die Schwestern haben zu viel zu tun, um das zu kontrollieren. Außerdem werden wir nach 20 Uhr sowieso alleingelassen, es sei denn, wir klingeln, und das tun wir nicht. Wir machen es uns dann nämlich gemütlich«, sagte Mark mit neckischem Unterton.

»Was auch immer das heißen soll, ich will es nicht wissen.«

»Also, ich kann auf dich zählen, Moa-Schätzchen, als dein bester Freund?«

»Ja, aber nur, weil du es bist.«

Als sie Mark abholte, lagen die beiden auf seinem Bett, Mark hatte den Kopf auf Axels Brust, und Axel nestelte in Marks Haaren. Dass die beiden so glücklich aussahen, gab ihr einen Stich. So hatte sie sich mit Matthias gefühlt. Aber er war verschollen. »Na, Jungs, ich muss die Idylle stören, Mark soll nach Hause«, sagte Moa in gespielt heiterem Ton.

»Ich komm dich morgen besuchen, Großer«, versprach Mark und richtete sich auf.

»Ja, ich freu mich, mein Lieber«, antwortete Axel. Moa wartete lange vor der Tür, bis sich die beiden Männer endlich voneinander losreißen konnten.

»Der Unfall ist das Beste, was mir in meinem Leben passiert ist«, seufzte Mark auf dem Heimweg. »Er ist mein Traummann, ich will ihn heiraten.«

»Lass es langsam angehen«, wollte Moa antworten, aber sie verkniff sich diese Bemerkung. Denn wenn sie die beiden zusammen sah, konnte sie auch nur an die ganz große Liebe denken.

Nachdem Axel entlassen war, zog Mark zu ihm in die Wohnung. »Die liegt im Grünen und ist im Erdgeschoss«, erklärte er Moa. »Es ist nur vorübergehend, bis Axel wieder mobil ist.«

»Ich freue mich, dass du glücklich bist«, sagte sie.

»Sei nur vorsichtig, dass du nicht gleich am Anfang übertreibst und er sich durch deine überschwängliche Liebe bedrängt fühlt.«

»Keine Angst, Axel kann nicht genug davon bekommen«, entgegnete Mark vielsagend.

Es ist tatsächlich ernst, dachte Moa. Dieses Mal weiht er mich gar nicht in die pikanten Details ein.

Anfang Mai explodierte der Frühling mit einer so unverschämten Kraft, dass Moa es nicht ertragen konnte. Überall zwitscherten Vögel. Es schienen nur noch verliebte Paare unterwegs zu sein. Moa vermied es, an die Elbe zu gehen, weil sie dort über sich küssende Menschen stolperte, die, wenn es ganz extrem kam, unter einem Baum in frischem Grün standen und von Blütenblättern in allen Farbschattierungen übersät wurden, wenn ein sanfter Wind durch die Äste strich.

Sie sah auf wetter.de nach, wie warm es auf den Lofoten war, und freute sich darüber, dass sich dort der Winter noch nicht ganz verabschiedet hatte. Sie betrachtete die Einfahrt von Svolvær und stellte sich vor, mit Matthias dort am Hafen zu sein. Das machte sie nicht gerade glücklicher. An einem einsamen lauen Frühlingsabend, an dem die Grilldüfte von überallher in ihre Wohnung wehten und sie schon drei Gläser Weißwein getrunken hatte, rief sie die Auskunft an und ließ sich die Telefonnummer von Christiane Mohn und Olaf Haas geben. Sie saß mit dem Telefon am Fenster und wählte die Nummer, ohne zu wissen, was sie Matthias' Exfrau hätte sagen wollen. Der Anrufbeantworter sprang an. Moa legte sofort wieder auf. Die sind jetzt bestimmt am Wannsee und sitzen in einem Gartenlokal, dachte sie neidisch. Dann trank sie die zweite Hälfte der Flasche leer und sah sich den ersten Teil von *Bridget Jones* an, um sich mit ihrem verkorksten Liebesleben nicht ganz allein fühlen zu müssen.

»Ich bin noch nicht mal 40 und fühle mich wie eine alte, vertrocknete Schachtel. Bald werde ich auch keinen Sex mehr haben wollen«, seufzte Moa deprimiert, als sie nach langer Zeit mit Mark abends beim Griechen am Spritzenplatz essen war.

Sie war sich nicht sicher, ob ihr Freund ihr überhaupt zugehört hatte. Sein Handy piepste alle Viertelstunde, dann las Mark Axels nächste SMS mit errötendem Gesicht und kicherte albern. Natürlich musste er auch sofort zurückschreiben. Bei jedem anderen wäre Moa längst aufgestanden und gegangen.

»Entschuldige, Süße, ich habe nicht mitbekommen, was du gerade gesagt hast. Was war das nochmal?«, fragte Mark immer noch rot im Gesicht.

»Wenn ich so weitermache, kann ich mich als Nonne bewerben. Mich interessiert das alles nicht mehr. Ich finde sogar Sex momentan zu anstrengend. Nicht dass ich welchen hätte, aber allein die Vorstellung von Sex ermüdet mich.«

»Das klingt nicht gut. So habe ich dich noch nie erlebt. Hast du Liebeskummer? Dein Seemann geht dir nicht aus dem Kopf?«

»Er ist kein Seemann, sondern ein Meeresbiologe, und die Sache ist gegessen, wie du weißt.«

»So sieht das also aus, wenn man keinen Liebeskummer hat.«

»Ich weiß, dass du dich fühlst wie die fiedelnde Ziege in Chagalls Bild mit dem schwebenden Liebespaar. Es ist auch schön für dich. Aber kannst du dein Handy mal abschalten, ich will mit dir reden«, sagte Moa.

»Gut, Schätzchen, aber ich muss Axel noch eine SMS schreiben, um ihm zu erklären, dass ich es jetzt abschalte, weil du mit mir reden willst. Sonst denkt er irgendetwas Schlimmes, er ist sehr besorgt um mich«, sagte Mark strahlend.

Aber kaum hatte ihr Freund sein Handy tatsächlich abgestellt, konnte er überhaupt nicht mehr zuhören. Er rutschte unruhig auf dem Stuhl herum, aß so gut wie nichts und sah immer wieder auf die Uhr.

Nach einer halben Stunde gab Moa auf. »Schalt es wieder ein, das ist nicht zum Aushalten. Ich bin dir auch nicht böse, wenn du jetzt schon gehst. Und genieß den Abend mit deinem Liebsten.«

»Ehrlich, nicht böse? Du bist ein Engel. Er hat mir nämlich vorhin gesimst, dass er eine Überraschung vorbereitet hat.«

Keine fünf Minuten später war Mark verschwunden und hatte auch vergessen, zu bezahlen. Moa bestellte Zaziki, Taramas und gegrillten Schafskäse mit Knoblauch. Es war doch vollkommen egal, ob sie aus dem Mund roch. Es würde sie sowieso niemand küssen. Sie trank Weißwein und einige Schnäpse, dann wankte sie spät durch eine laue Frühlingsnacht allein nach Hause. Das Leben ist einfach großartig, dachte sie zynisch.

Am nächsten Morgen bekam sie einen Brief, der auf den Lofoten abgestempelt worden war. Das ist die Rettung, dachte sie. Matthias ist wieder dort und vermisst mich. Aber aus dem Umschlag fiel eine weiße Karte aus Büttenpapier. »Wir heiraten und sind sehr glücklich. Wenn die Sonne nicht mehr untergeht, wollen wir mit Euch feiern«, stand da auf Deutsch und Norwegisch, darunter die Daten der Feier. Moa sah in den Umschlag und fand auch noch ein paar persönlich an sie gerichtete Zeilen: »Liebe Moa, es tut uns leid, dass wir es Dir nicht vorher gesagt haben, aber es war ein ziemlich spontaner Entschluss. Wir freuen uns ganz besonders, wenn Du dabei sein kannst. –In Liebe, Nils und Frida. PS: Ich habe Deiner Mutter einen Brief geschrieben und ihr mitgeteilt, dass ich heirate.«

Das war bestimmt Fridas Idee, dachte Moa. Nils hatte in Liebesdingen bisher nie Rücksicht auf die Gefühle seiner Exfrau oder seiner Tochter genommen.

Natürlich würde sie dabei sein wollen. Sie ging sofort ins Internet und informierte sich über Flüge. Die Hochzeit fand am 6. Juni in der Gymsøyer Kirche statt. Also buchte sie für den 4. Juni einen Flug über Oslo und Bodo. Die Aussicht, so bald wieder mit der kleinen Propellermaschine nach Svolvær zu fliegen, machte sie fast schon fröhlich. Mit Bernd würde es bestimmt Ärger geben, weil sie sich schon wieder kurzfristig freinehmen wollte, aber das war ihr egal. Es ging schließlich um die Hochzeit ihres Vaters, und die wollte sie auf keinen Fall verpassen.

Sie bewunderte seinen Mut, sich noch einmal auf eine Ehe einzulassen, nachdem die erste so kläglich gescheitert war. Vielleicht hat Frida ihn überredet, dachte Moa, denn von ihrem Vater hatte sie bisher nur abfällige Bemerkungen über die Ehe gehört. Auf der anderen Seite wusste sie, dass ihr Vater nichts tat, von dem er nicht überzeugt war. Er war nicht mehr jung. Vielleicht glaubte er, dass er außer Frida so schnell keine andere Frau mehr für sich würde begeistern können. Aber augenscheinlich liebte Nils Frida wirklich, und Moa konnte sich sogar vorstellen, dass er es dieses Mal nicht versauen, sondern bis ans Ende seiner Tage mit seiner Ehefrau zusammenleben würde.

Im Grunde war es auch egal. Hauptsache, Nils war glücklich. Sie hätte nie vermutet, dass ihr das mal etwas bedeuten würde. Natürlich lag es auch an Frida und dass diese Nils wirklich liebte. Dadurch hatte sie ihren Vater wieder mit den Augen sehen können, mit denen sie ihn als Kind gesehen hatte. Und das war ein schönes Bild gewesen.

# 15

Die erste Nacht der nicht untergehenden Sonne verpasste Matthias. Eigentlich wollte er aufbleiben und mit Erik und den Gästen der Rorbuer feiern. Er hatte sich um zehn Uhr kurz hingelegt, war aber dann eingeschlafen und erst am nächsten Morgen um acht Uhr aufgewacht. Die anderen lagen gerade seit zwei Stunden im Bett.

Er hatte in den vergangenen zwei Wochen natürlich bemerkt, dass es jeden Tag bis zu 20 Minuten länger hell war, das hieß alle drei Tage eine Stunde. Und mit der Sonne war der Winter endgültig verdrängt worden. Aber es war nicht besonders warm. Sein dunkelgraues Fleece von Jack Wolfskin trug er fast jeden Tag. Er hatte sich auch noch ein zweites in Rot gekauft, das er anziehen wollte, wenn die Sonne nicht mehr unterging. Es war hier so einfach, sich zu kleiden: Jeans, T-Shirt, darüber tagsüber ein Sweatshirt, dann das Fleece oder ein winddichter Anorak, ein Cap, Wanderschuhe und, wenn er aufs Meer hinausfuhr, Docksides oder Gummistiefel. Meistens war er abends zu müde, um noch etwas anderes zu machen, als sich unter eine warme Dusche zu stellen, ein Bier zu trinken, Mails zu schreiben und dann zu schlafen.

Er machte Fotos von der sich erstaunlich rasch verändernden Landschaft. Wo vor drei Wochen noch Schnee gelegen hatte, konnte man jetzt das neue Moos erkennen. Farne und Flechten wuchsen hellgrün auf den Felsen. In den Gärten pflanzten die Menschen Setzlinge und Blumen in ihre Beete, bald holten sie die ersten Kartoffeln aus der nicht mehr gefrorenen Erde. Noch nie hatte er den Frühling so intensiv gespürt wie hier, wo er einen Monat später anfing als in Berlin. Überall, wo die Sonne hinkam, spross und wuchs etwas.

Im Schatten blieb der graue Fels kahl, hart und nackt. Aber auch er veränderte die Farbe oft, je nach Stand der Sonne und der Wolkendichte. Der Wind war nicht mehr so schneidend wie im März.

»Am schlimmsten ist es im Oktober. Dann fegen oft Stürme mit Windstärke 12 über die Inseln, es gibt Sturmfluten und der Regen peitscht dir schmerzhaft ins Gesicht« erzählte ihm Erik.

»Das muss faszinierend sein«, sagte Matthias. »Ich würde es gern mal erleben.«

»Das ist deine Entscheidung. Für Leute wie dich gibt es auf den Lofoten immer Arbeit.«

Matthias hatte das Gespräch nicht weitergeführt. Das war aber auch nicht nötig: ein Blick – und sie verstanden sich.

Erst jetzt bemerkte Matthias, wie sehr er diese Art von Männerfreundschaft in den vergangenen Jahren vermisst hatte. Seine Freunde von früher waren Meeresbiologen oder Leute, die er auf den Forschungsreisen kennengelernt hatte. Es war allen klar, dass sie sich nicht sehr oft sehen konnten, weil sie meistens nicht nur in verschiedenen Städten innerhalb von Deutschland, sondern auch in verschiedenen Ländern, wenn nicht auf verschiedenen Kontinenten lebten. Vor seiner Berliner Zeit hatte er es immer geschafft, mit den Menschen in Verbindung zu bleiben, die es mehr liebten, auf dem Meer zu sein, als an Land. Als die Sache mit Christiane kurz nach seiner letzten Forschungsreise für die Kieler Uni schiefzugehen begann, hatte er den Kontakt mit den Freunden nicht mehr gesucht. Es war ihm zu anstrengend gewesen, für etwas Worte zu finden, das so wehtat.

Von den Lofoten aus nahm er die alten Beziehungen wieder auf und erklärte seinen früheren Freunden den Grund für sein langes Schweigen. Die meisten gingen nur kurz darauf ein, schrieben etwa: »Schwamm drüber und schön, dass du wieder da bist.« Alle beneideten ihn um seine Auszeit auf den Lofoten und nahmen sich vor, ihn zu besuchen, sollte er sich dazu entschließen, länger zu bleiben. Seine ehemaligen Kollegen aus der meeresbiologischen Fakultät in Kiel machten ihrer Erleichterung Luft, dass er den Ausflug ins Binnenland beendet hatte, und versprachen sich umzuhören, ob in absehbarer Zeit an der Uni oder im Geomar etwas frei würde.

Matthias fühlte sich gut aufgehoben. Er war zuversichtlich, was seine Zukunft anging. Er würde schon wieder etwas finden, und zwar etwas, das zu ihm passte. Die Clique der Meeresbiologen in Deutschland und auch in Europa war überschaubar. Man war nicht Konkurrent, sondern Kollege, und half einander, wo es möglich war. Einmal auf einer Forschungsreise eine Kammer geteilt zu haben, gemeinsam seekrank gewesen zu sein oder übermäßig gefeiert zu haben, schweißte zusammen. Es sei denn, man mochte sich auf Anhieb nicht und ging sich lieber aus dem Weg.

Anfang Juni nahm Matthias sich zwei Tage frei, kaufte ein Zelt und fuhr mit seinem geliehenen Auto auf die Insel Gymsøy, deren eine Küste direkt nach Norden zeigt. Irgendwo dort wollte er an einer einsamen Stelle zelten und der Mitternachtssonne endlich die Aufmerksamkeit erweisen, die sie verdiente. Er wollte sie die ganze Nacht fotografieren und war aufgeregt wie ein Kind.

Bis nach Gymsøy war es nicht weit. Er musste nur über eine Brücke. Auf dieser Strecke begegneten ihm viel mehr Autos als im März an einem ganzen Tag. Es waren überwiegend Wohnmobile mit Männern am Steuer. Sie sahen gestresst aus. Ihre Frauen wirkten in der Regel missmutig und hatten den Zenit ihres Lebens schon überschritten. Die großen Wagen blockierten die schönsten Aussichtspunkte. Jedenfalls werde ich nicht als Teil eines verbitterten alten Ehepaares über diese Inseln gondeln, dachte Matthias. Christiane hätte er nur unter Protest mit auf die Lofoten nehmen können. Sie hätte sicher mit verschränkten Armen und verkniffenem Mund neben ihm gesessen.

Jetzt musste er sich nicht mehr darum kümmern. Hier in der Natur fühlte er sich absolut frei. Er hatte seinen alten Schlafsack dabei, in dem er auch schon auf Spitzbergen gelegen hatte, einen kleinen Gaskocher, genug zu essen, ein Buch, den Fotoapparat. Sogar einen Klappstuhl hatte er auf Eriks Rat eingepackt. »Man muss doch Zugeständnisse an sein Alter machen«, hatte dieser grinsend gesagt. Ich fühle mich momentan gar nicht wie 40, dachte Matthias da beleidigt, höchstens wie 35. Sah er nicht auch jünger aus, seit er auf den Lofoten war? Gut, manchmal nach der Arbeit taten ihm Knochen und Muskeln mehr weh als früher, aber ansonsten hatte er doch eine jugendliche Ausstrahlung.

Erik hatte ihm geraten, Richtung Gymsøysand zu fahren. »Dort gibt es zwar ein paar Häuser, aber auch einen kleinen Strand. Der Blick auf das Meer ist atemberaubend und du kannst die Sonne die ganze Nacht lang beobachten.«

Je weiter Matthias über Gymsøy fuhr, desto einsamer wurde es. Rechts sah er auf das Meer, das sich zwischen Gymsøy und Austvågøy vom Vestfjord Richtung Nordmeer schob. Er kurbelte das Fenster auf seiner Seite herunter und drehte die Musik auf. Er verstand zwar immer noch nicht, was Silje Nergaard auf ihrer CD *Brevet* sang, aber er bildete sich ein, dass es um Freiheit und die wunderbare Natur ging, um die große glückliche Liebe oder die Sehnsucht danach. Matthias fing an zu singen und es war ihm vollkommen egal, dass er nicht singen konnte.

Immer weniger Autos kamen ihm entgegen. Einzelne Häuser lagen so weit auseinander, dass man vergessen konnte, dass sie alle zu einem Dorf gehörten. In den Wiesen links von der Straße standen Veilchen und Löwenzahn. Er sah Hagebuttensträucher und blühende Ebereschen, die er so mochte. Da, wo im März nur Holzstangen aus dem Schnee geschaut hatten, befanden sich jetzt kleine Weiden. Die kargen, grauen Felsen zeigten an den der Sonne zugewandten Stellen rötliche, grüne oder goldgelbe Flecken, weil sie dort von Moos und von Flechten bedeckt waren. Und das Meer glitzerte, als wäre es nicht nur zwölf Grad warm, sondern hätte mindestens Mittelmeertemperatur. Matthias hatte auch seine Badesachen eingepackt. Vielleicht würde er heute Nacht oder morgen schwimmen gehen. Das war er sich schuldig.

Er erinnerte sich daran, wie er als Junge an der Schlei gesessen und darüber nachgedacht hatte, wie viel Wasser von der Schlei in die Ostsee, von da aus in die Nordsee, in den Atlantik und so weiter floss. Er war oft allein am Fluss gewesen. Als er alt genug war, allein zu segeln, hatte er seinen Zugvogel genommen und war am Wochenende nach Schleimünde gesegelt, hatte dort im kleinen Hafen angelegt, war zur Spitze hinter dem Leuchtturm gegangen und hatte den großen Schiffen nachgesehen, die in Richtung Norden davonfuhren. Schon immer hatte ihn der Norden mehr interessiert als der Süden. Er hatte alles verschlungen, was er über die Arktis, das Polarmeer finden konnte. Vor allem die Wale hatten ihn fasziniert – diese Tiere mit ihrer Behäbigkeit, ihrer Kraft und Majestät, die ihre Bahnen unerschütterlich durch die Weltmeere zogen und vom menschlichen Tun unberührt zu sein schienen. Später hatte er gelernt, dass sie bedroht waren, und aus diesem Grund Meeresbiologie studieren wollen ...

Vielleicht würde er heute Nacht auf einen Hügel steigen. Er fühlte sich bei dem Gedanken, dass keine Dunkelheit ihm Begrenzungen auferlegte, wie berauscht.

Matthias kam an einer weißen Holzkirche vorbei, die fast direkt am Wasser auf einer Wiese lag. Er parkte seinen Wagen vor der Kirche und ging langsam über den Friedhof. So möchte ich irgendwann begraben werden, dachte er, an einem solchen Ort mit Blick auf das Meer.

Er war allein. Er hörte den Wind sanft durch die Gräser streichen, einzelne Möwenschreie, irgendwo weit weg den Motor eines Autos, aber am meisten hörte er die Stille. Hinter der Kirche setzte er sich ins Gras und sah auf das Nordmeer. Hier, wo die Sonne hinkam, war es warm. Er schloss die Augen und spürte die Wärme auf seinen nackten Armen. Das hier war der perfekte Moment. Endlich war er wieder bei sich angekommen. Als Kind war er glücklich gewesen, wenn er allein war und übers Meer schauen konnte. Gut, er hatte damals nach seinen einsamen Touren immer wieder nach Hause zurückkehren können und dort hatte es etwas zu essen gegeben, selten Vorwürfe, wenn er zu lange weg gewesen war.

Heute kochte niemand mehr für ihn. Aber das war auch in Ordnung so. Er brauchte das nicht mehr. Vielleicht würde er nie wieder mit einer Frau zusammenleben. Aber im Angesicht des Nordmeeres und dieser kraftvollen Sonne, die immer noch hoch am Himmel stand, obwohl es schon sechs Uhr abends war, machte ihm diese Aussicht keine Angst mehr.

Er ging am Ufer entlang und fand den Strand. Direkt dort würde er sein Zelt aber nicht aufbauen können. Es war zwar gerade Ebbe, aber er wusste nicht genau, wie hoch das Wasser bei Flut steigen würde. Hinter dem Strand entdeckte er in einiger Entfernung ein rotes Holzhaus. Wie Matthias wusste, durfte man in Norwegen auf öffentlichem Grund campen, aber er wollte mit seinem Zelt den Hausbesitzern nicht zu nahe kommen, um den Lofotern nicht unangenehm aufzufallen. Westlich vom roten Haus fand er eine geeignete Stelle unter zwei Weiden. Matthias hoffte, dass andere Camper oder Wohnmobilfahrer so viel Anstand haben würden, sich woanders einen Platz zu suchen.

Er hatte keine Mühe, das Zelt aufzubauen. Das zweite Zugeständnis an sein Alter war eine aufblasbare Isomatte, die mehr Komfort bot als die dünnen. Er bereitete sein Lager, kochte Nudeln auf dem kleinen Kocher und aß sie mit Parmesan und einer Soße aus dem Glas, dazu trank er Bier. Nach dem Essen richtete er seinen Klappstuhl so aus, dass er den besten Blick auf die Sonne hatte, und hörte Jan Garbarek. Er war überhaupt nicht musikalisch, hatte nie ein Instrument gespielt, einmal abgesehen von einigen Griffen auf einer geliehenen Gitarre, um am Lagerfeuer die Mädchen zu beeindrucken. Aber er liebte es, Musik zu hören.

Langsam wurde es etwas kälter, aber er hatte eine Wolldecke mit. Die Kamera lag griffbereit auf seinen Knien. Immer wieder drückte er auf den Auslöser. Er wollte keine Veränderung verpassen. Mittlerweile war es elf Uhr. Matthias sah über das Meer und dachte daran, dass er in ein paar Wochen mit Philipp und Julia hier sein würde. Er vermisste sie, aber die Aussicht, ihnen bald das zeigen zu können, was ihn wirklich ausmachte und was er liebte, dämpfte seine Sehnsucht. Es war gut so, wie es war. Sie lebten zwar nicht mit ihm zusammen, aber er würde ihnen in Zukunft etwas vermitteln können, wozu nur er in der Lage war. Sie würden verstehen, warum er jetzt hier war und nicht mehr in dem von ihm verhassten Berlin. Dorthin wollte er nie wieder zurückkehren. Da war er sich sicher.

Matthias nahm die Kamera und lief am Strand auf und ab. Die Sonne hing immer noch über dem Horizont und machte keine Anstalten, auch nur für eine Sekunde dorthin abzutauchen. Es dämmerte noch nicht einmal. Seine Brust weitete sich vor Freude, er fotografierte und fotografierte. Er hockte, kniete, stieg auf einen kleinen Sandhügel, fotografierte, lief zur Kirche. Dabei versuchte er, möglichst leise zu sein, um niemanden in den angrenzenden Häusern zu wecken. Die Anwohner schienen zu schlafen. Die Jalousien der Fenster, die nach Norden hinausgingen, waren geschlossen oder es waren schwere Vorhänge zugezogen. Matthias hatte das schon von Erik gehört. Man versuchte auch in den sechs Wochen der taghellen Nächte normal zu schlafen, zumindest, wenn man am nächsten Tag arbeiten musste, und es war Donnerstag, nein, Freitagmorgen.

»Jeder hier auf der Insel kennt die rauschhafte Wirkung der Mitternachtssonne. Man ist zu aufgeregt, um zu schlafen. Man spürt alles viel intensiver. Freude, Glück, aber auch Wut und Trauer und Hass. Ich habe schon einige Paare heftig streiten sehen, die eigentlich hier waren, um ausgiebig Sex zu haben. Die nicht untergehende Sonne erhellt Dinge, die sonst im Dunkeln und Verborgenen bleiben. Aber die Versöhnungen hier sind ebenfalls heftig«, hatte Erik schmunzelnd hinzugefügt. »Du kannst ein paar Tage ohne Schlaf aushalten. Du denkst, du bist unangreifbar, fühlst dich high, absolut stark, aber irgendwann klappst du dann zusammen, und mit Glück kannst du dann ohne Medikamente schlafen.«

Matthias kannte unregelmäßige Schlafrhythmen von seiner Arbeit auf den Forschungsschiffen. Er konnte sich gut anpassen und war in der Lage, fast überall zu schlafen. Rauschhafte Wirkung? Und wenn schon, dachte er.

Um ein Uhr färbte sich der Himmel langsam rötlich, die Sonne rutschte noch etwas näher an den Horizont heran. Das Meer leuchtete in blauen Schattierungen mit orangefarbenen Inseln. Wenn Moa jetzt hier wäre, würde sie das alles malen. Die Sehnsucht, die mit diesem Gedanken verbunden war, schmerzte zwar, aber Matthias hatte sich fast schon daran gewöhnt. Irgendwie war es tröstlich, wenn man sich nach jemandem sehnte, auch wenn man ihn nicht würde bekommen können. Es bedeutete, dass man noch lebte.

Um drei Uhr zog er sich in sein Zelt zurück, obwohl es schon wieder hell wurde. Er kroch in seinen Schlafsack und sackte in einen traumlosen, glücklichen Schlaf.

Am nächsten Morgen wurde er durch Rufe geweckt. Er sah auf die Uhr. Es war zehn. Er wühlte sich aus dem Schlafsack, öffnete den Reißverschluss seines Zeltes und kroch hinaus.

Vor ihm stand ein Mann, der über einen Kopf kleiner war als Matthias. Er hatte mit seinem zerzausten Bart und seiner markanten Nase etwas von einem der Wikinger an sich, die hier in der Gegend vor vielen Jahrhunderten gelebt hatten. Seine braunen Augen sahen Matthias ruhig und interessiert an. »Entschuldigung, dass ich störe«, sagte er auf Norwegisch. »Hast du vielleicht Lust auf Kaffee? Ich habe gerade frischen gemacht und da dachte ich, vielleicht willst du auch einen. Ich wohne da hinten.« Er zeigte auf das rote Holzhaus.

Matthias lächelte. Er liebte es, dass die Norweger alle duzen, denn es gibt keine Form für das höfliche »Sie« in ihrer Sprache.

»Ja, gerne«, antwortete er auf Norwegisch.

»Sie sind Deutscher?«, fragte der Mann jetzt auf Deutsch.

»Ja«, sagte Matthias etwas beleidigt. Er hatte sich eingebildet, dass sein Akzent gar nicht mehr so stark war und er sogar schon ein wenig den speziellen Singsang der Lofoter nachahmen konnte.

»Ich heiße Sander.«

»Matthias.« Er mochte es, dass der Mann Mitte 50 sich nicht mit seinem Nachnamen vorstellte.

»Komm mit. Ich habe gerade Stühle repariert am Schuppen da hinten. Da gibt es auch Kaffee.«

Matthias trottete hinter Sander her, der sich viel leichtfüßiger bewegte als er selbst. In einem Beet wuchsen Veilchen, rote Lichtnelken mit ihren herzförmigen grünen Blättern und ihren purpurfarbenen Blüten, auch Vergissmeinnicht. Weiter hinten entdeckte Matthias Ebereschen. An einer Außenseite des Geräteschuppens hatte jemand ein Mosaik aus Porzellan und Glassplittern gestaltet. Hinter einer kleinen Hütte, die ganz in der Nähe des Strandes lag, war eine Terrasse gebaut, die direkt nach Norden zeigte.

»Die Hütte vermieten wir im Sommer. Momentan sind keine Gäste da«, sagte Sander. »Wir feiern nämlich am Wochenende auf unserem Gelände eine Hochzeit. Meine Frau ist gerade in der Kirche und schmückt den Altarraum mit Blumen.«

Sie kamen an den Arbeitsschuppen. Drinnen herrschte eine kreative Unordnung, draußen standen zwei altmodische Stühle und ein Metalltischchen.

»Setz dich«, sagte Sander. Er lächelte hinter seinem Bart und musterte Matthias freundlich. »Ich habe dich gestern Abend am Strand fotografieren sehen. Die Bilder werden bestimmt fantastisch.«

»Ich hoffe es. Aber diese Schönheit muss man, glaube ich, erleben, um sie zu begreifen.« Es machte Spaß, mal wieder deutsch zu sprechen.

Sander sah ihn lange schweigend an. »Wie mir scheint, hast du schon viel davon begriffen.« Er erzählte Matthias von den Wikingern in der Gegend, den Polarlichtern im Winter und schließlich von seinen Ausflügen mit seinem Wikingerboot, das er nachgebaut hatte. »Manchmal rudere ich mit meiner Frau und meinen Freunden zu einer abgelegenen Insel, auf der andere Freunde leben.« Matthias hätte stundenlang sitzen bleiben und zuhören können.

Eine Frau tauchte auf. Sie war etwas jünger als Sander, hatte weißes, kurzes Haar und trug einen Korb mit Gartenschere und Handschuhen. »Ich bin Oda«, sagte sie zur Begrüßung.

»Setz dich doch«, lud Sander sie ein.

»Geht leider nicht, ich habe noch eine Menge zu tun bis morgen. Und du auch«, fügte sie mit einem strengen Blick hinzu.

Matthias erhob sich. »Dann will ich dich nicht länger aufhalten«, sagte er zu Sander.

»Ich würde gern noch mit dir weiterreden, aber du weißt ja: die Frauen«, sagte dieser mit einem freundlichen Achselzucken. »Wenn du Zeit hast, komm doch zur Hochzeit. Es geht morgen um 15 Uhr los. Da hinten in der Kirche. Aber die kennst du ja schon.«

»Ich möchte nicht stören«, sagte Matthias verlegen.

»Tust du nicht. Es wird eine schöne Sache. Komm doch. Das ist eine einmalige Gelegenheit für dich: eine Hochzeit mit Mitternachtssonne.«

»Ja, komm, ich freue mich auch. Es macht keine Mühe, wenn ich noch einen Teller mehr hinstelle«, sagte Oda.

»Gut, dann komme ich gern.«

Sander ging mit Oda ins Haus und Matthias sah ihnen nach. Bis zu seiner Trennung hatte er geglaubt, er würde später auch so mit Christiane zusammenleben. Vielleicht sollte ich nicht ausgerechnet zu einer Hochzeit gehen, so kurz nach der Scheidung, dachte er. Das könnte etwas traurig für mich werden. Aber Sander hatte recht. So eine Gelegenheit würde er nicht noch einmal bekommen.

Er sehnte sich nach einer warmen Dusche und Spiegeleiern mit Speck. Deshalb packte er seine Sachen zusammen, sammelte seinen Müll ein und schleppte alles zum Wagen. Jetzt stand die Sonne hoch am Himmel. Letzte Nacht war er wieder glücklich gewesen. Seit der Nacht mit Moa im März war es das erste Mal. Ihm hatte nichts gefehlt. Vielleicht ist das mit der Einladung zur Hochzeit ein Zeichen, dachte er. Aber eigentlich glaubte er an so etwas nicht.

# 16

»Hallo Süße.« Frida schloss Moa in die Arme.

Als käme ich nach Hause, dachte Moa. Sie war froh, dass Frida allein da war, um sie abzuholen. »Bist du ab morgen eigentlich meine Stiefmutter?«, platzte sie mit einer Frage heraus, die sie eigentlich gar nicht hatte stellen wollen, auch wenn sie sich während des Fluges darüber Gedanken gemacht hatte. Sie wollte keine, denn sie hatte ja schon eine Mutter und wollte jetzt nicht auch noch für Frida die Tochter spielen und sich für sie verantwortlich fühlen müssen. Verstohlen beobachtete sie Fridas Gesicht und hoffte, dass sie nicht beleidigt war.

»Ich denke, du brauchst keine Stiefmutter mehr«, sagte sie jedoch lachend. »Du bist ja schon groß. Aber ich mag dich und würde mich freuen, deine Freundin sein zu dürfen.«

»Unglaublich gerne.«

»Meine Kinder kommen auch zur Hochzeit. Sie sind ungefähr in deinem Alter. Sie freuen sich schon, dich kennenzulernen. Die beiden leben in Oslo. Jakob arbeitet dort als Ingenieur und Lisa ist Tierärztin.«

Moa freute sich sehr, so etwas wie eine Erweiterung ihrer Familie zu bekommen. Sie war sich sicher, dass sie Fridas Kinder mögen würde.

Auf der Fahrt nach Vestvågøy betrachtete sie still die vorüberziehende Landschaft. Es war kaum zu glauben, dass hier noch vor wenigen Wochen alles unter Eis und Schnee vergraben war. Moa staunte über das Grün der Wiesen, das mit blauen, gelben, lilafarbenen und weißen Sprenkeln betupft war. Sie betrachtete das in vielen verschiedenen Rottönen leuchtende Moos auf den Felsen und die lindgrünen Blätter an den Bäumen. Plötzlich hatte sie Lust zu malen.

Moa freute sich auf ihren Vater. Wie früher, als er noch bei uns wohnte, dachte sie. Kurz vor der Abreise hatte sie Gitta getroffen, es aber vermieden, mit ihr über seine bevorstehende Hochzeit zu sprechen. Sie vermutete, dass ihre Mutter verletzt war, weil ihr Exmann wieder heiratete. Nils, der in ihrer Ehe immer sein eigenes Ding gemacht hatte und nicht bereit gewesen war, Verantwortung zu übernehmen, sollte jetzt in der Lage sein, sich zu binden und Frida zuliebe auf den Lofoten zu wohnen? Natürlich musste das Gitta kränken. Moa war sich jedoch sicher, dass ihr Vater Frida nicht verlassen würde und den Rest seines Lebens mit ihr verbringen wollte. Aber auch das hatte sie nicht zu ihrer Mutter gesagt.

Vor dem Haus saßen ein Mann und eine Frau auf dem Felsen und unterhielten sich.

»Das sind Jakob und Lisa. Ich kann sie dir dann gleich vorstellen.«

»Sind sie verheiratet?«, fragte Moa ohne nachzudenken, aber so leise, dass Frida sie nicht verstehen konnte, weil sie gerade mit parken beschäftigt war. Aus der Ferne bemerkte Moa, dass Jakob ausgesprochen attraktiv war, nicht sehr groß, aber schlank und muskulös, mit dunkelblonden dichten Haaren und einer beeindruckenden Körpersprache. Seine Schwester war zierlich und kleiner als Moa, sie hatte ihre langen blonden Haare zu einem Zopf geflochten. Lächelnd kam sie auf den Wagen zu, als Moa und Frida ausstiegen. Sie hatte freundliche braune Augen. Moa fühlte sich sofort zu ihr hingezogen. Sie war der Typ Frau, der ihre Freundin werden könnte.

»Schön, dich endlich kennenzulernen«, sagte Lisa auf Englisch und umarmte sie ohne Umschweife. Es fühlte sich gut an, warm, geborgen. Jakob war inzwischen auch gekommen und sah sie aus dunkelbraunen Augen aufmerksam und interessiert an. Er gab ihr die Hand, anstatt sie zur Begrüßung in den Arm zu nehmen, hielt sie aber ein wenig zu lange fest. »Ich freue mich auch«, sagte er mit Nachdruck und hörte nicht auf, ihr in die Augen zu sehen. Dann drehte er sich um und rief: »Ella, kommst du mal. Moa ist da.«

Eine große, schlanke Frau kam den Hügel hinterm Haus herunter. Sie hatte ihre roten Haare mit einem kornblumenblauen Tuch aus dem Gesicht gebunden, dessen Farbe ihre Augen noch mehr zum Strahlen brachte.

Wow, dachte Moa. Was für eine attraktive Frau.

Sie kam zu Jakob, umarmte ihn und gab ihm einen Kuss, um zu sagen: Das ist meiner, damit du es weißt.

»Schön, dich kennenzulernen«, sagte Moa und versuchte, ihrer Stimme mehr Enthusiasmus zu geben, als sie wirklich verspürte.

»Lass uns reingehen«, sagte Frida, die das Schauspiel mit einigem Interesse verfolgt hatte. Moa war glücklich, dass sie nicht weiter von Ella gemustert wurde.

Nils kam ihnen an der Tür entgegen. Er wirkte viel jünger als im März. Seine Haare schienen nicht mehr ganz so weiß zu sein. Hatte er sie etwa getönt?, fragte sich Moa. So etwas wollte sie sich lieber gar nicht vorstellen. Ihr Vater lächelte breit, seine Augen strahlten und er begrüßte sie mit zwei Küssen auf die Wange. Wie früher, dachte Moa glücklich. Sie wusste nicht, wo sie ihre Tasche abstellen sollte. Das Zimmer, in dem sie das letzte Mal geschlafen hatte, war bestimmt schon von den anderen besetzt.

Jakob schien ihre Gedanken zu lesen. »Du schläfst wieder oben. Ella, ich und Lisa wohnen ein Stück die Straße runter«, sagte er. Moa hatte den Eindruck, dass er das bedauerte. Sie war so froh, wieder hier zu sein, inmitten der vielen, fröhlichen Menschen, die sie alle zu mögen schienen und die jetzt irgendwie auch zu ihrer Familie gehörten.

Sie aßen auf der Holzterrasse, unterhielten sich, lachten, tranken Wein und Bier. Es war ein Gewirr aus Norwegisch, Englisch und Deutsch und nicht nur ein

Mal fing Moa einen Satz auf Deutsch an, wenn sie mit Lisa sprach, weil sie ihr so vertraut vorkam. Jakob saß am anderen Ende des Tisches neben seiner Frau, die nicht viel sprach, aber umso mehr um ihn bemüht war, immer wieder seine Hand nahm, seinen Nacken kraulte oder ihn küsste. Jakob schien nicht ganz bei der Sache zu sein und erwiderte ihre Zärtlichkeiten zerstreut. Er sah oft zu Moa herüber. Manchmal trafen sich ihre Blicke und sie musste sich zusammenreißen, um den Augenkontakt nach einigen Sekunden wieder zu lösen. Sie fand Jakob äußerst attraktiv, aber er schien eher ein Spieler zu sein, vielleicht ein wenig so wie Nils, bevor er Frida kennengelernt hatte. Obwohl Moa Jakobs unverhohlenes Interesse genoss und es nicht so aussah, als wären er und Ella glücklich miteinander, tat ihr seine Frau auch leid, weil sie immer wieder vergeblich versuchte, seine Aufmerksamkeit auf sich zu lenken.

Als Lisa, Jakob und Ella aufbrachen, war es zwei Uhr morgens und immer noch schien die Sonne. Moa fühlte sich gleichzeitig müde und aufgekratzt. Sie lag noch lange wach und sah aus dem Fenster in die Helligkeit der Nacht.

Der nächste Tag war sonnig und erstaunlich warm. Sie wachte erst gegen zehn auf und traf ihren Vater mit einer Tasse Kaffee auf der Terrasse.

»Heute keinen Tee?«, fragte Moa mit sanftem Spott.

»Nein, ich glaube nicht, dass Frida mir an meinem Hochzeitstag etwas verbieten wird.« Nils grinste breit. »Deshalb werde ich heute auch extrem über die Stränge schlagen und es ausnutzen, dass sie überglücklich ist, mich zu heiraten.«

»Ach, bin ich das?«, fragte Frida, die seinen letzten Satz gehört hatte.

»Ja, Schatz, das bist du«, sagte Nils sanft und lächelte. »Das wird der glücklichste Tag in deinem Leben, oder etwa nicht?«, fügte er mit einem jungenhaften Grinsen hinzu.

»Doch«, sagte sie und sah Nils mit so viel Liebe an, dass Moa Tränen in die Augen stiegen. Meine Eltern haben sich nie so angesehen, dachte sie traurig. Sie gönnte den beiden aber ihr Glück und hatte das Gefühl, dass etwas von ihrer Liebe auf sie abstrahlte. Plötzlich war sie sich sicher, dass sie auch irgendwann jemanden so ehrlich und tief lieben würde.

»Ich fahre jetzt zum Friseur nach Svolvær«, sagte Frida. »Er muss noch ein wenig nachbessern, damit ich nicht zu alt für eine Braut aussehe.« Moa mochte Fridas Selbstironie und Humor. Sie setzte sich neben ihren Vater, sah die Straße zum Meer hinunter und hoffte, Jakob dort zu entdecken.

»Die drei sind nach Svolvær gefahren«, sagte Nils, als hätte er ihre Gedanken gelesen. »Jakob wollte seiner Frau zeigen, dass es auch auf den Lofoten eine Metropole gibt. Aber ich glaube nicht, dass sie die zu schätzen weiß.«

Er hatte anscheinend durchschaut, dass sie sich für Jakob interessierte. Kein Wunder, gestern Abend beim Essen hatte sie ihn ständig ansehen müssen.

»Ich bin froh, dass du hier bist«, begann Nils nach kurzem Schweigen. »Ich weiß, dass sich die Uhr nicht zurückdrehen lässt. Aber lass uns das Beste aus der Gegenwart und der Zukunft machen.«

Moa drückte seine Hand. Sie traute sich nicht, etwas zu sagen, weil sie nicht vor Rührung weinen wollte. Nils hatte ihr eben zu verstehen gegeben, dass er sie liebte, auch wenn er es nicht direkt hatte aussprechen können.

»Ich bin auch glücklich, hier zu sein, und freue mich auf die Zeit, die ich mit euch noch verbringen werde. Geht ihr eigentlich auf Hochzeitsreise?«

»Nein, hier ist es im Sommer zu schön. Es wäre eine Schande, jetzt zu verreisen. Wie lange kannst du bleiben?«

»Eigentlich nur bis übermorgen«, sagte Moa mit Bedauern. »Hätte ich nur länger Urlaub genommen!«

»Du kannst jederzeit wiederkommen und so lange bleiben, wie du willst«, sagte Nils. Es ist schön, einen Ort zu haben, an dem man immer willkommen ist, dachte sie.

Um halb eins kam Frida wieder. Sie hatte ihre Haare hochstecken und mit kleinen blauen und weißen Blüten schmücken lassen. »Nils, du musst dich umziehen«, sagte sie in gespielt strengem Ton.

»Ja, Mam«, antwortete er, »stets zu Diensten.« Er stand auf und verbeugte sich wie zur Entschuldigung in Moas Richtung.

»Wir fahren um viertel vor zwei«, sagte Frida.

Moa konnte sich lange nicht zwischen einem roten glänzenden Kleid mit Rückenausschnitt und einem dezenteren cremefarbenen entscheiden. Aber dann dachte sie an Jakob, zog ein leichtes Sommerkleid mit halbem Arm, V-Ausschnitt und Blümchenmuster an. Ich will ihn nicht durch ein sexy Kleid provozieren, dachte sie. Er ist ja schließlich verheiratet.

Moa traf Jakob, Ella und Lisa auf der Straße. Sie waren noch nicht für die Hochzeit umgezogen, aber sie schienen diese Tatsache gelassen zu nehmen. »Frida ist immer zu früh da, wir haben noch viel Zeit. Du kannst auch mit uns fahren«, bot Jakob an.

Moa überlegte kurz, ob sie annehmen sollte, aber ein schnippischer Blick von Ella ließ sie das verführerische Angebot ablehnen.

»Gut, dann sehen wir uns bei der Hochzeit, Lofotenblümchen.«

Frida trug ein schlichtes lindgrünes Seidenkleid mit engem Oberteil und schwingendem Rock. »Meine erste Hochzeit war sehr prosaisch, nur auf dem Standesamt in Oslo. Alles andere wäre uns damals zu bürgerlich vorgekommen«, sagte sie fast entschuldigend.

Nils erschien im dunkelblauen Anzug mit einer Fliege aus demselben Seidenstoff wie Fridas Kleid. »Und ich habe in Jeans geheiratet«, meinte er.

»Ihr seht wunderbar aus«, fand Moa.

»Nicht zu übertrieben für unser Alter?«, fragte Frida besorgt.

»Nein, entzückend«, sagte Moa.

»Entzückend klingt altmodisch«, meinte Frida. »Passt ja auch zu uns in dieser Aufmachung.«

»Komm, lass uns heiraten gehen.« Nils führte Frida zum Wagen.

»Müsst ihr nicht erst mal aufs Standesamt?«, fragte Moa.

»Das haben wir schon vorige Woche erledigt.«

Moa verstand, dass die beiden niemanden hatten dabeihaben wollen. Heute würde sie mit Jakob und Lisa Trauzeugin sein. Sie war froh, dass sie kein albernes Brautjungfernkleid anziehen musste.

Das Brautpaar saß auf der Rückbank, Moa fuhr. Im Rückspiegel konnte sie erkennen, wie ihr Vater Frida die Hand streichelte und sie sich an ihn lehnte. Moa hatte *Nightwatch* von Silje Nergaard aufgelegt. Bis auf Nils' Anweisungen für den Weg sprach niemand. Ab und zu begegneten ihnen Wohnmobile. Meistens hupten sie, denn ihr Wagen war festlich mit einer Blumengirlande geschmückt, die Nils mithilfe des Nachbarn heute Morgen befestigt hatte. Es war Fridas Wunsch gewesen, das Auto so herauszuputzen. »Wenn sie es sich so sehr wünscht«, hatte Moas Vater geseufzt, als sie ihn darauf ansprach. Sie bezweifelte, dass er damals auf einen solchen Wunsch ihrer Mutter eingegangen wäre. Aber Gitta hatte auch nie auf diese sanfte und doch bestimmte Art um etwas gebeten, sondern immer direkt gefragt, was Nils überhaupt nicht ertragen konnte.

Moa wusste schon lange, dass sie niemals mit einem Künstler zusammenleben wollte. Sie hatte keine Lust auf die exzentrische Launenhaftigkeit, die sie von Nils kannte. Sie hatte schon einen Künstler als Vater, sie brauchte nicht auch noch einen als Gefährten. Und sie wollte keinen Spieler, wenn es um Frauen ging. Auch das war ihr Vater. Moa nahm an, dass er immer noch mit anderen flirtete, obwohl er mit Frida zusammen war. Diese bemerkte das dann, aber sie konnte damit umgehen, weil sie stark war, in sich ruhte und vor allem weil sie wusste, wie sehr Nils sie liebte.

Sie fuhren über die dünn besiedelte Insel Gymsøy. Moa hätte nie erwartet, einen Landstrich, der so weit im Norden lag, in ihr Herz schließen zu können. Aber ihr war klar, dass das schon geschehen war, als sie die Lofoten im März zum ersten Mal vom Flugzeug aus gesehen hatte. Natürlich hatte ihre Faszination auch etwas damit zu tun, dass sie Matthias hier kennengelernt hatte. Und obwohl sie sicher war, dass sie Matthias nie wieder sehen würde, war ihre Begeisterung geblieben.

Endlich kamen sie zur kleinen weißen Holzkirche direkt am Meer. »Wir können hier die ganze Nacht lang die Sonne sehen. Ich hoffe, deine Kondition ist gut. Es wird nämlich ein rauschendes Fest«, sagte Nils.

Der Pastor war noch nicht in der Kirche, aber sie war schon aufgeschlossen. Moa ging hinein. Es war ein kleiner, heller und schlichter Raum mit nur wenigen Bildern an den Wänden. Das ist die perfekte Hochzeitskirche, dachte Moa. Wer braucht Prunk, wenn man mit Blick auf das Meer heiratet? Als sie erfahren hatte, dass Nils kirchlich heiraten wollte, hatte sie es zuerst nicht fassen können. Ihr Vater glaubte nicht an Gott und war stolz darauf, nie Mitglied einer Kirche gewesen zu sein. Er macht es Frida zuliebe, dachte Moa jetzt. Für Gitta hätte er das nicht getan. Auf einmal träumte sie davon, irgendwann selbst so zu heiraten. Das war seltsam: Ausgerechnet ihr Vater, der sehr früh in ihrem Leben dafür gesorgt hatte, dass sie nicht mehr an die Beständigkeit einer Liebe glaubte, gab ihr jetzt fast zwanzig Jahre später den Glauben an die große Liebe zurück.

Moa war neugierig auf die Hochzeitsgäste und ging nach draußen. Jeder wollte sie begrüßen. Neben dem Brautpaar war sie die Attraktion, denn im Gegensatz zu Lisa und Jakob, die von vielen angesprochen wurden, kannte sie niemand. Moa tat es weh, dass sie bisher so wenig an Fridas und Nils' Leben teilgehabt hatte, sie wusste aber, dass es auch an ihr gelegen hatte.

Das Kauderwelsch aus drei Sprachen und die unbekannten Menschen waren Moa zu viel, aber sie ließ sich nichts anmerken. Es war zwar sehr unwahrscheinlich, dass sie viele der Hochzeitsgäste nach diesem Tag wiedersehen würde, aber sie wollte allen vermitteln, dass sie sich freute sie kennenzulernen. Die meisten Gäste trugen dunkle Anzüge oder schicke Kleider, was sie hier auf den Lofoten nicht vermutet hätte. Nur eine Frau trug Tracht. »Das Kleid habe ich in einer Osloer Boutique gekauft«, sagte sie. »Es ist ein Designerstück.«

In der Kirche zog Jakob Moa neben sich auf die erste Holzbank. Auf der anderen Seite nahm Lisa Platz. Ella saß neben Lisa und guckte beleidigt, was Jakob jedoch ignorierte. Ihre Schultern berührten sich, Moa genoss seine körperliche Nähe. Wenn er nicht verheiratet wäre, hätte ich sicher einen netten Abend mit ihm, dachte sie.

Die Orgel setzte mit einer Variation des *Hochzeitsmarsches* von Mendelssohn Bartholdy ein. Niemals hätte sie erwartet, dass ihr Vater sich mit einem so abgegriffenen Musikstück einverstanden erklären würde. Aber als sie ihn nach den altbekannten Klängen den Mittelgang hinunterschreiten sah, merkte sie an seinen hochgezogenen Augenbrauen, dass er von der Musikauswahl überrumpelt worden war. Frida ging an seinem Arm und lächelte mal zur rechten und mal zur linken Seite, als wollte sie jeden in ihr Glück einbeziehen. Wärme und Herzlichkeit füllten die Kirche und Moa bemerkte, dass Nils die Braut voll Stolz und Begeisterung zum Altar führte. Sie hatte ihn bisher nur auf der Bühne so glücklich gesehen, wenn er in ein Solo vertieft war, sich von den vorgegebenen Strukturen lösen und improvisieren konnte: eine Mischung aus vollkommener Offenheit und absoluter Konzentration.

Moa verstand nicht viel von der norwegischen Predigt, aber das störte sie nicht. Sie schloss die Augen und ließ sich vom Strom der melodiösen Worte tragen.

Jakob stieß sie an. »Du musst jetzt mit nach vorn.« Er nahm ihren Arm und zog sie mit sich vor den Altar. Lisa kam hinter ihnen her. »Wir sollen beim Trauversprechen hier stehen«, flüsterte er und berührte mit seinen Lippen fast Moas Ohr. Ella schoss missbilligende Blicke in ihre Richtung.

Moa war es unangenehm, dass alle sie anstarrten. Jetzt sprach ihr Vater norwegisch. Frida und er standen einander gegenüber und sahen sich an. Frida lächelte und weinte gleichzeitig. Bloß jetzt nicht auch noch heulen, dachte Moa, aber es war schon zu spät. Hoffentlich ist die Wimperntusche wasserfest. Frida gab Nils das Versprechen erst auf Norwegisch, dann auf Deutsch. Moa sah, dass ihr Vater weinte. Auch Jakob und Lisa kämpften mit den Tränen. Der Pastor gab den Trauzeugen einen Wink und sie konnten sich wieder setzen.

Moa versuchte an etwas Nüchternes zu denken, um ihre Rührung in den Griff zu bekommen. Ein Freund von Nils spielte Trompete, diesmal nicht Klassik, sondern Jazz. Moa sah, wie ihr Vater sich bei dieser Musik entspannte. Sie war stolz auf ihn. Sie war sich sicher, dass außer ihr niemand bemerkt hatte, wie wenig er mit Religion und dem Glauben anfangen konnte.

Vor der Kirche blieben die Gäste auf dem Rasen stehen. Viele umarmten sich, aber sie hielt sich abseits. Sie wollte nicht wieder die Aufmerksamkeit aller auf sich ziehen. Die Sonne war nicht mehr zu sehen und Moa fröstelte. Sie ärgerte sich, dass sie ihren Poncho im Auto vergessen hatte. Plötzlich legte ihr jemand eine Jacke um die Schultern.

»Immer, wenn ich dich sehe, bist du zu dünn angezogen«, sagte ein Mann mit Matthias' Stimme.

Moa drehte sich um.

Er war es tatsächlich und grinste verlegen.

»Was machst du denn hier?« Ihr Herz schlug auf einmal unregelmäßig und zu schnell.

»Ich bin eingeladen worden. Wusste aber nicht, dass es dein Vater ist, der heiratet.«

»Interessant, du bist zu einer Hochzeit eingeladen und weißt nicht, wer heiratet?«

»Sander hat mich gestern eingeladen, als ich hier campte. Seine Frau und er kümmern sich anscheinend um die Ausrichtung der Hochzeit.«

»Oh, das wusste ich nicht.«

»Siehst du, und du bist die Tochter des Bräutigams. Eine sehr schöne Tochter.« Er sah sich suchend um. »Dein Freund ist auch hier?«

»Wer?«

»Dein Freund, der den Unfall hatte.«

»Ach du meinst Mark. Warum sollte er hier sein?«

»Weil man normalerweise auf große Familienfeste den Lebensabschnittsgefährten der Tochter mit einlädt.«

Moas Gedanken überschlugen sich. Warum tauchte Matthias wieder in ihrem Leben auf, kurz nachdem sie ihren Liebeskummer überwunden hatte? Was wollte er hier? Und warum war er überhaupt auf den Lofoten? »Tut mir leid, das ist jetzt alles etwas viel für mich«, sagte sie.

»Entschuldige, ich wollte sowieso gehen.«

»Warum, du bist doch eingeladen?«

»Ich weiß, aber ich will euch nicht stören«, sagte er unsicher.

Sander kam auf sie zu. »Schön, dass du kommen konntest, Matthias. Ihr habt euch schon miteinander bekannt gemacht?«

Moa nickte. Sie wollte jetzt nicht erklären, warum sie mit Matthias nicht bekannt gemacht werden musste.

»Wir gehen alle zum Gemeindehaus. Da wird gefeiert. Es ist ein kleines Stück die Straße hinunter und dann auf der rechten Seite«, erklärte Sander. »Wir haben hier in der Gegend nicht sehr viele Restaurants. Deshalb mussten wir mit den Räumlichkeiten etwas improvisieren. Aber Oda hat sie gestern sehr schön geschmückt.«

Eigentlich wollte Moa sich lieber irgendwo verstecken, aber es gab kein Entkommen. Sander hakte sie unter und brachte sie zu Frida und Nils, die nicht mehr von einer Traube Gratulanten umringt waren.

»Das ist Matthias, der deutsche Norweger. Ich weiß nicht, warum er hier ist. Hilfe«, flüsterte sie Frida zu.

Frida drückte sie und gab ihr einen Kuss auf die Wange. »Wie schön«, sagte sie dann zu Matthias, »ich freue mich, dass der Zufall Sie hierhergeführt hat.«

»Zufälle gibt es nicht«, mischte sich jetzt Sander ein und sah eindringlich von einem zum anderen.

Nils ergriff Moas Arm und machte sich mit ihr auf den Weg zum Gemeindehaus. Frida hakte sich bei Matthias ein und plauderte mit ihm, sodass er gar keine andere Wahl hatte als mitzukommen.

»Ich weiß zwar immer noch nicht, wer das ist und wo du ihn kennengelernt hast. Aber der Mann scheint dich hinreißend zu finden«, flüsterte Nils. »Ich nehme an, dass er dich auch jetzt nicht aus den Augen lässt.«

»Das ist keine Kunst, ich gehe ja vor ihm«, antwortete Moa, aber auch sie spürte Matthias' Blicke auf ihrem Rücken.

Das weiße Gemeindehaus bestand aus einem Versammlungsraum mit Bühne und einer Küche. Fünf

Zehnertische waren mit rot-weiß karierten Decken und großen bunten Blumensträußen geschmückt. Es roch nach Kaffee. Moa merkte, wie hungrig sie war. Sie hatte fast nichts gefrühstückt und jetzt war es schon Nachmittag.

»Es gibt keine Sitzordnung, aber kommt doch zu uns an den Tisch«, sagte Nils und wies auf die Tafel in der Mitte.

Moa sah Matthias an und zuckte mit den Achseln. »Ich wusste gar nicht, dass mein Vater so vereinnahmend ist«, sagte sie. »Jetzt kannst du hier erst einmal stundenlang nicht mehr weg.«

Jakob kam auf sie zu und küsste sie auf die Wange. Moa sah, dass Matthias zusammenzuckte. »War es nicht eine tolle Zeremonie?«, fragte Jakob überschwänglich.

»Ich habe zwar fast nichts verstanden, aber es war sehr rührend«, antwortete Moa und versuchte, dem Klang ihrer Worte eine kühle Färbung zu geben. Sie wollte Matthias nicht noch mehr verunsichern, der offensichtlich weiter annahm, dass sie mit ihrem Freund hier war.

Jakob ließ sie augenblicklich los, als Ella auf sie zusteuerte.

Moa wandte sich erleichtert an Matthias, der von einem Fuß auf den anderen trat und nicht wusste, was er tun sollte. »Jakob ist Fridas Sohn, ich habe ihn erst gestern kennengelernt. Er ist mit Ella verheiratet.« Zu spät bedachte sie, dass Matthias ja von ihrer Schwäche für verheiratete Männer wusste. »Ich finde ihn nett, so wie einen Bruder eben«, fügte sie hilflos hinzu.

»Das hat man deutlich gesehen«, antwortete Matthias wenig überzeugt.

Mittlerweile waren alle Plätze bis auf zwei am anderen Ende des Brauttisches belegt. Moa war erleichtert, als sie bemerkte, dass sie neben Lisa und weit genug weg von Jakob sitzen konnte.

Sie zog Matthias auf den Stuhl neben sich und begutachtete die Torten, die gerade in den Saal getragen wurden. Sie war froh, dass ihr Kleid nicht hauteng geschnitten war. Heute würde sie keine Rücksicht auf ihre Figur nehmen, sondern alles probieren, was sie wollte. Sie wusste von Frida, dass eine Konditorei in Svolvær Buttercremetorten nach alten Lofoter Rezepten herstellte, und nahm sich vor, Frida zu bitten, die Rezepte für sie zu sammeln. Neben den Torten gab es auch Platten mit Obstkuchen und Zimtschnecken und große Schüsseln mit Sahne. Genau das Richtige in diesem Gefühlswirrwarr, dachte Moa.

Sie sah Matthias verstohlen an, der schon mit seiner Nachbarin in ein angeregtes Gespräch vertieft war. Sie war erstaunt, wie gut er Norwegisch konnte. Er brachte es sogar fertig, bei einigen Sätzen die Sprachmelodie der Lofoter zu imitieren. Jetzt lachte er. Sie war ein wenig eifersüchtig, weil er seine Aufmerksamkeit nicht ihr widmete.

»Du kennst den Mann neben dir?«, fragte Lisa und es klang mehr als interessiert.

»Ja, flüchtig. Er ist geschieden und macht gerade eine schlimme Phase durch«, sagte sie. Eigentlich hatte sie durch diese Bemerkung Lisas Interesse an Matthias mindern wollen, aber das war ihr wohl nicht gelungen. Lisa warf ihm jetzt mitfühlende Blicke zu.

»Um ganz ehrlich zu sein: Ich war mit ihm im März auf den Lofoten zusammen. Dann haben wir uns aus den Augen verloren und jetzt habe ich ihn durch Zufall hier wieder getroffen. Ich freue mich sehr darüber«, sagte Moa.

»Wirklich?« Lisa gehörte zu den Frauen, die sich nie für die Männer von Freundinnen interessieren würden. Und so eigenartig das vielleicht nach so kurzer Zeit sein mochte: Sie war Moas Freundin.

Matthias drehte den Kopf zu ihnen. »Ich freue mich auch«, sagte er beiläufig.

Moa lächelte verlegen. Sie wusste überhaupt nicht, was sie mit seinem plötzlichen Auftauchen anfangen sollte. Er war ja nicht ihretwegen bei der Hochzeit erschienen, denn er hatte gar nicht gewusst, dass sie hier sein würde.

Jemand ging mit Schnapsflaschen und Champagner herum und schenkte großzügig ein. Moa hatte schon zwei Gläser Champagner getrunken und schnappte sich noch ein drittes. Wenn sie schon nicht durchschaute, was hier geschah, wollte sie sich zumindest amüsieren. Sie prostete ihrem Vater am Ende des Tisches zu. Er sah unverschämt glücklich aus. Er lächelte, beugte sich zu Frida und küsste sie, prostete nach rechts und links. Er ist angekommen, dachte Moa, und bedauerte, dass sie noch niemanden gefunden hatte, bei dem sie sich so geborgen fühlte.

»Erzähl mir jetzt mal von deinem Freund in Hamburg«, nuschelte Matthias. »Wie ist er denn so? Bist du glücklich mit ihm?« Er hatte wohl in den letzten zehn Minuten mit seiner Tischdame mehrere Schnäpse hintereinander gekippt.

»Ich habe keinen Freund, Matthias«, sagte Moa. »Ich hatte auch keinen, als du nach Hamburg kamst. Aber du bist ja einfach weggelaufen, sodass ich es nicht erklären konnte.«

»Verstehe ich nicht. Du wolltest doch sofort ins Krankenhaus und hast mich einfach stehen lassen, obwohl ich extra von Berlin nach Hamburg gefahren bin. Von Berlin nach Hamburg – das musst du dir mal vorstellen. Extra für dich. Mitten in der Woche.«

»Ja großartig, ich habe mich ja auch sehr gefreut. Du hättest nur warten müssen. Aber du bist weggelaufen. Und dann bist du nicht ans Telefon gegangen. Ich habe mehrmals versucht, dich zu erreichen.«

»Ich weiß, aber ich wollte dich nicht mehr sprechen.«

Moa wusste, dass sie diese Unterhaltung noch stundenlang ohne Ergebnis führen würden, wenn sie nichts unternahm. Wieder kam jemand mit der Schnapsflasche vorbei. »Lass uns anstoßen und einen Strich darunter ziehen«, schlug sie vor.

»Bin ich für«, nuschelte Matthias und prostete ihr zu. »Jetzt der Kuss«, sagte er. »Ich habe eben auch mit meiner Tischdame Brüderschaft getrunken, sie heißt Solveig.«

»Aber du weißt doch, wie ich heiße.«

»Ist doch nicht so wichtig.« Matthias trank sein Schnapsglas in einem Zug leer, nahm sie in den Arm und küsste sie auf den Mund.

Jetzt werde ich ihn nie mehr vergessen können, dachte sie.

»So, das ist das«, sagte er, nachdem er sie ein zweites Mal und länger auf den Mund geküsst hatte. Dann wandte er sich wieder seiner Tischnachbarin zu.

Moa blieb verdattert sitzen und trank noch zwei Schnäpse. Es war ihr peinlich, dass Jakob sie interessiert musterte und sich wohl ausrechnete, wie groß seine Chancen wären, heute auch von ihr geküsst zu werden.

Nils stand auf und hielt eine Rede, überwiegend auf Norwegisch, wie Moa mit Erstaunen feststellte. Es gab viele Lacher und weiteres Zuprosten, das Moa aber mit Wasser hinter sich brachte, weil sie nicht anfangen wollte, doppelt zu sehen.

»Und ich freue mich besonders, dass meine schöne, kluge Tochter hier ist«, sagte Nils jetzt auf Deutsch. »Steh auf, Moa, damit dich alle sehen können.«

Schon wieder, dachte sie und erhob sich widerwillig. Alle sahen sie erwartungsvoll an. Sollte sie jetzt irgendetwas sagen? Womöglich auf Norwegisch? Warum musste ihr Vater sie immer wieder dazu bringen, sich vor so vielen Leuten lächerlich zu machen.

»Ich dolmetsche«, flüsterte Matthias, jetzt gar nicht mehr angetrunken. »Sag irgendwas.«

»Ich freue mich auch sehr, dass ich hier bin, auf diesen großartigen Inseln, die ich schon im März in mein Herz geschlossen habe. Ich werde euch oft besuchen. Viel Glück euch allen. Auf die Liebe!« Sie erhob so schwungvoll ihr Glas, dass sie die Hälfte des Champagners – eben war da doch noch Wasser drin? – verschüttete. Aber niemand schien es bemerkt zu haben.

»Skål«, riefen nun alle, dann fing jemand an zu singen und die anderen stimmten ein. Moa stand neben Matthias, der aus vollem Hals mitsang, auch wenn er bei Melodie und Text nicht ganz sicher war. Sie war dankbar und froh, dass er in dieser Situation bei ihr war und sich so mühelos in die Hochzeitsgesellschaft einpasste.

Es folgten weitere Reden und Trinksprüche. Dann wurden alle nach draußen gebeten, damit der Saal für den Abend hergerichtet werden konnte.

»Am Strand wird gleich ein Feuer angezündet,« sagte Frida. »Nils und ich ziehen uns ein wenig zurück. Sander hat uns die Hütte zu Verfügung gestellt, bis später.«

»Komm, wir gehen ans Meer«, schlug Matthias vor. Mittlerweile war es sieben Uhr abends, aber die Sonne stand noch so hoch am Himmel wie in Deutschland am Nachmittag. Einige Hochzeitsgäste folgten ihnen, andere stiegen in ihre Wagen und fuhren davon. Moa bezweifelte, dass die Fahrer nüchtern geblieben waren, und hoffte, dass die örtliche Polizei auch mitgefeiert hatte und daher nicht im Dienst war.

Ihre Schuhe waren nicht gerade fürs Herumlaufen im Sand gemacht, aber das störte Moa nicht. Mit langen Fackeln zündeten Sander und zwei andere Männer einen hohen Holzhaufen an. Jemand spielte Akkordeon, ein anderer hatte Trommeln mitgebracht. Eine Frau sang mit warmer Altstimme langsame, melancholische Lieder, deren Melodien an norwegische Volksweisen erinnerten.

»Wir haben leider nicht Kari Bremnes bekommen«, sagte Sander. »Die hatte schon was vor. Aber Hilda singt auch ganz schön.«

Moa hörte begeistert zu. Matthias stand hinter ihr und hielt sie im Arm. Sie sah in die Flammen und zur Sonne hinauf. Langsam wurde sie wieder nüchtern, aber sie beschloss, dass sie sich an diesem Abend und in dieser Nacht so verhalten durfte, als ob es kein Morgen gäbe.

Um halb neun kamen Nils und Frida an den Strand, um die Gäste zurück in den Festsaal zu holen. »Die Party geht weiter, Liebes«, sagte Nils zu ihr. »Es scheint dir hier zu gefallen«, fügte er leiser hinzu.

»Ja, ich würde am liebsten nach der Hochzeit bleiben und nicht mehr zurück nach Hamburg fliegen«, seufzte Moa.

»Dann tu es doch.«

»Aber es geht nicht, mein Job, meine Wohnung.«

»Alles Dinge, die man regeln kann«, sagte ihr Vater. »Manchmal muss man etwas tun, ohne an die Konsequenzen zu denken.«

»Vielleicht gilt das für dich, du bist Künstler. Aber ich?«

»Jeder sollte sich die Freiheit nehmen, besonders, wenn es so einfach ist wie bei dir. Du hast keine Familie, die du verlassen musst, um deinen eigenen Weg gehen zu können.« Nils drückte ihre Hand. »Ich bin so froh, dass ich dich doch nicht verloren habe.«

Frida kam mit Matthias zu ihnen herüber und hakte sich auf der anderen Seite bei Nils ein. »Jetzt gibt es wieder massenweise zu essen und dann wird getanzt«, sagte sie lachend. »Ich habe Sander gefragt, du kannst heute Nacht in seiner Hütte bleiben. Wir werden uns schon früh verabschieden. Das Brautpaar möchte noch ein wenig allein sein.« Sie lächelte verlegen und wandte sich an Matthias: »Vielleicht kannst du Moa morgen wieder zurückbringen?«

»Natürlich, wenn sie das möchte«, sagte Matthias schüchtern.

Moa wusste nicht, was sie antworten sollte. Anscheinend hatten Frida und Matthias den Verlauf des weiteren Abends und ihre Rolle dabei schon ohne sie durchgeplant. Eigentlich gefiel ihr das, endlich brauchte sie mal nichts selbst zu regeln.

Auf dem Buffet türmten sich die Speisen: Ragout aus Rentierfleisch, Reis, Salat und Preiselbeeren, Stockfisch, Lachs, frischer Kabeljau, Krabben, Kartoffelsalat und Gurkensalat. Moa ging immer wieder hin und probierte alles, bis sie nicht mehr konnte. Dazu gab es Bier, Wein und Wasser und zwischendurch immer wieder einen Schnaps.

Nach dem Essen baute eine Band ihre Instrumente auf. Es war mittlerweile halb elf und immer noch vollkommen hell. Moa hatte die Mitternachtssonne schon gestern erlebt, aber erst heute wurde ihr bewusst, was es bedeutete, dass es hier oben sechs Wochen lang überhaupt keine Dunkelheit gab.

»Man muss mit den Möwen aufpassen«, erzählte ihr Matthias. »Die werden durch die Helligkeit richtig besoffen und fliegen manchmal nachts so tief über die Straße, dass man Angst haben muss, sie mit dem Wagen zu erwischen.«

Moa beneidete ihn. Er hatte sich entschieden, den Sommer hier oben zu verbringen. Er war frei, wusste zwar noch nicht genau, wie sein Leben danach weitergehen würde, aber das schien für ihn keine Rolle zu spielen. Vielleicht hat Nils recht, dachte sie, vielleicht musste man wirklich mal etwas wagen, ohne zu wissen, wohin es führte. Was wäre, wenn sie jetzt einfach hierbliebe? Möglicherweise würde Bernd ihren Urlaub nicht verlängern, was bedeutete, dass sie dann keinen Job mehr hätte. Aber was sprach eigentlich dagegen, im *Walnuts* aufzuhören und sich in ein paar Wochen eine neue Stelle zu suchen? Vielleicht war das der Wink des Schicksals. Sie war doch in der letzten Zeit in Hamburg nicht glücklich gewesen.

Matthias tanzte mit seiner Tischnachbarin vom Nachmittag und schwenkte die alte Dame heftig hin und her. Sie lachte und scherzte mit ihm. Als er bemerkte, dass Moa ihn beobachtete, winkte er und rief ihr zu: »Mach dich schon mal bereit. Gleich tanze ich mit dir und dann so lange, bis dir die Füße glühen.« Dabei lachte er jungenhaft.

Die Band bestand aus fünf Männern um die sechzig, die schon seit vierzig Jahren gemeinsam Musik machten. Sie trugen T-Shirts mit dem Namen ihrer Band: »Polarlysrock«. Moa wunderte sich darüber, dass niemand von Nils' Kollegen auf der Bühne stand, aber die wenigen, die zur Hochzeit gekommen waren, vergnügten sich lieber auf der Tanzfläche.

Matthias machte sein Versprechen wahr und tanzte so lange mit Moa, bis ihre Füße schmerzten. Er hatte eine recht komplizierte Beziehung zum Rhythmus, die einfacher wurde, je mehr Bier er zwischendurch trank. Er tätschelte beim Tanzen ihren Po, streichelte ihre Taille und küsste sie.

Jakob warf ihr sehnsüchtige Blicke zu, während er mit seiner Frau elegant vorbeitanzte. Aber das ließ sie jetzt kalt. Sie war genau am richtigen Ort mit einem nicht besonders eleganten Mann, der keinen Anzug, sondern schwarze Jeans und ein weißes Hemd trug.

»Ich hatte nicht gedacht, dass ich auf den Lofoten zu einer Hochzeit eingeladen werde«, sagte er entschuldigend. Er legt nicht viel Wert auf Äußerlichkeiten, dachte Moa. Am wohlsten fühlt er sich bestimmt in seinen Outdoorklamotten. Eigentlich nicht so mein Fall, dachte Moa. Matthias war auch auf eine Art überraschend, die sie bisher noch nicht kennengelernt hatte. Er spielte nicht mit der Sprache. Das, was er zu sagen hatte, brachte er ziemlich schnell auf den Punkt, denn er gehörte nicht zu den Männern, die sich selbst gern reden hörten, wie Tom oder Mark. Aber auf der anderen Seite war er sehr aufgeschlossen. Sie hätte nicht gedacht, dass er bei diesem Fest aus sich herausgehen würde: mit jedem unbefangen norwegisch sprechen, lachen, scherzen und sogar singen. Er wirkte viel sicherer als Moa, obwohl er hier noch weniger Menschen kannte als sie. Wenn sie mit ihm tanzte und sich trotz seiner unorthodoxen Vorstellung von Rhythmus führen ließ, fühlte sie sich sicher und gleichzeitig frei. In seinen Armen machte sie sich keine Gedanken darüber, ob ihr Kleid gut saß, ihre Schminke noch frisch aussah, ihre Frisur die Form behalten hatte. Es war nicht wichtig, weil er sie nicht mit prüfenden Augen musterte, sondern sie liebevoll ansah.

So hatte sie vorher noch niemand angesehen, nicht ihre Liebhaber, nicht ihre Eltern, vielleicht am ehesten Anne und Mark. Moa glaubte nicht, dass sie selbst so unvoreingenommen schauen könnte, denn sie war darauf trainiert, alles zu analysieren. Sie meinte immer auf der Hut sein zu müssen, damit sie nicht verletzt oder angegriffen wurde.

Matthias besaß die Gabe, auf Menschen zuzugehen, ohne sie gleich zu beurteilen – auch jetzt noch, nach der großen Enttäuschung mit seiner Exfrau. Moa wusste nicht genau, woran es lag, aber sie nahm an, dass er den Menschen erst einmal traute. Er ist freundlich, dachte sie. Das verbindet ihn mit Frida.

Sie walzten an Lisa vorbei, die in den Armen eines gut aussehenden dunkelhaarigen Osloers lag und anerkennend den Daumen hob. Moa winkte ihr zu. Sie konnte sich kaum mehr vorstellen, dass sie vorhin noch darüber traurig gewesen war, weil sie nicht wusste, zu wem sie gehörte.

Um zwei packte die Band ihre Sachen zusammen. Es waren schon etliche Hochzeitsgäste gegangen, aber der Rest der Gesellschaft saß zusammen, trank und hörte der Musik zu, die jetzt von der CD kam. Jakob und Ella, die im Laufe des Abends wieder zueinandergefunden hatten, tanzten eng umschlungen zu Silje Nergaard und es sah so aus, als ob sie große Teile des

Vorspiels schon auf der Tanzfläche erledigten. Lisa saß auf dem Schoß des gut aussehenden Osloers und küsste ihn leidenschaftlich. Die älteren Einheimischen, die am selben Tisch saßen, ließen sich dadurch nicht stören, sondern erzählten sich weiter Geschichten von früher.

»Lass uns an den Strand gehen« schlug Matthias vor, als sie erschöpft vom Tanzen Pause machten. Er sah Moa dabei eindringlich in die Augen und nahm ihre Hand. Sie hätte ihm am liebsten vorgeschlagen, gleich in Sanders Hütte zu gehen, wollte ihm aber nicht vorgreifen. Sie konnte ja kaum sagen: Nein, ich will sofort mit dir schlafen. Also lassen wir den Strand weg.

Moa zog den dunkelbraunen Poncho über ihr Kleid und hoffte, am Strand nicht zu frieren. Auch wenn die Sonne immer noch am Himmel stand und sich nur gegen ein Uhr etwas rot gefärbt hatte, wärmte sie nicht mehr.

Sie überquerten den Friedhof an der Kirche. Der Strand gleich dahinter war menschenleer. Matthias legte ihr eine Wolldecke um die Schultern. Sie standen schweigend nebeneinander. Moa fühlte sich lebendig, wie schon lange nicht mehr.

Die Sonne tauchte die Spitzen der Berge auf der anderen Seite der Kirche in goldenes Licht, das Tal lag im Schatten. Das Moos auf den Felsen links und rechts schimmerte rostrot. Moa löste sich von Matthias und drehte sich langsam um sich selbst. Da waren die Wiesenblumen im satten Grün des Grases. Sie drehte sich weiter und bemerkte, dass die Sonne das Haus von Sander und Oda in sanftes Licht tauchte und dass dahinter die Berge samten schimmerten. Matthias stand neben ihr und sah ihr zu. Sie drehte sich immer weiter, hielt kurz inne, blickte auf das Nordmeer hinaus und verlor sich im tiefen Blau des Wassers. Ihre innere Uhr war außer Kraft gesetzt. Es hätte jetzt auch sieben Uhr abends sein können.

Schließlich umarmte sie Matthias und küsste ihn. Sie brauchte nicht zu sagen, was sie empfand, er spürte es: Herz an Herz, Hand in Hand, Seele an Seele. Sie betrachtete die sanften Wellen des Meeres, die sich kräuselten, als sei vor ihr nicht das Nordmeer, sondern das Mittelmeer, und wusste, dass sie sich vorher noch nie mit einem Mann so eins gefühlt hatte, ohne mit ihm zu schlafen. Ich werde mit ihm leben, dachte sie, aber es war kein Wunsch, sondern eine Tatsache. Es gab kein Zurück und kein Ausweichen mehr. Sie gehörten zusammen, so widrig die Umstände vielleicht auch jetzt erscheinen mochten, denn sie hatten außer den Lofoten nichts, das sie verband.

»Lass uns in die Hütte, mir ist kalt«, sagte Matthias. Er ergriff ihre Hand und zog sie fast schon hinter sich her. Zuerst konnte Moa das Bett nicht entdecken, aber dann bemerkte sie die Leiter, die auf eine galerieartige Helms führte.

»Ich würde dich gerne nach oben tragen«, sagte Matthias. »Aber ich fürchte, das schaffe ich nicht. Dafür habe ich doch zu viel getrunken.«

Sie stieg vor ihm die Leiter hinauf und er schob seine Hand unter ihr Kleid.

Jemand klopfte an die Hüttentür.

»Entschuldigung, wenn ich stören muss«, rief Sander von draußen. »Aber ab heute Abend ist hier wieder vermietet.«

Matthias sah schlaftrunken auf die Uhr. Es war schon drei Uhr nachmittags. Er setzte sich auf und versuchte, die Schmerzen, die augenblicklich seinen Kopf marterten, zu ignorieren. »Ich komme sofort«, stotterte er und kletterte über Moa hinweg, die selig weiterschlief. Er sah an sich herunter und stellte fest, dass er nackt war. Er konnte sich daran erinnern, dass Moa ihm die Shorts ausgezogen und dann irgendwo hingeworfen hatte. Lagen sie noch oben bei ihr und musste er sie jetzt unsanft wecken, um danach zu suchen? Er sah sich in der Hütte um und entdeckte die Shorts auf dem Ofen. Gut, dass wir nicht geheizt haben, dachte er erleichtert.

Sander wartete auf der Terrasse und sah über das aufgewühlte Meer. »Der Wind hat ganz schön zugenommen«, sagte er auf Norwegisch und tat so, als stünde Matthias vollständig bekleidet und nicht nur in blau-weiß gestreiften Boxershorts neben ihm.

Sie unterhielten sich über die Wettervorhersage der nächsten Tage. Matthias hätte gar nicht sagen können, ob er auf Norwegisch oder Englisch antwortete. Er fühlte sich wie in *Local Hero*. Immer wenn er diesen Film sah, träumte er davon, irgendwann so einen Ort wie dieses schottische Fischerdorf für sich zu entdecken. Dort gibt es nur eine rote Telefonzelle für alle, die am kleinen Hafen steht und nur Münzen nimmt. Jetzt hatte er diesen Ort vielleicht gefunden, zwar im Zeitalter des Handys ohne die rote Telefonzelle, aber ansonsten passte alles: die Landschaft, die einem mit ihrer kargen Schönheit den Atem raubte, die Menschen, die sich nicht in eine Schublade stecken ließen, die Schwermut, die manchmal in ihren Äußerungen lag und im nächsten Augenblick in Fröhlichkeit umschlagen konnte.

»Wenn ihr wiederkommen wollt, meldet euch einfach bei mir. Momentan sind natürlich auch Touristen in der Gegend, aber euch nehme ich lieber als die. Ruft mich einfach an«, sagte Sander.

»Machen wir«, antwortete Matthias.

»Bis 16 Uhr könnt ihr fertig sein?«

Matthias nickte.

»Gut, dann lass ich euch mal wieder in Ruhe.«

»Schöne Grüße an Oda«, sagte Matthias. »Es war ein großartiges Fest.«

Sander winkte ihm zu und ging zum Haupthaus.

Als Matthias zu Moa zurückkam, stieg diese gerade schlaftrunken die Leiter hinunter. In seinem Hemd sah sie so verführerisch aus, dass er es ihr am liebsten sofort wieder ausgezogen hätte. Dafür fehlt uns aber jetzt wohl die Zeit, dachte er bedauernd. »Wir müssen aufbrechen«, sagte er.

»Ich geh duschen«, antwortete sie mit belegter Stimme. Anscheinend spürte auch sie die Nachwirkungen des Alkohols. Im Vorbeigehen lehnte sie sich kurz an ihn.

Solange sie duschte und dabei sang, kochte er Kaffee. Die Utensilien hatte er in der Küche gefunden. Moa kam in ein Handtuch gewickelt aus dem Badezimmer und setzte sich in den Korbstuhl, der vor dem Fenster Richtung Norden stand. Sie nahm mit dankbarem Lächeln den Becher Kaffee in ihre Hände. Ihre Augen strahlten. Sie hatte ihm gestern Nacht gesagt, dass sie ihn liebte. Dies ist der Anfang eines glücklicheren Lebens, dachte er.

Moa wartete auf der Holzveranda auf ihn, während er aufräumte. »Ich fliege morgen nicht nach Deutschland zurück«, sagte sie, als er sich neben sie setzte. Früher hätte er gefragt, ob sie es sich gut überlegt hatte und gemeint, dass sie nicht seinetwegen ihren Job aufs Spiel setzen sollte. Jetzt konnte er es ihre Entscheidung sein lassen. Es war richtig. Sie gehörten zusammen. Und warum sollten sie dann nicht auch gleich damit anfangen zusammenzuleben? Er nahm sie wortlos und fest in die Arme. Es fühlte sich an, als umarmte er seine Frau. »Willst du mit mir zusammen in Henningsvær wohnen?«, fragte er.

Moa nickte.

Matthias rief vom Handy aus sofort Erik an und dieser sagte ihnen zu, dass sie in einer der kleineren Hütten zusammen wohnen könnten.

»Fahren wir zu Frida und Nils und holen die Sachen«, schlug Moa vor. »Ihr Haus ist in Vestresand auf Vestvågøy«, sagte sie. »Weißt du, wie du da hinkommst? Ich nämlich nicht.«

Matthias schmunzelte. »Ich denke, ich finde es schon.«

»Das ist gut.« Moa streichelte seine Wange.

Matthias war erstaunt und froh. Christiane hätte mit ihm jetzt über den Weg diskutiert oder ihn gezwungen, in die Karte zu sehen. Moa vertraute ihm einfach. Es wäre ihr wahrscheinlich auch egal, wenn sie sich auf dem Weg nach Vestvågøy verfahren würden.

Als sie in Vestresand ankamen, tranken Nils und Frida, Lisa, Jakob und Ella gerade Tee. »Kommt, setzt euch«, sagte Frida mit ihrer selbstverständlichen Gastfreundschaft. »Habt ihr Hunger? Wir haben von gestern noch Fisch, Salate und Torte übrig.«

Matthias war froh, etwas in den Magen zu bekommen. Er hatte die Erfahrung gemacht, dass sich ein Kater am besten mit einem reichhaltigen Mahl vertreiben ließ.

Während des Essens schmiegte sich Moa immer wieder an ihn. Er fühlte sich wie ein König, besonders, als Jakob anerkennend zu Matthias herübersah und sagte: »Moa sieht wunderschön aus.« Als ob es sein Verdienst wäre. Aber es stimmte. Sie war auch gestern schon schön gewesen, aber heute leuchtete alles an ihr. Er streichelte ihr Knie unter dem Tisch und flüsterte ihr zu, dass er es kaum erwarten konnte, mit ihr wieder allein zu sein.

»Ich auch nicht«, sagte Moa und wurde rot.

Sie ist so süß, dachte Matthias. Und sie liebt mich. Er konnte sich nicht daran erinnern, jemals so glücklich gewesen zu sein wie gerade jetzt.

»Ich wollte meine Tasche holen«, sagte Moa. »Ich bleibe bei Matthias und fliege nicht zurück nach Deutschland.«

Alle beglückwünschten sie zu dieser Entscheidung. Alle bis auf Ella, die skeptisch aussah, aber nichts sagte.

»Wir freuen uns sehr für euch«, sagte Frida.

»Und auch für uns, weil du noch auf den Lofoten bleibst«, fügte Nils lächelnd hinzu.

Matthias hatte das Gefühl, ab jetzt nicht nur zu Moa, sondern auch zu dieser länderübergreifenden Patchworkfamilie zu gehören.

## 17

Es war nicht so leicht, den Inhalt der vier großen Kisten, die Mark in Hamburg nach Moas Anweisungen per Mail für sie gepackt und per Post verschickt hatte, in der kleinen Fischerhütte unterzubringen. Sie bestand nur aus einem Wohnzimmer mit Kochecke und einem Schlafzimmer sowie einem winzigen Bad. Allein Moas Kosmetikartikel nahmen dort fast allen Regalplatz in Beschlag, aber das war kein großes Problem, da Matthias sowieso nur Zahnbürste, Deo, Duschgel, Rasierzeug, ein Aftershave und eine Handcreme besaß. Als Moa die Sommerkleider auspackte, merkte Matthias zweifelnd an, ob sie die hier oben wirklich brauchen würde?, aber Moa hielt an der Hoffnung fest, dass es irgendwann warm genug dafür würde.

Sie hatte ihren Job im *Walnuts* verloren, aber sie machte sich keine Sorgen um die Zukunft. Sie hatte sich auf das Lofotenabenteuer eingelassen und wollte es ohne Bedenken genießen. Wer weiß, wie lange es dauerte? Wer weiß, ob sie es auch im Herbst hier aushalten könnte, wenn Stürme über die Inseln fegten? Es wird schon alles gut gehen, sagte Matthias, und sie glaubte ihm. Sie wusste, dass sie wohl nie besonders viel Freude am Fischen oder Wandern entwickeln würde, aber sie war sich sicher, dass sie hier genug finden würde, das sie fesselte, sollte sie irgendwann aus dem glückseligen Rauschzustand erwachen, in den sie ihre Liebe zu Matthias versetzt hatte. Vorerst musste sie noch kein Geld verdienen. Sie hatte in den vergangenen Jahren einiges sparen können und ihr Vater ließ es sich nicht nehmen, ihren Anteil der Miete zu bezahlen. Er war so glücklich darüber, dass sie hier war und mit Interesse an seinem Leben teilnahm. Und Moa hatte keine Schwierigkeiten, diese Hilfe zu akzeptieren.

Sie hatte sich vorgenommen, in der nächsten Zeit so wenig wie möglich über die Zukunft nachzudenken, und das gelang ihr tatsächlich besser, als sie angenommen hatte. Was war denn auch sonst wirklich wichtig? Sie war mit Matthias zusammen, konnte ihn anfassen, küssen, streicheln, mit ihm schlafen, mit ihm reden, von ihm umarmt werden, wann immer ihr danach war. Sie glaubte nicht, dass sie sich in ihrem Körper jemals so wohl gefühlt hatte. Wenn Matthias arbeiten musste, ging sie ins Café und plauderte mit der Besitzerin Katrin über die Kniffe der Backkunst. Vielleicht ergibt sich ein Job daraus, dachte Moa. Momentan wollte sie aber so wenig wie möglich von Matthias getrennt sein.

Sie saß auf der Terrasse und sonnte sich, als er in sportlicher Kleidung auftauchte. »Zieh deinen Fleece und deinen Anorak an, vergiss die Wanderstiefel nicht und eine bequeme Hose, wir machen einen Ausflug«, sagte er.

Sie wollte ihm widersprechen, aber ein Blick in sein Gesicht zeigte, dass er es ernst meinte.

Er sah sie liebevoll, aber bestimmt an. »Du hast bisher wenig von den Inseln gesehen. Ich zeige dir heute einen Platz, der dir sicher gefällt.«

Sie wusste, dass es keinen Sinn hatte, ihn jetzt verführen zu wollen, um nicht fahren zu müssen.

Matthias lief geschäftig hin und her, packte Brot, Käse, Bier, Schokolade, Obst und Wasser in eine Kiste, kramte eine Wolldecke hervor und verstaute alles im Wagen.

Es war sonnig, aber nicht besonders warm. Moa band ihre Haare zu einem Pferdeschwanz und setzte sich ihr beigefarbenes Cap mit dem Schriftzug »Lofoten« auf, das sie sich im Shop der Galerie in Henningsvær gekauft hatte. Sie überlegte, welche CDs sie für die Fahrt mitnehmen sollte, und entschied sich für je eine von Kari Bremnes, Jan Garbarek, Keith Jarrett und Simply Red. Sie nahm auch ihren Skizzenblock und die noch nicht benutzte Ölkreide mit, die Mark ihr ungefragt in eine Kiste gepackt hatte. »Ein Geschenk von mir. Probier es mal wieder aus, lass deiner Kreativität freien Lauf. Ich habe gehört, dass die Lofoten Inseln des Lichts sind«, hatte er auf eine Karte geschrieben. Sie war so froh, dass es ihn gab. Er beteiligte sich an der Miete für ihre Wohnung in Eimsbüttel, weil er sie manchmal nutzte, wenn er eine Auszeit von seiner sehr intensiven Beziehung mit Axel brauchte.

Matthias saß schon im Wagen und wartete ungeduldig. Er ist nicht immer verständnisvoll und einfühlsam, dachte sie. Irgendwann würde sie deshalb mit ihm streiten, aber jetzt noch nicht. Sie würden noch massenweise Zeit haben, sich über solche Kleinigkeiten zu erzürnen und dann wieder zu versöhnen.

»Haben wir einen Termin?«, fragte Moa spöttisch, aber sie war nicht sicher, ob Matthias den Spott überhaupt wahrgenommen hatte, denn er antwortete im Ernst: »Nein, aber das Licht ist jetzt so schön und ich weiß nicht, wie lange die Sonne noch scheint.«

Sie setzte sich auf den Beifahrersitz. Auch das war eine von seinen Angewohnheiten: In der Regel fuhr er. Ein wenig konservativ, dachte Moa, aber irgendwie auch süß. Er wollte sie durch die Gegend kutschieren, früher hätte er sie wahrscheinlich vorne auf sein Pferd genommen.

»Ich hoffe, du hast nichts gegen ein wenig Autofahren«, sagte Matthias.

»Mm«, grummelte sie. Eigentlich hatte sie keine Lust auf eine lange Fahrt, während der sie neben einem schweigsamen Mann sitzen würde. Ich kann nicht gleichzeitig reden und Autofahren, hatte er ihr erklärt. Sie legte keinen norwegischen Jazz, sondern Simply Red ein und kraulte Matthias den Nacken.

Moa fragte nicht, wohin sie eigentlich unterwegs

waren. Ein Ortsname würde ihr sowieso nichts sagen, weil sie sich bisher nicht mit der Geografie der Lofoten beschäftigt hatte. Sie fand so etwas uninteressant und war glücklich darüber, dass sie mit Matthias an ihrer Seite wohl nie wieder unbeholfen eine Landkarte würde entziffern müssen.

Rechts und links der Straße hinter der zweiten Brücke bei Henningsvær hatten Kletterer direkt unterhalb der scharf gezackten Berge ihre Zelte aufgeschlagen. Einige trugen Seile und Steigeisen, sie kamen wohl schon von einer frühen Tour zurück.

»Es gibt auch eine leichtere Strecke den Berg hoch«, sagte Matthias. »Ich war mit Erik oben. Man hat einen fantastischen Blick über Henningsvær und das Meer. Wir können ja morgen dort hoch.«

Moa winkte ab. »Da musst du dir jemand anderen suchen. Ich klettere nicht, ich gehe gerne spazieren, aber es muss in der Ebene sein. Ich habe Höhenangst und die geht bei mir schon los, wenn ich auf einen Stuhl steige.«

»Schade, ich hätte dir die Strecke gern gezeigt.«

»Ich werde unten im Restaurant der Kletterschule auf dich warten und mit den kernigen Bergsteigern flirten«, sagte Moa lächelnd und legte ihm die Hand auf den Oberschenkel.

Sie fuhren die kurvige Küstenstraße entlang, Matthias konzentrierte sich schweigend. Er kam zügig voran, war aber nicht zu schnell. Er hatte ihr erzählt, dass er auf seinen Forschungsreisen als Meeresbiologe in noch viel einsamere und unwirtlichere Gebiete im Norden gekommen war. Moa hatte sich ausgemalt, wie er mit seinen bärtigen und verwegenen Kollegen in den Pausen an Deck einen Kaffee getrunken hatte, wenn es das Wetter überhaupt zuließ. Aber seit er erwähnt hatte, dass auch immer mal wieder junge, hübsche, kernige Wissenschaftlerinnen dabei waren, machten ihr diese Gedanken keinen Spaß mehr, seitdem plauderte in ihrer Vorstellung immer eine blonde junge Frau mit blauen Augen und atemberaubender Figur angeregt mit ihm über Plankton und Wale.

Moa wusste, dass sie nie viel Interesse für all das aufbringen würde, aber sie hoffte, Matthias störte das nicht. Sie sah aus dem Fenster, hörte Kari Bremnes zu, deren Musik einfach besser zur Landschaft passte als die von Simply Red, und schwieg auch. Vielleicht war es mal ganz angenehm nicht zu reden. Im Angesicht dieser atemberaubenden Natur gab es ohnehin nichts zu sagen. Seeadler kreisten am Himmel – Moa hatte noch nie welche gesehen. Es hätte sie nicht gewundert, wenn sie einem Elch begegnet wären. Auf den Inseln gab es die und Sander hatte erzählt, dass sie manchmal in der Nähe der Siedlungen auftauchten.

Sie fuhren Richtung Gymnsøy. »Besuchen wir Sander und Oda?«, fragte Moa.

Matthias schüttelte den Kopf. »Nein, wir fahren weiter nach Vestvågøy.«

»Zu Nils und Frida«, sagte Moa erfreut.

»Auch nicht. Heute möchte ich mit dir allein sein. Schlimm?«

»Nein, gar nicht.«

»Hab ich dir eigentlich schon mal gesagt, dass ich dich liebe?«, sagte Matthias so beiläufig, als ob er ihr den Weg erklärte.

»Ich liebe dich auch«, antwortete Moa genauso beiläufig und sah weiter nach vorn.

»Das ist schön.«

Damit schien das Thema abgehakt zu sein. Er passt wirklich gut hierher, dachte Moa. Sie konnte sich nicht erinnern, eine kürzere, unspektakulärere, aber gleichzeitig wahrhaftigere Liebeserklärung bekommen zu haben.

Sie passierten die erste Bogenbrücke und kamen auf die Insel Gymnsøy. Matthias fuhr so sicher wie ein Einheimischer. Wie wäre es, wenn ich mit Matthias länger auf den Lofoten bleiben würde als nur diese paar geschenkten Wochen? Vielleicht hier für einige Zeit leben? Er würde zum Fischen hinausfahren oder mit Touristen Walsafaris veranstalten. In diesem Bereich gab es immer mal wieder freie Stellen, wie Erik erzählt hatte. Vielleicht könnte Matthias auch mit den Leuten von Ocean Sounds zusammenarbeiten. Sie würden sich ein kleines Haus in Henningsvær mieten und sie selbst würde vielleicht bei Katrin im Café oder in Svolvær im *Thon Hotel* arbeiten.

Sie hatte keine Ahnung, wo Matthias nach diesem Sommer sein würde. Bisher war sie nie auf die Idee gekommen, woanders als in Hamburg leben zu wollen. Aber jetzt, im äußersten Zipfel Europas, kam ihr dieser Gedanke überhaupt nicht mehr absurd vor. Ich würde wohl Ja sagen, wenn Matthias mich bäte, mit ihm für eine Zeit auf den Lofoten zu leben, dachte Moa ohne Erstaunen.

Mittlerweile hatten sie Vestvågøy erreicht. Sie waren von der E 10 abgebogen und fuhren jetzt gen Norden eine schmale Straße entlang, die sich durch Wiesen schlängelte. Die Berge zu ihrer Linken wurden immer steiler und zerklüfteter.

»Das hier ist der Middagsheia, und der da der Jellvollstinden. Er ist sogar 746 Meter hoch«, sagte Matthias.

Moa waren diese Namen ziemlich egal, und es würde bestimmt eine Zeit kommen, in der sie Matthias genau das erwidern würde. Aber jetzt betrachtete sie staunend die granitenen Felswände, die sich zum Tal hin in karge Wiesenhänge verwandelten.

Matthias hielt am kleinen Hafen. Auf den Spitzen einiger mit Flechten, Moos, und Gras bewachsenen und bräunlich schimmernden Hügel auf der anderen Seite der Bucht lag noch Schnee. »Ist es nicht traumhaft hier?«

Moa sah sich um. Viel gab es hier eigentlich nicht zu entdecken. In einem schlichten Hafengebäude war jetzt eine Jugendherberge untergebracht, unten gab es Räume für die Fischer. Der Jellvollstinden hinter ihnen überschattete die Szenerie und es war viel kühler als auf der Südseite der Inseln. Ich finde es hier nicht so besonders, hätte Moa fast gesagt, aber ein Blick zu Matthias ließ sie schweigen. Er hatte seinen Fotoapparat im Anschlag und machte von jedem Detail Aufnahmen. Moa konnte sich nicht vorstellen, dass sich die vielen Fotos voneinander unterscheiden würden, aber auch diesen Kommentar verkniff sie sich.

Sie schlenderte durch den Hafen und ging dann doch wieder zurück zum Wagen. Ihr war kalt. Sie aß Kekse mit Zitronencremefüllung, die sie in Svolvær im Supermarkt entdeckt hatte, trank Kaffee, hörte Keith Jarretts *Köln Concert* und beobachtete Matthias, der immer noch mit seiner Kamera umherwanderte, um auch ja kein lohnenswertes Motiv zu verpassen.

Möwen kreisten über der Bucht, ein Fischkutter kam langsam auf die Hafeneinfahrt zu, das Licht veränderte sich fast ständig. Wolken zogen schnell über den Himmel. Sie wurde ruhig, ihr Denken glitt in einen geradezu meditativen Zustand über. Es kam ihr so vor, als sei die Klaviermusik von Keith Jarrett auf einmal ein Echo der herben Schönheit dieses Landstriches, und sie verstand, warum Matthias ihr gerade diesen Ort hatte zeigen wollen. Hier ging es um das Wesentliche, das Karge, das Unwirtliche. Hier konnte sie erahnen, wie es weiter nördlich aussehen musste, wo es keine Weiden und Büsche mehr gab und auch im Sommer nur wenige Blumen. Moa erkannte die fast schon mystische Schönheit dieser Gegend. Ob sie das irgendwann malen könnte? Bisher hatte sie meistens mit knalligen, intensiven Farben gearbeitet. Hier würde sie anders vorgehen müssen, verhaltener mit den Farben sein, vielleicht die Konturen der Dinge nur andeuten, alles in ein Spiel aus Braun- und Grüntönen aufgehen lassen, das sich vom Dunkel des Wassers abzeichnet.

Matthias kam zum Wagen zurück und setzte sich neben sie. Er sah sie an, küsste sie sanft auf den Mund. »Ich sehe, du hast verstanden, warum ich dich hierhergebracht habe«, sagte er. Sie hörten schweigend der Musik zu. Moa hatte jetzt *Wire to Wire* von Razorlight eingelegt.

Sie fuhren weiter nach Norden. Moa drehte die Musik laut auf und sang mit. Sie kamen nach Eggum, dessen rostrote Holzhäuser in der Sonne leuchteten. Die Wolken hatten sich verzogen. Irgendwann hielten sie auf einem Parkplatz hinter dem Ort neben Wohnmobilen aus Italien und Deutschland an und stiegen aus. Einige Touristen saßen auf Klappstühlen vor ihren Autos. Moa bedauerte es, dass sie nicht mehr allein waren. Sie wusste, dass Matthias einen Plan für diesen Tag hatte, von dem er sich nicht abbringen lassen würde. Er nahm den Rucksack mit dem Proviant auf seinen Rücken.

»Ich kann auch etwas tragen«, sagte sie wenig überzeugend.

Er winkte glücklicherweise gleich ab. »Brauchst du nicht, Liebste.«

Wäre ich jetzt mit Mark oder Tom hier, müsste ich bestimmt selbst alles schleppen, dachte Moa. Sie liebte es, dass sie das bei Matthias nicht tun musste. Und sie fand auch, dass es ihr zustand, es nicht zu wollen.

Sie gingen auf einem ebenen Sandweg durch Wiesen. Hoffentlich würde Matthias nicht doch noch auf die Idee kommen, irgendeinen Berg zu besteigen. Aber er machte glücklicherweise keine Anstalten, auf einen schmalen Seitenweg abzubiegen, der sich den Hang hinaufschlängelte.

Der Weg war breit genug, dass sie nebeneinander laufen konnten. Es war windig, aber nicht unangenehm. Ab und zu kamen ihnen Leute entgegen. »Diese Strecke ist sehr beliebt. Manchmal kann es hier richtig überlaufen sein«, erklärte Matthias.

Sie vermutete, dass er damit meinte, dass man hier an Spitzentagen mehr als zehn Menschen pro Stunde begegnen konnte. »Du denkst schon wie ein Lofoter.«

»Vielleicht habe ich hier ja tatsächlich einmal gelebt?«, sagte er ohne zynischen Unterton. »Erik hat davon im März geredet. Dass wir zusammen in einem Wikingerboot gesessen haben können. Hältst du so etwas für möglich?«

Moa zögerte. Sie wusste nicht genau, was sie darauf

antworten sollte. Eigentlich glaubte sie nicht an eine Reinkarnation, obwohl sie sich schon oft gewünscht hatte, das zu tun. Aber vielleicht ist doch irgendetwas dran, dachte sie. Es wäre schön, wenn das eigene Leben mit dem Sterben des Körpers nicht zu Ende wäre. Wenn es eine übergeordnete Kraft – Gott – gäbe. »Eigentlich glaube ich an gar nichts, aber hier scheint mir plötzlich vieles möglich zu sein«, sagte sie nach längerem Schweigen.

»Ich verstehe, was du meinst. Man bewegt sich in dieser grandiosen Natur und kommt zu dem Schluss, dass es doch etwas Göttliches geben muss, das alles erschaffen oder zumindest erdacht hat. Natürlich kenne ich die wissenschaftlichen Erklärungen für die Entstehung der Inseln und ich stelle sie auch gar nicht infrage. Aber ich spüre auch, dass es noch mehr gibt als das, was wir mit unseren Sinnen wahrnehmen.«

Sie kamen zu einer alten Funkstation, wo sie an einem Kiosk haltmachten, frisch gebrühten Kaffee kauften und sich im Windschatten auf die Steinstufen eines Rastplatzes setzten, der so aussah wie ein kleines Amphitheater.

»Im Sommer ist hier nachts viel los. Von hier aus sieht man die Mitternachtssonne fantastisch. Aber ich dachte, wir sehen uns Eggum tagsüber an und sind nachts lieber in unserer Hütte«, sagte Matthias und strich über ihren Oberschenkel.

»Ich kann es kaum erwarten. Lass uns weiter, dann sind wir auch schneller wieder daheim.«

Der Weg führte sie jetzt über eine mit Gras bewachsene Ebene ans Meer. »Gleich sind wir da«, sagte Matthias.

Moa hatte noch immer keine Ahnung, was er ihr überhaupt zeigen wollte. Aber dann sah sie etwas, das ihre Aufmerksamkeit erregte: eine Skulptur, ein umgedrehter Kopf auf einem Sockel.

»Das ist *Hode*. Er wurde 1993 im Rahmen des Projektes Skulpturenlandschaft Nordland vom Schweizer Künstler Markus Raetz hier aufgestellt. Er ist aus Eisen.«

Moa ging weiter auf die Skulptur zu. Auf einmal hatte sie den Eindruck, dass diese nicht mehr auf dem Kopf stand.

»Ich habe keine Ahnung, wie der Künstler das angestellt hat, aber je nach Blickwinkel meint man, eine andere Skulptur vor Augen zu haben«, erklärte Matthias. »Zwar ist es immer *Hode*, aber jeweils mit einer anderen Silhouette, insgesamt 16 verschiedene.«

Moa umrundete die Skulptur langsam. Es stimmte. Der Kopf veränderte je nach Blickwinkel sein Profil. Sie stellte sich auf die Zehenspitzen und berührte die braune Oberfläche. »Wunderschön. – Danke, dass du es mir gezeigt hast.«

»Auf den Lofoten gibt es nicht nur Fischfang und raue Natur, sondern auch Kunst und Kultur«, sagte Matthias stolz, als ob es seine Heimatinseln wären.

»Ich habe jetzt nicht die Ruhe zu zeichnen, aber ich werde bestimmt mit meinem Skizzenbuch zurückkommen.«

»Das dachte ich mir.« Matthias sah ihr lange in die Augen. Sie wollte ihn gerade umarmen, als er sich von ihr abwandte. Er schien einen weiteren Plan für diesen Tag zu haben, den er unbedingt umsetzen wollte. »Wenn wir weitergehen, können wir an einer noch einsameren Stelle picknicken.«

Der Weg wurde schmaler und führte jetzt über ein Kliff oberhalb des Strandes. Moa musste sich auf ihre Schritte konzentrieren. Sie war für ihre Wanderschuhe dankbar, die ihr einen sicheren Halt gaben. Matthias ging vor, manchmal verschwand er um die nächste Ecke, wartete aber immer wieder auf sie. Moa wurde warm vor Anstrengung, sie zog den Anorak und das Fleece aus. Mittlerweile war es ihr egal, dass sie in diesen Outdoorklamotten keine allzu gute Figur abgab. Sie sah in Röcken und Kleidern besser aus als in Jeans, aber an diesem Ort spielte das keine Rolle. Matthias fotografierte sie immer wieder. Er schien nicht zu finden, dass sie in diesem Outfit weniger hübsch war.

Sie verließen den Küstenstrich und folgten einem sanft ansteigenden Pfad in Richtung der Berghänge, die so aussahen wie im Hochgebirge.

»Du willst aber nicht mit mir dort irgendwo hinauf?«, fragte Moa.

»Wart es ab«, sagte Matthias und ging weiter vor ihr her. Sie musste aufpassen, dass sie nicht über kleine Felsbrocken stolperte oder ausrutschte. Langsam machte ihr diese Wanderung keinen Spaß mehr. Sie fing an, leise vor sich hin zu schimpfen. Matthias ignorierte es und ging zügig weiter. Bald war er gar nicht mehr zu sehen.

Moa fühlte sich erschöpft und wollte Pause machen, konnte aber nicht, weil sie hinter Matthias herkommen musste. »Was für ein blöder Kerl«, schimpfte sie. »Und ich dachte, er nimmt Rücksicht auf mich. Typisch Mann, immer egoistisch.«

Schafe grasten am Wegrand und Moa befürchtete, von ihnen angegriffen zu werden. Woher sollte sie wissen, ob wilde Schafe so etwas nicht fertigbrachten? Sie ging weiter, sah auf den Boden und fragte sich, warum sie sich ausgerechnet in einen Naturburschen hatte verlieben müssen.

»Komm hierher, es ist nicht mehr weit«, hörte sie Matthias rufen. Sie hob den Kopf und sah ihn vom Ufer eines nahe gelegenen kleinen Sees aus winken. Er hatte am Strand eine Wolldecke ausgebreitet und das Picknick vorbereitet. Als sie näherkam, bemerkte sie, dass er sogar eine Flasche Wein dabeihatte.

»Wasser«, stöhnte sie theatralisch und ließ sich seufzend neben ihm fallen.

»War es so schlimm?«, fragte Matthias spöttisch.

»Nein, ich könnte noch viel weiter gehen«, gab sie

zurück, war aber froh, dass Matthias von ihr den Beweis nicht haben wollte.

Nach dem Essen legten sie sich auf die Wolldecke und fütterten sich gegenseitig mit Schokolade.

»Ich bin mir sicher, dass hier niemand herkommt«, sagte Matthias, schob ihr T-Shirt hoch und küsste ihre Brüste.

## 18

Als Matthias wenige Tage später ins *Klatrekaffeen* kam, wartete Nils schon auf ihn. Er hat jedenfalls die richtigen Schuhe an, dachte Matthias erleichtert, als er Nils' Wanderstiefel sah. An der Wand lehnten Trekkingstöcke, was ihn noch mehr erleichterte. Er wusste nicht genau, wie alt Nils war, aber Moa hatte angedeutet, dass er nicht mehr jung gewesen war, als er sie zeugte, also schätzte Matthias ihn auf Ende 60. Etwas mulmig war ihm doch bei der Idee, mit Nils eine Wanderung in die Berge vor Henningsvær zu unternehmen. Aber der alte Herr hatte so sehr darauf bestanden, ihn auf seiner Wanderung zu begleiten, dass er es nicht hatte ablehnen können. Eigentlich wollte er einen Weg für Geübte gehen, aber in Anbetracht der Tatsache, dass Nils jemand war, der trotz seines guten Aussehens nicht besonders trainiert zu sein schien, entschied er sich für die leichte Wanderung für Einsteiger auf den Festvagtinden.

»Lass uns erst einmal was trinken«, sagte er und wollte für beide Bier bestellen, weil er im Stillen hoffte, Nils auf diese Weise noch eine Weile im Tal zu halten.

Aber der schüttelte den Kopf. »Ich möchte nur Wasser und lass uns danach gleich losgehen.«

Matthias mochte Nils nicht nur, weil er Moas Vater war. Er konnte sich vorstellen, dass er früher viel mehr getrunken und gefeiert hatte. Vielleicht ist Nils durch Frida ruhiger geworden, dachte er. Aber ob das der einzige Grund für sein jetziges Maßhalten war? Matthias hatte versucht, Moa über den Gesundheitszustand ihres Vaters zu befragen, ohne sie dadurch zu beunruhigen, aber sie hatte nicht verstanden, worauf er hinauswollte.

Heute sah Nils jedoch frisch und gesund aus. »Also los, welche Tour hast du für mich ausgesucht?«, fragte er. »Ich hoffe, keine allzu leichte.«

»Natürlich nicht, wir gehen den Festvagtinden hoch. Der Aufstieg wird drei Stunden dauern. Von oben haben wir dann einen fantastischen Ausblick auf Henningsvær und das Meer«, sagte Matthias. Im Reiseführer stand, dass man für die gesamte Tour vier Stunden ansetzen musste, aber Matthias war skeptisch, ob sie es in dieser Zeit schaffen würden.

Sie nahmen sein Auto, fuhren über die beiden Bogenbrücken zurück und parkten neben dem einzigen Haus von Festvag. Matthias setzte seinen Rucksack auf, in dem er Wasser, Proviant, eine Erste-Hilfe-Ausrüstung und Karten verstaut hatte. Sein Handy steckte in der Jackentasche. Nils hatte keinen Rucksack dabei und fragte, wie Moa einige Tage zuvor, ob er etwas übernehmen sollte. Genauso erleichtert wie sie lächelte er, als Matthias abwinkte. Sie nahmen ihre Trekkingstöcke und gingen bis zum gemauerten Wasserbecken links von der Straße.

»Hier geht es lang«, sagte Matthias und zeigte auf einen kleinen Weg in einer Geröllkerbe, der nach oben führte. Vielleicht hätte ich ihn doch besser mit nach Eggum nehmen sollen, dachte er, aber dieser Vorschlag war bei Nils auf taube Ohren gestoßen. Matthias hatte den Eindruck, dass Moas Vater ihm beweisen wollte, dass er noch nicht zum alten Eisen gehörte. Er nahm an, dass Nils Angst hatte, er würde ihm als junger Wolf seinen Platz im Rudel streitig machen und ihn vielleicht verstoßen. Deshalb hatte er unbedingt mit ihm wandern gehen wollen, um ihm zu zeigen, dass er noch fit war. Matthias nahm sich vor, dem Vater der Frau, die er liebte, seine Würde zu lassen. Er durfte also nicht zu langsam gehen, sonst würde Nils denken, dass er ihn für einen alten Mann hielt, aber er musste auch immer wieder unauffällig kleine Pausen einbauen, damit Nils sich erholen konnte.

Sie gingen schweigend hintereinander. Es war eigentlich keine schwierige Strecke, etwas steil, aber das würde schon gehen. Wenn ich jetzt allein wäre, könnte ich den Hang in kürzester Zeit bewältigen, dachte Matthias. Er ging jedoch gemächlich und blieb immer wieder stehen. Er tat so, als ob er die Aussicht bewunderte, wartete aber jedes Mal so lange, bis Nils ihn erreichte. Dann gingen sie nebeneinander. Matthias hatte den Eindruck, dass Nils nach der Eingewöhnung mit ihm Schritt halten konnte. Sie unterhielten sich über den Fischfang und er genoss es, mal wieder ein Gespräch unter Männern zu führen: sachlich, informativ und ohne viel Emotion.

Nach anderthalb Stunden kamen sie zum See. Matthias beschloss, eine längere Rast zu machen. Nils sah mittlerweile doch mitgenommen aus. Sein Gesicht war gerötet und er rang zwischendurch nach Luft. Er setzte sich auf einen Fels und versuchte zu überspielen, dass sein Atem schwer ging.

Matthias packte Schokolade und Wasser aus und reichte ihm beides schweigend. Dann suchte er sich auch einen Platz. »Ist doch anstrengend«, sagte er und tat so, als sei auch er aus der Puste, dabei hätte er ohne Schwierigkeiten sofort weitergehen können.

»Stimmt, ich glaube, das macht die dünne Luft am Polarkreis.«

Matthias nickte, obwohl er diese Begründung nicht für stichhaltig hielt. Glücklicherweise war es nicht besonders kalt oder windig. Sie konnten die Rast ausdehnen, ohne zu frieren. Matthias erzählte von seinen Forschungsreisen, denn er wusste, dass gerade Männer, die sich niemals auf so strapaziöse Reisen begeben würden, begeistert waren zu hören, wie er bei Windstärke acht und fürchterlichem Seegang in einem kleinen Versorgungsboot zurück auf das Schiff gebracht wurde oder wie er stundenlang in einem winzigen Schlauchboot Wale beobachtete, die ohne Weiteres sein Boot hätten kentern oder ihn mit einem Schlag ihrer Schwanzflosse hätten töten können. Matthias redete und redete und beobachtete Nils im Stillen. Langsam wurde der Atem des älteren Mannes ruhiger, auch seine Gesichtsfarbe normalisierte sich wieder. Wenn wir noch etwas langsamer gehen, können wir den nächsten Abschnitt bis zum Bergrücken des Festvagtinden in einem Stück schaffen, dachte Matthias.

Der Weg ging in Zickzackkurven weiter. Dieses Mal ließ Matthias Nils vorgehen, weil dieser dadurch das Tempo bestimmen konnte. Sie mussten sich nicht gegenseitig mit Seilen sichern. Es war kein beschwerlicher Weg, und es gab auch keine Stelle, die schwindelerregende Ausblicke bescherte.

Je höher sie kamen, desto mehr entspannte sich Matthias und genoss die Wanderung. Nils mochte ihn nicht nur, weil er seine Tochter glücklich machte, sondern auch, weil sie in seiner Gegenwart ungezwungener mit ihm umging. Das hatte er vorhin bei der Rast in einem Nebensatz erwähnt. Auch, dass er sicher war, dass Moa genau so jemanden brauchte wie Matthias. Und auch wenn es eigentlich keine Rolle spielte, was Moas Vater dachte, freute es ihn.

Ab und zu blieb Nils stehen, manchmal schwankte er leicht, aber er schien jetzt mit seinem selbst gewählten Tempo besser zurechtzukommen. Sie begegneten einigen Wanderern, die schon auf dem Rückweg waren. Zweimal wurden sie von anderen überholt, die leichtfüßig an ihnen vorbeizogen. Aber Moas Vater ließ sich dadurch nicht irritieren. Er benutzte seine Trekkingstöcke, setzte überlegt einen Fuß vor den anderen. Es sah jetzt fast schon so aus wie bei einem geübten Wanderer.

Matthias freute sich, dass er so doch schon am späten Nachmittag wieder unten bei Moa sein würde. Auch wenn er es genoss, mal nur mit einem Mann unterwegs zu sein, vermisste er sie schon wieder. Sehr bald würden seine Kinder auf die Lofoten kommen und bis dahin wollte er so viel Zeit wie möglich mit dieser wunderbaren Frau verbringen, die er so liebte, dass es ihn manchmal fassungslos machte.

Das letzte Stück war sehr steil. Nils verringerte sein Tempo, blieb immer wieder stehen und stützte sich auf seine Stöcke. Aber auf diesem Wegstück konnten sie nicht Rast machen, denn sie bildeten ein Hindernis für die anderen Wanderer.

»Alles klar?«, fragte Matthias.

»Vielleicht gehst du vor«, erwiderte Nils. »Du kennst den Weg besser als ich.«

Matthias übernahm die Führung, bemühte sich aber, möglichst langsam zu gehen. »Gleich sind wir oben«, sagte er ermutigend und hoffte, dass Nils, der hinter ihm keuchte, nicht genau an dieser Stelle schlapp machte. Keine Ahnung, wie er so den Abstieg schaffen soll, dachte Matthias besorgt. Nils' Gesicht war wieder rot. Er fasste sich an den Arm, als täte da etwas weh.

Matthias schwor sich, nie wieder mit Nils in die Berge zu gehen. »Soll ich dich massieren?«, fragte er.

»Nein, schon gut«, sagte Moas Vater. »Wohl ein Krampf. Lass uns noch ein wenig weitergehen. Da hinten haben wir einen besseren Ausblick.« Er ging an Matthias vorbei. Seine Schulter und sein linker Arm schienen immer noch verkrampft zu sein. Nur noch ein paar Minuten über den Bergrücken, dann könnten sie sich ausruhen.

Plötzlich sackte Nils in sich zusammen. Matthias ging so dicht hinter ihm, dass er ihn auffangen und mit ihm gemeinsam sanft zu Boden gleiten konnte.

Nils stöhnte und griff sich links an die Brust. »Meine Tropfen«, stöhnte er. »In meiner Jackentasche.«

Matthias hatte Glück, er fand die Tropfen sofort.

»... Herz ...«

Wie kann er auf den Berg gehen, wenn er Probleme mit dem Herzen hat?, dachte Matthias wütend. Er schraubte die braune Flasche auf und träufelte Nils drei Tropfen der Medizin in den Mund. Dann wurde er ganz ruhig und tat das, was er bei seinen Erste-Hilfe-Kursen gelernt hatte. Er öffnete Nils' Anorak und das Hemd und brachte den alten Mann in eine stabile Seitenlage. Dann setzte er einen Notruf ab.

»Wir kommen mit dem Hubschrauber«, sagten sie in der Rettungsstation, die zum Glück nicht weit weg war.

Nils atmete. Matthias hockte sich neben ihn und fühlte seinen schwächer werdenden Puls. Oh Gott, er darf hier oben nicht sterben, das würde Moa mir nie verzeihen. Sollte er sie anrufen?

Nils' Atem ging immer flacher. Sein Puls war kaum noch zu spüren. Matthias würde eine Herzmassage machen müssen. Wie ging das noch mal? Plötzlich wusste er nichts mehr. Er geriet in Panik. Ausgerechnet jetzt war kein Mensch zu sehen, der ihm hätte helfen können. Sie waren ganz allein auf diesem Berg.

Matthias konnte nicht einschätzen, wie viel Zeit verging, bis er den Hubschrauber hörte und dann auf dem Plateau neben ihnen landen sah.

Sobald die Rotorblätter stillstanden, sprang ein Notarzt heraus und rannte auf sie zu. Er sprach die Männer auf Norwegisch an.

Matthias antwortete ihm auf Englisch. »Wohl Herzinfarkt, schwache Atmung. Ich spüre den Puls fast nicht mehr.«

Der Notarzt fühlte selbst. »Doch, er hat noch Puls. Ich gebe ihm eine Infusion, dann stabilisiert er sich wieder.« Er legte den Kanal. »Halt mal«, sagte er und drückte Matthias den Infusionsbeutel in die Hand. Als die Dosierung richtig eingestellt war und die ersten Tropfen in Nils' Vene flossen, entspannte er sich. »Ist das Ihr Vater?«

Matthias gab ihm Nils' Personalien, soweit er sie wusste. Ein Sanitäter kam mit einer Trage. Gemeinsam hievten sie den alten Mann hinauf. Matthias hielt noch immer die Infusion.

»Wir bringen ihn nach Gravdal ins Krankenhaus«, sagte der Notarzt. Das sind nur ein paar Minuten. Er wird es schaffen.«

»Kann ich mitfliegen?«, fragte Matthias. Er wollte Moas Vater jetzt auf keinen Fall allein lassen.

»Ja, es ist genügend Platz. – Übrigens: gute Arbeit! Sie haben genau das Richtige getan. Sie haben ihm wohl das Leben gerettet, als sie ihm gleich die Tropfen gegeben haben.«

Hoffentlich sieht Moa das auch so, dachte Matthias. Weil Nils stabil zu sein schien, beschloss er, erst aus dem Krankenhaus bei ihr anzurufen. Er sah aus dem Fenster, als der Hubschrauber startete, denn er fand es ziemlich spannend, mal wieder auf diese Weise unterwegs zu sein.

Nils kam auf die Intensivstation, da sich sein Zustand in den nächsten Stunden und Tagen wieder rapide verschlechtern konnte.

Matthias wählte Moas Handynummer. Wenn er Glück hatte, war sie zu Frida gefahren, was bedeutete, dass sich ihr Fahrtweg zum Krankenhaus in Gravdal auf nur eine halbe Stunde verkürzte.

»Hi, wie geht's dir«, meldete sie sich fröhlich. »Seid ihr schon wieder vom Berg runter? Alle Achtung. Hätte nicht gedacht, dass ihr so schnell seid.«

»Moa, es ist was passiert. Aber bevor du dich aufregst: Es ist gut ausgegangen«, sagte Matthias und hoffte, dass auch der zweite Teil der Nachricht bei ihr angekommen war. Er wartete, dass sie etwas sagte, aber sie schwieg.

»Dein Vater hatte einen Herzinfarkt. Auf dem Berg. Er hat ihn aber überlebt und ist mit einem Rettungshubschrauber ins Krankenhaus nach Gravdal geflogen worden. Da sind wir jetzt. Ich bin bei ihm.«

»Gravdal, sagst du. Wo ist das? Festland?«

»Nein, nicht weit von euch entfernt. An Leknes vorbei, du kennst die Strecke.« Auf dieser Straße hatte er Moas Wagen im März aus dem Graben geholt. Aber daran sollte er sie jetzt wohl nicht erinnern.

»Wir kommen sofort«, sagte sie. »Wo liegt er?«

»Intensiv, zur Beobachtung.«

»Oh Gott.«

»Es ist alles in Ordnung. Er hat es überlebt.«

»Kann jetzt nicht mehr«, stotterte Moa. Dann war das Gespräch zu Ende.

Matthias wusste nicht, wie Frida auf diese Nachricht reagieren würde, und hoffte, dass zumindest Moa Ruhe bewahren würde.

»Gehen Sie ruhig in die Cafeteria«, hatte der behandelnde Arzt gesagt. »Sie können momentan nichts für Nils Lund tun.«

Matthias merkte, dass er Durst hatte, und befolgte deshalb den Rat. Aber er konnte nicht still sitzen, nahm das Mineralwasser mit in den Aufenthaltsraum in der Nähe der Intensivstation und beschloss, dort auf Moa und Frida zu warten.

## 19

Frida reagierte gefasster, als Moa erwartet hätte. Sie holte eine Tasche aus ihrem Schlafzimmer, die für diesen Moment schon gepackt zu sein schien. Sie bestand darauf, selbst zu fahren. Auch das überraschte Moa, aber sie war dankbar dafür, weil sie dazu nicht in der Lage war. Ihre Nerven flatterten. Sie hatte noch nie so viel Angst um ihren Vater wie jetzt. Sie durfte ihn nicht verlieren, nachdem sie ihn gerade erst wiedergefunden hatte.

Frida fuhr schweigend, weil sie sich auf die schmale, kurvenreiche Nebenstraße konzentrieren musste. Sobald sie auf die E 10 kämen, würde es einfacher sein schnell voranzukommen, die Straße nach Leknes und Gravdal führte meist durch eine Ebene.

Moa wusste nicht, was sie denken sollte. Hatte Matthias ihrem Vater das Leben gerettet oder ihn erst in diese lebensgefährliche Situation gebracht? War der Herzinfarkt aus dem Nichts gekommen oder hatte es vorher schon einmal Anzeichen dafür gegeben? Sie erinnerte sich daran, wie blass und krank Nils nach dem Konzert im *Bacalao* plötzlich ausgesehen hatte.

»Ich glaube, du musst etwas wissen«, sagte Frida. »Es ist nicht das erste Mal, dass Nils wegen Herzproblemen im Krankenhaus ist. Im Februar hatte er in Vestresand einen ähnlichen Anfall. Sie brachten ihn damals mit dem Hubschrauber nach Bodø. Nach drei Tagen war er wieder stabil und ich durfte ihn abholen. Es war die Vorstufe zu einem Herzinfarkt. Seitdem nimmt er Tropfen, macht langsamer und achtet mehr auf seine Gesundheit.«

»Warum hat er mir das nicht erzählt?« Moa verstand das nicht. Sie war doch seine Tochter.

»Er wollte dich nicht beunruhigen oder mit seiner Krankheit erpressen, damit du ihn hier mal besuchst. Aber der Anfall im Februar hat ihn über die Endlichkeit des Lebens nachdenken lassen.«

»Hat er mich deshalb zum Konzert eingeladen?«

»Ja. Er wollte noch einmal den Versuch starten, eine Beziehung zu dir aufzubauen, bevor es dafür vielleicht zu spät sein könnte.«

Moa schwieg und dachte daran, dass sie im März tatsächlich länger hatte überlegen müssen, ob sie die Einladung ihres Vaters überhaupt annehmen sollte. Wenn er versucht hätte, sie unter Druck zu setzen, wäre sie nicht gekommen, da war sie sich sicher.

Wie eigenartig das Leben verlief. Die Entscheidung, seine Einladung anzunehmen und auf die Lofoten zu fliegen, hatte ihr Leben in kürzester Zeit komplett verändert. Vor einem halben Jahr war sie unglücklich in einer lauwarmen Affäre mit einem verheirateten Mann gewesen. Jetzt hatte sie die Liebe ihres Lebens gefunden.

»Aber ihr hättet mir doch später was erzählen können.«

»Da schien alles wieder in Ordnung zu sein. Nils fühlte sich wohl. Er schonte sich, war so glücklich. Und du warst es doch auch.«

»Wie konnte er nur mit Matthias losziehen?«

»Ich habe versucht, es ihm auszureden, aber er blieb stur. Du kennst ihn doch. ›Ich gehöre noch nicht zum alten Eisen‹, meinte er. ›Und wir werden nicht bergsteigen, nur ein wenig spazieren gehen‹.« Fridas Stimme zitterte. »Ich war mir sicher, dass Matthias eine leichte Strecke aussuchen würde, daher habe ich ihn vorher nicht eingeweiht. Nils hätte mir das auch nie erlaubt.«

Moa berührte vorsichtig Fridas Arm. »Es wird alles gut«, sagte sie. »Du hast richtig entschieden. Er ist erwachsen.«

»Bitte sei mir nicht böse, dass ich dir nichts gesagt habe.«

»Das bin ich nicht.«

»Als ich ihn damals in Bodø abholte, musste ich ihm versprechen, dass ich keine dramatische Rettungsaktion unternehmen würde, wenn er einen Herzinfarkt hätte. ›Ich will lieber sterben, als mit Handicaps überleben‹, sagte er.« Frida seufzte. »Ich bin so froh, dass Matthias nichts von diesem blöden Versprechen wusste und das Richtige getan hat. – Er ist ein toller Mann, er hat Nils gerettet.«

Es wäre gar nicht so weit gekommen, wenn er nicht mit ihm auf den Berg gegangen wäre, dachte Moa, schwieg aber. Frida benötigte jetzt all ihre Energie, um die Autofahrt durchzustehen.

Als sie nach Leknes kamen, konnten sie aufatmen, Gravdal war nun nicht mehr weit. Moa rief Matthias an, glücklicherweise gab es nichts Neues. Nils konnte zwar nicht sprechen, aber er atmete und sein Herz schlug.

Matthias wartete im Aufenthaltsraum auf sie. Er sah sie besorgt und zerknirscht an, aber Moa konnte ihm nicht böse sein, weil er ihren Vater mit auf den Berg genommen hatte. Er hatte ihn gerettet. Sie war sich sicher, dass jemand anderes das nicht so einfach geschafft hätte. »Ist gut, du kannst nichts dafür«, sagte sie und schloss ihn in die Arme. Gleich ging es ihr besser. Mit diesem Mann an ihrer Seite würde sie auch diese Prüfung gut meistern können.

»Ich habe eine Strecke für Anfänger ausgesucht und auf der Hälfte eine lange Rast gemacht«, sagte Matthias.

»Es ist alles in Ordnung. Du wusstest nicht, dass er Probleme mit dem Herzen hat. Wenn ich überhaupt jemandem Vorwürfe machen sollte, dann meinem Vater, der auch Frida verboten hat, etwas zu sagen.«

Ein Arzt kam in den Aufenthaltsraum. »Sie sind die Angehörigen von Nils Lund? Er ist so weit stabil. Sie können zu ihm.«

Frida nickte stumm. Sie war blass und sah so aus, als wäre sie einer Ohnmacht nahe.

Moa nahm sicherheitshalber ihren Arm. »Lass uns zu Nils gehen. Er wird sich sehr freuen.«

»Ich bleibe erst mal hier«, sagte Matthias.

Moa winkte ihm zu. Sie war so froh, dass er bei ihr war. Bisher war sie in schwierigen emotionalen Situationen immer allein gewesen. Sie wusste nicht, ob sie das selbst so eingerichtet hatte, um sich allein fühlen zu können, oder ob die Männer bisher nicht in der Lage gewesen waren, ihr beizustehen. Wahrscheinlich eine Mischung aus beidem. Bei Matthias war sie sicher, dass sie Schwäche und Angst zeigen konnte, ohne dass er sich davon abschrecken ließe. Weil sie ihn an ihrer Seite hatte, konnte sie jetzt für Frida stark sein.

Sie hatte ihren Vater noch nie in einem Krankenhausbett gesehen. Er hing an einer Infusion, eine Maschine überwachte seine Herz-Lungen-Funktion. Seine Augen waren geschlossen, aber er atmete verhältnismäßig ruhig. Moa ließ Frida den Vortritt. Diese setzte sich neben sein Bett und ergriff die Hand ihres Mannes, in der keine Nadel steckte.

Moa quetschte sich neben den Infusionsständer auf die andere Seite des Bettes. Ihr Vater sah jetzt aus wie ein sehr alter Mann. Seine Haare waren ungekämmt, die Falten hatten sich tief ins Gesicht gegraben. Er wirkte viel kleiner und zerbrechlicher als sonst. Frida sprach leise mit Nils und streichelte seine Hand, aber er reagierte nicht auf seine Frau.

Er wird nicht wieder aufwachen, er ist ins Koma gefallen, dachte Moa mit einem Mal panisch. Ich muss den Arzt suchen, mit ihm sprechen,. Sie verließ das Krankenzimmer, damit Frida nicht bemerkte, dass sie plötzlich Angst bekommen hatte.

Matthias wartete vor der Tür der Intensivstation auf sie.

»Er reagiert auf nichts!«

»Moa, es ist alles in Ordnung. Deinem Vater geht es den Umständen entsprechend gut. Er ist nur sehr erschöpft. Sie haben ihm auch etwas zur Beruhigung gegeben. Der Arzt ist sich ganz sicher, dass er euch wahrnimmt.«

Moa schluchzte.

»Die nächsten zwei Tage sind noch kritisch. Es könnte einen zweiten Herzinfarkt geben. Deshalb bleibt er auch auf der Intensivstation. Aber er ist dort in guten Händen. Glaub mir, Moa, es wird alles gut.« Er nahm sie in die Arme und wiegte sie sanft.

Langsam beruhigte sie sich. »Ich möchte noch einmal zu Papa«, sagte sie. »Kommst du mit ins Zimmer?«

»Aber ich bin doch kein Angehöriger.«

»So gut wie, finde ich«, sagte Moa.

Frida hielt noch immer Nils' Hand, als sie ins Zimmer kamen. »Ich bleibe bei ihm«, sagte sie. »Ihr könnt zu mir fahren, euch ausruhen. Matthias, du musst ganz schön geschafft sein. Und nachher kommt ihr wieder. Nehmt meinen Wagen.« Es klang nicht wie ein Vorschlag, sondern wie eine Anordnung.

Schweigend verließen sie das Krankenhaus. Es hatte angefangen zu regnen und Moa wünschte sich zum ersten Mal, seit sie hier war, einige tausend Kilometer südlich ans Mittelmeer. Ohne Jacke fror sie in ihrem dünnen Baumwollpullover.

Moa machte Waffeln, während Matthias unter der Dusche war. Sie versuchte, nicht an ihren Vater zu denken. Aber als Matthias mit Nils' Sachen in die Küche kam, musste sie es natürlich doch tun. Der Pullover war zu kurz und auch die Hosenbeine, aber das schien Matthias nicht zu stören. Wie wenig eitel er ist, dachte Moa erstaunt.

Sie aßen ohne Worte und sahen aus dem Fenster auf die mit Moos und Flechten bewachsenen Hügel hinter dem Haus. Moa stellte sich vor, mit Matthias in einem eigenen Haus oder einer eigenen Wohnung zu leben. Auch wenn sie ihn erst vor vier Monaten kennengelernt hatte, war ihr klar, dass sie auf Dauer mit ihm zusammenbleiben wollte. Vielleicht war »für immer« eine zu pathetische Formulierung, aber genau daran dachte sie.

»Morgen muss ich nach Bodø, um die Kinder abzuholen. Christiane bringt sie dorthin«, sagte Matthias unvermittelt. »Ich hoffe, es geht Nils bis dahin besser.«

Diese Nachricht traf Moa wie ein Schlag. Sie wusste zwar, dass es bald so weit sein würde, aber ausgerechnet jetzt? Und warum sagte ihr Freund das so, als ob es sich um eine nebensächliche Information handelte? Sie hatten bisher wenig darüber gesprochen, wie es mit ihnen weitergehen würde, wenn seine Kinder auf den Lofoten wären. War ihr Rorbu nicht viel zu klein für vier? Wussten seine Kinder und Christiane überhaupt etwas von Moa? Vielleicht finden er und Christiane wieder zusammen, wenn sie sich hier treffen, dachte Moa. Sie ist doch viel schöner und klüger als ich. Sie war verwirrt. Eben hatte sie noch davon geträumt, mit ihm im eigenen Haus zu wohnen. Jetzt erzählte er ihr, dass er seine Exfrau wiedersehen würde, und bemerkte offensichtlich nicht, wie sehr ihr diese Nachricht zu schaffen machte.

»Ich würde gerne nach Bodø mitkommen, aber ich kann nicht, wegen Nils.« Moa hoffte, dass Matthias das bedauern würde.

»Ist in Ordnung. Ich wollte das sowieso allein machen«, antwortete er jedoch. »Ich denke, es ist besser, wenn du erst einmal nicht dabei bist. Wir übernachten alle im *Thon Hotel* und nehmen am nächsten Tag die Fähre nach Svolvær.«

»Christiane auch? Ach, das ist aber nett«, sagte Moa spitz.

»Nein, natürlich nicht. Die fliegt wieder zurück nach Oslo. Da wartet ihr Freund auf sie.«

Er würde mit seiner Exfrau also dort übernachten, wo sie sich kennengelernt hatten? Matthias schien das gar nicht zu stören.

»Ich nehme morgen früh die Schnellfähre«, sagte er. »Bis dahin kann ich bei dir bleiben.«

»Wie aufmerksam«, murmelte sie. Auf einmal wollte sie nicht mehr, dass er blieb. Es war ein Fehler gewesen, ihm zu vertrauen und anzunehmen, dass er immer für sie da wäre. Wie sie das kannte! Niemand war da, wenn sie Hilfe brauchte. So war es schon immer gewesen. Das Telefon klingelte. Moa war froh über die Unterbrechung ihres Schweigens.

»Nils ist noch nicht ansprechbar, aber der Arzt hat gesagt, dass das nicht ungewöhnlich ist. Ich bleibe heute Nacht bei ihm«, sagte Frida. »Ihr solltet euch ausruhen und erst morgen wiederkommen. Dann kannst du mir auch das eine oder andere mitbringen.«

Moa legte auf und ging zurück zu Matthias, der mittlerweile den Tisch abgeräumt hatte. »Ist alles in Ordnung?«, fragte er besorgt und versuchte, sie in den Arm zu nehmen.

»Ja«, sagte sie knapp. »Frida bleibt heute Nacht im Krankenhaus. Ich löse sie morgen früh ab.«

»Wenn du möchtest, fahre ich dich hin.«

»Nein, das brauchst du nicht. Ich bringe dich jetzt nach Henningsvær und hole für mich ein paar Sachen. Bis Nils über den Berg ist, will ich hier wohnen. Frida kann sicher Unterstützung brauchen.«

Moa sah, dass ihre plötzlich abweisende Art ihn verletzte. Er stand mit hängenden Schultern und einem traurigen Seehundblick vor ihr und wusste nicht, was er tun sollte. Ich müsste ihn jetzt nur umarmen und ihm erklären, warum ich mich so verhalte, dann würde er wieder glücklich aussehen, dachte sie.

Er hatte Tränen in den Augen. »Bist du sauer auf mich, weil ich mit Nils auf dem Berg war?«, fragte er hilflos.

Sie schüttelte den Kopf. »Das ist es nicht. Ich will einfach ein wenig allein sein. Ich muss mich um meine Familie kümmern.« Sie wusste, dass es gemein war, ihn jetzt auszuschließen. Vielleicht tat sie ihm ja auch Unrecht und er wollte wirklich nichts von seiner Exfrau. Aber sie konnte nicht anders. Er hatte sie im Stich gelassen und sie musste allein weiterkämpfen.

»Ich ziehe mir eben meine Sachen an, dann können wir los«, sagte Matthias, immer noch verwirrt.

»Du kannst den Pullover anbehalten und ihn mir später zurückgeben.« Moa wusste, dass das sehr unbestimmt klang, und insgeheim hoffte sie, Matthias würde diese ungute Situation beenden, sie in seine

Arme schließen und sie darum bitten, doch mit nach Bodø zu kommen.

Aber das tat er nicht. Er holte seine verschwitzten Wandersachen aus dem Badezimmer, zog seine Jacke an und nahm den Rucksack.

Schweigend fuhren sie durch die helle Nacht. Moa wartete darauf, dass Matthias irgendetwas sagen würde, aber er blieb stumm. Und sie merkte, wie sich ihre inneren Mauern wieder hochzogen, die er erst vor Kurzem im Sturm eingerissen hatte. Sie wusste, dass er nichts mit ihrer Unnahbarkeit anfangen konnte. Eigentlich war ihr zum Weinen zumute, sie hätte ihm gern erklärt, dass sie sich von ihm zurückgewiesen fühlte und Angst hatte, er könnte seine Exfrau noch lieben. Aber sie brachte es nicht übers Herz. Wenn er selbst nicht merkt, was los ist, liebt er mich nicht genug, dachte sie.

Matthias sah sie ab und zu fragend an, schwieg aber weiter.

Sie kamen schnell voran, weil fast kein Verkehr auf den Straßen war. In Henningsvær schließlich fühlte Moa sich fremd in der Hütte, in der sie heute Morgen noch so glücklich aufgewacht war. Sie packte eine Tasche, Matthias wartete währenddessen auf der Veranda. Er fragte nicht, ob sie noch bleiben wollte. »Ruf mich an, sobald du Neuigkeiten von Nils hast«, sagte er, küsste sie auf die Wange und nahm sie flüchtig in den Arm.

Auf dem Rückweg Richtung Svolvær nahm Moa kaum wahr, dass es nicht mehr regnete und sich die Sonne über dem Horizont langsam rot färbte. Der altbekannte Schmerz hatte sich wieder in ihrer Brust festgesetzt. Wie früher fühlte sie sich einsam, nur dass es jetzt schlimmer war, weil sie eben erst eine Zeit lang nicht einsam gewesen war. Matthias hatte nicht versucht sie aufzuhalten, ihm schien es sogar recht gewesen zu sein, dass sie gleich wieder fuhr. Er war in Gedanken schon weit weg von ihr gewesen und bei denen, die ihm mehr bedeuteten als sie. Er hat doch schon eine Familie, dachte Moa. Er braucht mich gar nicht.

Sie konnte nicht schlafen, sie konnte es nicht ertragen, allein im Bett zu liegen. Sie vermisste Matthias' Atem, seine Arme, die sich um ihre Taille schlangen, bevor er einschlief. Wenn sie sich nicht liebten, sorgte die Nähe seines Körpers für eine friedliche und tiefe Entspannung. Mehrmals griff sie zu ihrem Handy und wählte seine Nummer, aber bevor es anfing zu läuten, legte sie wieder auf.

Am nächsten Morgen fuhr sie schon um acht Uhr ins Krankenhaus. Frida kauerte im Sessel neben Nils' Bett. Sie schien diesen Platz die ganze Nacht nicht verlassen zu haben und sah müde und blass aus. Sicher hatte sie auch seit gestern nichts gegessen.

»Ich löse dich jetzt ab«, sagte Moa und hoffte, dass sie genauso bestimmt klang wie sonst Frida. »Du gehst duschen und dann in der Kantine was essen.«

»Danke, ich kann wirklich eine Pause brauchen.« Zu Moas Überraschung sträubte sie sich nicht. »Ich werde nicht so lange weg sein.«

»Sie können ruhig auch gehen«, wandte sich die Krankenschwester, die eben ins Zimmer gekommen war, an Moa. »Der Zustand Ihres Vaters ist stabil.« Sie begleitete Moa und Frida zum Aufenthaltsraum der Ärzte. »Hier können Sie sich frisch machen und ein wenig ausruhen. Keine Sorge, ich werde Sie anrufen, wenn was ist. Er schläft. Und wenn Sie zurück sind, wacht er auf.«

»Ich bin so froh, dass du hier bist«, sagte Frida, als die Schwester gegangen war. »Langsam verliere ich den Mut. Sein Herzinfarkt ist schon fast 24 Stunden her und er ist noch immer nicht ansprechbar.«

»Du hast doch gehört, was sie gesagt hat. Er schläft nur. Geh jetzt unter die Dusche. Ich warte hier auf dich.«

Sie legte der Frau ihres Vaters frisch gewaschene Kleidung bereit und gab ihr Duschgel, Shampoo und Handtücher. Es war gut, sich um Frida wie um ein Kind kümmern zu können. Die ältere Frau lächelte dankbar und verschwand im Badezimmer.

Wie sehr sie Nils liebt, dachte Moa. Sie hatte die Redensart »du bist mein Leben« immer abgegriffen und übertrieben gefunden, aber jetzt verstand sie, worum es da ging. Es war nicht nur tiefe Liebe, die

Frida mit Nils verband, sondern auch die Bereitschaft, sich ganz auf den anderen einzulassen und zu riskieren, alles zu verlieren, wenn dem anderen etwas zustieße. Man muss sich bewusst entscheiden, jemanden so zu lieben, dachte sie.

Sie konnte weit über die kleine Stadt hinweg bis zu den Bergen sehen. Das Wetter war wieder schlechter geworden. Es regnete, der Himmel war grau. Wieder dachte sie, dass sie jetzt im Sommer am falschen Ort war. Sie wollte nicht mehr nördlich des Polarkreises den spärlichen Abklatsch eines Sommers erleben. Selbst in Hamburg war es jetzt heiß. Vielleicht sollte ich mir ein Flugticket besorgen und nach Hause fliegen, wenn es Nils besser geht, dachte sie.

»Habe ich Hunger!«, hörte sie Frida neben sich. Moa hatte gar nicht bemerkt, dass sie aus dem Badezimmer gekommen war.

Sie sah nicht mehr so blass aus. »Lass uns was frühstücken gehen«, schlug sie vor und hakte sich bei Moa unter. »Ich glaube nicht mehr, dass Nils' und meine Zeit schon vorbei ist«, sagte sie auf dem Weg in die Cafeteria. »Das ist nicht der Plan.«

Wie kann sie nur daran glauben, dass es da überhaupt einen Plan gibt?, dachte Moa.

»Unter der Dusche habe ich versucht, mich zu entspannen. Das warme Wasser hat mich beruhigt. Auf einmal habe ich Nils und mich gesehen, noch älter als jetzt, wie wir auf der Terrasse unseres Hauses sitzen und auf euch warten.«

»Auf wen? Jakob, Lisa und mich?«

»Nein, auf Matthias und dich. – Was ist denn eigentlich los mit dir? Du wirkst so unglücklich.«

»Es ist nichts«, sagte Moa. »Ich bin nur besorgt wegen Papa.«

»Er wird es schaffen, das weiß ich.«

Sie traten in die helle, freundliche Cafeteria.

»Auch für dich Kaffee und Pfannkuchen?«, fragte Frida.

Wie schafft sie es, sich selbst in dieser Situation noch um andere zu kümmern?, fragte sich Moa. »Ja, ich möchte auch Waffeln. Und ein Krabbenbrot. Ich glaube, ich brauche heute Morgen viele Kalorien.«

Sie setzten sich ans Fenster. Es war wenig los. An einigen Tischen saßen Schwestern und Ärzte und unterhielten sich leise. Trotz der Krankenhausatmosphäre war die Stimmung entspannt.

Nachdem Moa den Krabbentoast gegessen und Kaffee getrunken hatte, ging es ihr besser. Sie spürte ihre Traurigkeit nicht mehr so deutlich. Und sie würde noch weniger werden, wenn sie die Waffeln gegessen hatte.

»Ich sehe doch, dass es dir nicht gutgeht. Nicht nur wegen Nils, das weiß ich. Du kannst mit mir reden, manchmal hilft es«, sagte Frida.

Moa schüttelte den Kopf, sah aus dem Fenster und

schluckte tapfer, aber als Frida ihre Hand ergriff, brach sie in Tränen aus. Sie erzählte ihr von Christianes Kommen und ihrer Befürchtung, dass Matthias seine Exfrau noch liebte.

»Aber er liebt *dich*. Das weißt du doch. Es ist so offensichtlich. Ich habe das auf unserer Hochzeit sofort gesehen. Und du bist kein Trostpflaster für ihn.«

»Aber warum wollte er dann nicht, dass ich nach Bodø mitfahre, um seine Kinder abzuholen?«

»Seine Reaktion war zwar etwas grob, aber auch verständlich. Er weiß nicht, wie seine Kinder auf ihn reagieren werden. Und er möchte sie erst darauf vorbereiten, dass er nicht mehr allein ist, sondern dass sie ihn in den nächsten Wochen mit dir werden teilen müssen.«

»Wie bist du dir da so sicher?«

»Jakob und Lisa waren zwar schon erwachsen, als ich deinen Vater kennenlernte, aber ich habe auch lange gezögert, bis ich ihnen Nils vorstellte. Ich hatte Angst, dass sie ihn nicht mögen würden. Ich wollte, dass alles perfekt ist, wenn sie sich zum ersten Mal begegnen. Glücklicherweise haben sie sich gleich gut mit ihm verstanden.«

Moa fühlte sich besser. Sie war sich nicht sicher, ob sie Frida wirklich glauben konnte, aber es war jedenfalls eine tröstliche Vorstellung, dass Matthias sie doch liebte.

»Lass uns jetzt zurückgehen. Ich glaube, Nils ist

aufgewacht«, sagte Frida. Sie hoffte, dass er im Bett sitzen, sie anlächeln und schwach, aber deutlich, sprechen würde. Aber als sie ins Zimmer kamen, lag er immer noch unverändert apathisch da.

»Es ist nichts Auffälliges passiert«, sagte die Schwester in wenig aufmunterndem Tonfall.

Frida setzte sich wieder neben Nils' Bett und ergriff seine Hand. Jetzt sah sie nicht mehr so optimistisch aus.

»Wenn Sie mit ihm sprechen, hilft es ihm«, erklärte die Schwester. »Ich bin mir sicher, dass er Sie versteht, auch wenn er nicht reagiert.«

Moa zog ihren Stuhl ans Fußende des Bettes, um den Zugang zum Infusionsständer nicht zu blockieren. Vielleicht fühlt er sich wohl, da, wo er gerade ist, dachte sie. Vielleicht spielt ihm jemand all seine Musik vor, die er in seinem Leben geschrieben hat. »Wir müssen einen CD-Player besorgen. Und dann seine CDs spielen«, sagte sie laut. »Das wird ihm gefallen.«

»Die Idee ist gut. Vielleicht haben sie auf der Station einen CD-Spieler, den sie uns leihen können, dann müssen wir nicht nach Gravdal«, sagte Frida. »Ich werde fragen.« Sie verließ das Zimmer.

Moa setzte sich auf ihren Platz und streichelte vorsichtig Nils' Arm. »Ich hab dich sehr lieb«, flüsterte sie. Das letzte Mal, dass ich das gesagt habe, muss vor mehr als 20 Jahren gewesen sein, dachte sie. Es fühlte sich so an, als schmerzten die alten Wunden nicht mehr. Und sie hatte noch viel mehr geschenkt bekommen: die Zuneigung von Frida, dieser ungewöhnlichen Frau, und das Gefühl, eine zweite Familie zu haben.

Nach kurzer Zeit kam Frida mit einem CD-Spieler zurück. »Ich lege *Deep Blue Water* auf«, sagte sie. »Das hat er an dem Tag gespielt, als wir uns kennenlernten.«

Der Klang von Nils' Saxofon erfüllte den Raum. Moa kannte diese Stücke nicht. Manchmal hatte er ihr ein Exemplar einer aktuellen CD geschickt, aber sie hatte seine Musik nicht oft angehört. *Deep Blue Water* war eine Scheibe mit langsamen Stücken, Nils wurde nur von Schlagzeug und E-Piano begleitet.

»Bitte, komm zu dir«, flüsterte Frida und streichelte Nils' Hand. Jetzt war sie noch blasser als am Morgen und unter ihren Augen lagen dunkle Schatten.

Moa setzte sich ans Fenster und sah hinaus. Es regnete immer noch, der Wind hatte zugenommen. Wie in Hamburg im Herbst, dachte sie. Aber mit der Musik im Hintergrund störte sie das Wetter nicht mehr. Friedliche Ruhe breitete sich in ihrem Inneren aus wie in einer Meditation. Ihr Vater würde es schaffen. Frida und er würden noch lange zusammen sein. Vielleicht gibt es doch einen göttlichen Plan, dachte Moa. Sie sah den Wolken nach und fühlte sich wie aus der Zeit gefallen.

»Moa, schau«, hörte sie Fridas Stimme von weit weg. Sie brauchte einen Moment, um sich zu orientieren. Sie trat an Nils' Bett. Zuerst konnte sie keine Veränderung feststellen. Aber dann bemerkte sie es auch: Ihr Vater lächelte.

# 20

Eigentlich hatte Matthias sich keine Gedanken gemacht, wie es mit den Kindern und Moa laufen würde. Er hatte angenommen, dass Philipp und Julia sie sofort ins Herz schließen würden und dass es keine Probleme geben dürfte, auch wenn sie auf engem Raum wohnen mussten.

Erst Erik öffnete ihm die Augen. »Du willst doch auch in den nächsten Wochen Sex haben. Da würde es doch sehr stören, wenn ihr im Wohnzimmer darauf warten müsstet, bis die Kids schlafen. Du weißt, wie spät es hier im Sommer werden kann«, sagte er grinsend und gab ihm die Schlüssel des einzigen großen Rorbu. Auch wenn er dafür einen Sonderpreis machte, war die Hütte noch teuer genug.

Matthias räumte Moas Sachen ein und versuchte, alles wohnlich aussehen zu lassen. Er hatte im Dorf noch mehr Kerzen und Leuchter gekauft und auch Holz geholt, weil er wusste, dass Philipp sofort Feuer würde machen wollen, wenn er den Ofen sähe. Es gab auch einen kleinen Fernseher, aber den hatte Matthias im Schrank versteckt. Sollten die Kinder ihn dort entdecken, würde er behaupten, er sei kaputt, nahm Matthias sich vor. Er wollte Julia und Philipp die Inseln zeigen, viel mit ihnen unternehmen, und da wäre ein

Fernseher störend. Sie konnten seinen Laptop benutzen, das musste reichen, wenn sie sich unbedingt mit elektronischen Medien beschäftigen wollten.

Er rief Moa nicht an. Es sollte eine Überraschung für sie sein, dass sie in den nächsten Wochen in einer größeren Hütte leben würden. Im Übrigen konnte er sich jetzt nicht mit ihr beschäftigen. Er musste sich erst einmal auf die Begegnung mit Christiane und das Wiedersehen mit den Kindern konzentrieren.

Die Maschine aus Oslo kam erst um acht Uhr abends, aber Matthias war schon nachmittags in Bodø. Julia hatte ihm von Oslo aus eine SMS geschickt: »Wir freuen uns sehr auf dich, Papa. Whdl. Julia und Philipp«. Wir haben dich lieb, übersetzte er Julias Teenagersprache. Er würde diese Nachricht nicht löschen.

Er setzte sich in ein Café an den Hafen und sah den ein- und auslaufenden Schiffen und Segelbooten zu. Es war wesentlich mehr los als in Svolvær, wenn nicht gerade ein Schiff der Hurtigrute angelegt hatte. Matthias blickte sich um. Die Mädchen trugen sicher nicht die modernsten Outfits, aber man merkte, dass sie sich bemühten. Er hoffte, dass Julia nicht gleich feststellen würde, wie uncool die Leute hier angezogen waren. Philipp könnte er sicher sofort für die Lofoten begeistern, bei Julia dürfte es etwas komplizierter werden. Vielleicht würde Moa sie mit ihrer Begeisterung anstecken, die nicht daher kam, dass man auf den Lofoten hervorragend fischen und wandern konnte. Hatte er in Svolvær nicht ein Kino gesehen? Vielleicht gab es Filme mit englischen Untertiteln. Hatte Julia dafür eigentlich schon genug Englisch in der Schule?

Mittlerweile verstand er fast alles, was die norwegischen Jugendlichen um ihn herum erzählten. Die Bedienung sprach mit ihm so schnell wie mit einem Einheimischen. Er fühlte sich schon fast wie ein Norweger. Vielleicht sollten wir versuchen, für immer hierzubleiben, dachte Matthias. Aber würde Moa sich dafür begeistern können, sechs Wochen im Winter ohne Sonne auszukommen? Auch wenn Erik ihm versichert hatte, dass es in dieser Zeit nicht komplett dunkel war, wirklich glauben konnte er das nicht.

Er sah auf die Uhr. In einer halben Stunde sollte das Flugzeug aus Oslo landen. Er zahlte und erwischte vor dem *Thon Hotel* ein Taxi.

Als er die Flughafenhalle betrat, fuhren Julia, Christiane und Philipp gerade die Rolltreppe herunter. Die beiden Kinder sahen sich suchend um. Philipp entdeckte ihn, winkte und rief ihm etwas zu. Julia lächelte. Sein Sohn stürmte in seine Arme, Matthias konnte gar nicht aufhören, ihn zu drücken. Julia umarmte ihn etwas verhaltener, aber er merkte, dass auch sie sich freute, ihn zu sehen.

»Da sind wir also«, sagte Christiane und gab ihm die Hand. Als sie auf das Gepäck warteten, musterte sie Matthias wortlos. Philipp plapperte munter drauflos,

Julia schwieg immer noch, aber sie beobachtete lächelnd die anderen Wartenden.

»Wie war der Flug?«, fragte Matthias auf dem Weg zum Taxi. Er roch Christianes Parfum, es war das gleiche wie früher. Ihr Körper neben seinem hatte aber keine Wirkung mehr auf ihn. Es störte ihn nicht, dass sie strahlender aussah als jemals mit ihm. Es ist wirklich vorbei, dachte er erleichtert.

Er hatte ein Doppelzimmer mit Extrabett und ein Einzelzimmer reserviert. Natürlich wäre er gerne schon heute Abend für seine Kinder allein verantwortlich gewesen, aber er ließ Christiane noch einmal den Vortritt.

Sie trugen die Koffer nach oben, dann trafen sie sich im Restaurant wieder. Er dachte an Moa, als er für die Kinder und Christiane an der Theke Essen bestellte. Und sofort war die Freude wieder da, weil er von einer so wunderbaren Frau geliebt wurde, und die Erregung, weil er sich ihren Körper und ihre wunderbar weichen Haare vorstellte.

Matthias drehte sich zu Christiane um, deren rote Locken auch hier auffielen. Sie unterhielt sich mit Philipp und lachte. Vor ein paar Jahren war das noch unvorstellbar gewesen. Früher konnte nur Julia ihren Bruder verstehen. Christiane war deshalb oft hilflos und verzweifelt gewesen. Inzwischen gab es dieses Problem nicht mehr. Wie schön wäre es doch, zum Ausgleich für die vielen Sorgen und Mühen jetzt diese viel einfachere Situation als Familie zu genießen, dachte Matthias – aber ohne Bedauern. So wie es jetzt war, war es letztendlich besser. Er hatte endlich die Frau gefunden, die wirklich zu ihm passte. Und auch wenn es am Anfang für beide schwer sein würde, ein gemeinsames Leben aufzubauen, wusste er, dass es genau das war, was er wollte.

Er beobachtete seine Exfrau und die Kinder aus der Ferne. Sie wirkten gelöst und glücklich wie selten, wenn sie zu viert gewesen waren. Und plötzlich wurde ihm klar, dass Christiane nicht allein Schuld daran hatte, dass ihre Ehe auseinandergegangen war. Ihm war es auch schon länger nicht mehr gut gegangen. Aber er hatte sich nicht getraut, etwas zu ändern, weil er am Ideal der Familie festhalten wollte, und das nicht nur wegen der Kinder, sondern auch um seiner selbst willen, denn er war mit der Vorstellung einer lebenslangen Ehe aufgewachsen.

Ja, er hatte sich von diesem Traum verabschieden müssen. Vielleicht würde er nie wieder heiraten, aber er war sich sicher, dass er mit Moa auch ohne Hochzeit eng verbunden sein konnte. Es gab keine Garantie dafür, dass die Liebe zwischen ihnen beiden ein Leben lang halten würde, aber das war auch nicht mehr so wichtig. Er war dankbar, mit Moa den Menschen gefunden zu haben, bei dem er sich nicht verstellen brauchte. Er würde mit ihr darüber sprechen müssen, wie es für sie weitergehen sollte. Es war ihm nicht ganz klar, ob sie sich wie er vorstellen konnte, eine Zeit lang auf den Lofoten zu bleiben. Sie würden aber einen Kompromiss finden, mit dem beide sehr gut leben konnten. Dessen war er sich sicher. Sie müssten nicht auf Dauer am selben Ort wohnen, aber zusammenbleiben und sich lieben.

Beim Essen sprachen die Kinder durcheinander, um ihm alles zu erzählen, was sie in der Zwischenzeit erlebt hatten.

Julia hatte angefangen zu reiten und war absolut begeistert. Olaf brachte sie oft zum Stall. Sie schien sich mit ihm hervorragend zu verstehen, so selbstverständlich, wie sie seinen Namen fallen ließ. Matthias merkte, dass Christiane ihn beobachtete, weil sie wissen wollte, wie er darauf reagierte. Er wunderte sich selbst darüber, dass es ihn nicht störte. Was Olaf seiner Tochter gab, hätte er selbst ihr nie geben können.

Philipp kuschelte sich an ihn. Er erzählte vom Baden im Wannsee und in der Havel und den Dutzenden Fröschen, die er gefangen hatte. Er hatte auch einen Freund gefunden, der ganz in seiner Nähe wohnte. Sie gingen in dieselbe Klasse der Grundschule und saßen nebeneinander.

Nach dem Essen wollten die Kinder auf ihr Zimmer. Christiane fragte Matthias, ob er sie nach oben bringen wolle. Er nickte dankbar. Es lief so leicht zwischen ihnen, weil sie endlich mit den Versuchen aufgehört hatten, sich zu lieben. Vielleicht können wir eines Tages gute Freunde sein, dachte er. Was für eine lustige Vorstellung: Er würde zu Christiane gehen, wenn er Probleme mit Moa hätte, und sie würde sich bei ihm über Olaf ausheulen.

Nach der Gutenachtgeschichte machte Julia Matthias klar, dass Philipp und sie jetzt gut allein zurechtkommen könnten. Sehr wahrscheinlich um fernzusehen, dachte er, aber diesen Spaß wollte er ihnen an diesem Abend noch mal gönnen.

Christiane hatte inzwischen Bier besorgt und lächelte, als er sich ihr gegenübersetzte. »Wie heißt sie?«, fragte sie ohne Umschweife.

Er hatte doch gar nicht erzählt, dass er nicht mehr allein war? »Das Bier hier ist wahnsinnig teuer, oder?«, versuchte er abzulenken.

»Mach mir nichts vor. Du hast dich verliebt. Das merke ich doch. Du siehst gut aus.«

»Das machen die Lofoten.«

»Sicher. Dieses Glitzern in deinen Augen kenne ich. Als wir uns kennenlernten, hattest du das auch.«

»Du hast recht. Sie heißt Moa, kommt aus Hamburg und ich habe sie schon im März auf den Lofoten kennengelernt. Sie ist jetzt nach einem Urlaub hier noch länger geblieben.«

»Deinetwegen?«

»Ja.«

»Und zieht ihr jetzt ganz auf die Lofoten?«

»Wäre das schlimm?«

»Die Kinder könnten dich nicht so oft sehen.«

»Aber ich könnte ihnen bei ihren Besuchen hier etwas Besonderes bieten. Und ich könnte auch nach Berlin kommen. Du weißt ja, wie schnell man dort ist, und die Flüge sind auch nicht teuer. Julia und Philipp würden dann nicht ständig zwischen zwei Haushalten pendeln müssen. Du weißt, dass es für sie nicht besonders gut ist, jedes zweite Wochenende aus ihrer Umgebung herausgerissen zu werden.«

»Keine Ahnung. Wir werden es sehen. Ich möchte mich nicht länger über die Kinder unterhalten. Momentan läuft es gut. Aber die Vorstellung, in den Ferien vier Wochen mit Olaf allein verbringen zu können, finde ich auch großartig. Wir werden diesmal zwei Tage in Oslo bleiben und dann nach Rom fliegen.« Christianes Augen strahlten, als sie den Namen ihres Freundes fallen ließ.

»Jedenfalls werden unsere Kinder sowohl den Norden als auch den Süden kennen- und lieben lernen«, sagte Matthias.

»Das finde ich schön. – Ich sehe, dass du Moa liebst. Wie ist sie?«

»Anders als du.«

»Das kann ich mir vorstellen. Wir waren vielleicht nicht das beste Team.«

»Ja, aber wir haben Julia und Philipp zusammen hingekriegt und das ist großartig«, sagte Matthias.

Sein Handy piepste. Er las sofort die eben eingegangene SMS: »Nils ist wieder ansprechbar. Er hat es geschafft.« Matthias verabschiedete sich von Christiane, weil er mit Moa telefonieren wollte, aber er erreichte nur die Mailbox.

## 21

Moa fuhr durch die helle Nacht von Gravdal zurück nach Vestresand. Sie hörte *Brevet* von Silje Nergaard, versuchte, die norwegischen Texte mitzusingen, öffnete das Fenster und streckte ihre Hand in den Fahrtwind. Sie fühlte sich leicht und unbezwingbar. Ihr Vater hatte es geschafft. Er würde weiterleben dürfen. Er konnte seine Arme und Beine wieder bewegen, er konnte mit ihnen sprechen. Die Ärzte sagten, es würden keine Schäden zurückbleiben. Sie war dankbar und sogar versucht, an so etwas wie göttliche Fügung zu glauben.

Die Sonne brachte alle Farben zum Leuchten. Moa wollte an keinem anderen Ort auf der Welt lieber sein als gerade dort, wo sie jetzt war. Sie verstand es nicht: Heute Morgen hatte sie doch noch mit dem nächsten Flugzeug abhauen wollen? Und jetzt konnte sie sich nicht vorstellen, die Inseln jemals wieder zu verlassen? Sie musste sich wohl daran gewöhnen, dass Wetter und Natur hier eine viel intensivere Wirkung auf ihren Gemütszustand hatten als in Hamburg. Früher hatte sie beides selten wahrgenommen. Hier war das nicht möglich. Das Wetter konnte sie glücklich machen wie jetzt und am selben Tag absolut unglücklich. Aber das machte ihr nichts mehr aus. So würde sie jeden Tag spüren, dass sie lebte. Sie nahm hier Farben und Formen viel intensiver wahr als je zuvor. Morgen würde sie nach Eggum zu *Hode*, dem »Kopf«, fahren und dort malen. So würde sie sich ablenken können. Sie wollte nicht mehr darüber nachdenken, welchen Platz ihr Matthias in seinem Leben einräumen würde, jetzt wo seine Kinder da waren.

»Du liebst ihn, das ist entscheidend«, hatte Frida heute Mittag gesagt. Ja, das stimmte. Sie liebte diesen Mann, der ohne das Meer nicht leben konnte und eine Liebe zur Natur hatte, die sie vielleicht nie ganz würde nachvollziehen können. Aber sie konnte an ihr teilhaben, sie würde auch ihren Horizont erweitern. Moa würde mit Matthias sicher noch viele Dinge tun und erleben, was für sie ohne ihn niemals infrage gekommen wäre: fischen, segeln, wandern. Vielleicht würde sie monatelang allein sein und auf ihn warten, wenn er wieder auf Forschungsreise ging. Und sie musste sich mit seinen Kindern auseinandersetzen.

Matthias hatte ihr gut eingerichtetes Leben vollkommen aus den Fugen gebracht. Aber durch ihn hatte sie endlich begriffen, dass die Welt groß und schön war, dass sie sich auf Neues einlassen konnte, ohne immer wissen zu müssen, wie es ausginge.

Sie hatte wieder angefangen zu sehen. Das war sicher eines der größten Geschenke, die er ihr gemacht hatte. Moa fühlte sich nicht mehr von ihrer Kreativität abgeschnitten, wie in den Jahren nach dem Versuch, Kunst zu studieren. Sie erlaubte sich wieder, Stift und Block zu nehmen und Skizzen zu machen, ohne Angst davor zu haben, dass sie scheitern könnte.

Moa wollte Matthias nicht anrufen. Frida hatte ihm eine Nachricht geschickt, das reichte. Wenn er sich melden wollte, würde er es tun. Du musst ihm vertrauen, hatte Frida ihr geraten. Sie konnte sich nicht daran erinnern, wann sie zum letzten Mal jemandem, den sie liebte, vertraut hatte. Aber vielleicht soll ich genau das jetzt von Matthias lernen, dachte sie, ihm vertrauen, auch wenn es keine Garantie dafür gibt, dass er immer bei mir bleibt.

Am nächsten Morgen wachte sie bei Sonnenschein erfrischt und zufrieden auf. Sie briet sich Eier. Als sie auf der Terrasse frühstückte, rief Frida an. Heute sollte Nils auf die Innere Station verlegt werden. Frida wollte im Laufe des Tages nach Vestresand kommen. Moa nahm sich vor, später in der *Skolestua* mit ihr essen zu gehen. Es würde beiden guttun, die köstliche Bacalao oder den Stockfisch und danach Apfelkuchen zu essen. Sie mussten feiern, dass es Nils geschafft hatte. Und wie tat man das besser als mit einem guten Essen?

Aber vorher wollte sie nach Eggum. Sie gab Frida per SMS kurz Bescheid von ihrem Vorhaben, holte ihre Malsachen, kochte eine Kanne Kaffee und machte Brote zurecht. Von Matthias hatte sie gelernt, dass man in Nordnorwegen immer etwas zu essen und zu trinken mitnehmen sollte, wenn man eine Tour unternahm. Sie zog Wanderschuhe, Fleece und Regenjacke an und packte ihren Rucksack.

Den Weg nach Eggum zu finden, war kein Problem. Das ist der Vorteil daran, dass es so wenig Straßen gibt, dachte sie. Es freute sie, dass sie sich nicht mehr vor engen Kurven und entgegenkommenden Wagen fürchtete. Das war im März anders gewesen. Sie musste lächeln, als sie sich daran erinnerte, wie Matthias sie damals gerettet hatte.

Er und die Kinder mussten mittlerweile in Svolvær gelandet sein. Sie beschloss, erst morgen zu ihnen nach Henningsvær fahren, denn sie wollte ihnen Zeit geben, sich wieder aneinander zu gewöhnen.

Moa ging zum »Kopf«, ohne an der Funkstation haltzumachen. Glücklicherweise waren nicht viele Menschen unterwegs, so konnte sie sich auf das Sehen konzentrieren. Sie wollte die Skulptur von mehreren Seiten mit Bleistift skizzieren und später in Acryl malen. Draußen entstanden immer nur ihre Entwürfe. Wenn wir auf den Lofoten bleiben, werde ich mir ein Atelier einrichten, dachte Moa. Es gab einige bekannte Maler hier, vor allem den Deutschen Christian-Ivar Hammerbeck, der gemeinsam mit seiner Frau Ülle Külv seit Jahren in Digermulen lebte und dort eine Galerie führte. Moa kannte einige seiner Aquarelle: Nordlichter, Stimmungen auf dem Meer, wunderbar klar und einfühlsam, jeder Pinselstrich spiegelte seine Liebe zu den Lofoten und zum Norden wider.

Am »Kopf« war sonst niemand. Es war so still, dass sie die einzelnen Schreie der Möwen und jedes Glucksen der Wellen hören konnte. Moa trank Kaffee und aß eine Zimtschnecke, ohne die sie sich keinen Ausflug vorstellen konnte. Sie vertiefte sich in den Anblick der Statue und überlegte sich, wie sie diese am besten skizzieren konnte. Nach einiger Zeit stand sie auf und ging langsam um die Eisenskulptur herum. Es war wie überall auf den Lofoten, je nach Licht und Blickwinkel hatte man das Gefühl, ständig etwas vollkommen Neues wahrzunehmen.

Moa nahm den Skizzenblock und setzte sich wieder. Nach den ersten verunglückten Versuchen bewegte sich der Stift leicht über das Papier. Auf ihrem iPod lief Keith Jarrett. Sie fühlte sich wie in Trance. Hier allein für sich zu sein, bedeutete Glück.

In den nächsten Stunden wanderte sie langsam um den »Kopf« herum. Sie skizzierte die verschiedenen Perspektiven, versuchte alle 16 zu erkennen, und machte Farbstudien. Die Idee für ein großes Bild entstand. Moa würde mehrere Perspektiven der Skulptur übereinanderlegen und die Veränderung des Lichtes je nach Blickwinkel mit einer anderen Farbe einfangen. Sie war sich nicht sicher, ob sie ihre Idee auch wirklich auf die Leinwand würde bringen können, aber sie würde es versuchen.

Als sie nach langer Zeit Pause machte, sah sie hinüber zur Funkstation. Drei Menschen, zwei kleinere und ein großer, kamen den Weg entlang. Sie waren noch ziemlich weit weg, aber Moa wusste sofort, dass es Matthias und seine Kinder waren. Ohne nachzudenken, stand sie schnell auf und ging ihnen entgegen. Die Umrisse wurden deutlicher, sie erkannte die verblüffende Ähnlichkeit zwischen Vater und Sohn.

Je näher die drei kamen, desto unsicherer wurde Moa. Wie sollte sie sich verhalten? Sollte sie die beiden Kinder umarmen, oder Abstand wahren?

Matthias lächelte, als er sie entdeckte. Etwas unbeholfen wies er auf Philipp und Julia, als wollte er sagen: Mich gibt es nicht allein.

Moa nickte. Sie hätte nie gedacht, dass sie auf diese Weise zu Kindern kommen würde, aber es war in Ordnung so. Vor einigen Monaten war sie noch davon ausgegangen, dass sie außer ihrer Mutter keine weiteren Familienangehörigen besaß. Und jetzt gehörte sie zu zwei Familien.

Philipp kam zögernd auf sie zu. Er lächelte unsicher, blieb stehen, dann streckte er ihr die geöffnete Hand entgegen. Da saß ein kleiner Frosch. »Guck mal, was ich gefangen habe«, sagte er.

Moa ging in die Knie, um ihn besser ansehen zu können.

Ich danke ...

... Christian-Ivar Hammerbeck und Ülle Külv für die wunderbaren Aquarelle über die Schönheit und Vielfalt des Nordens, für die Gespräche und die praktischen Lofotentipps und ihre herzliche Gastfreundschaft.

... Kjerstil und Jonni für ihre Hütte mit Blick gen Norden, die wir nie vergessen werden.

... Helen Escobedo für ihre tiefe, liebevolle Freundschaft und die vielen inspirierenden Gespräche über Kunst.

... Michael und Andrea für ihre offenen Arme am anderen Ende der Welt.

... den norwegischen Jazzsängerinnen Silje Nergaard und Kari Bremnes und dem norwegischen Saxofonisten Jan Garbarek für ihre wunderbare Musik.

... Jörg für seine prachtvollen Fotos von den Lofoten.